HAIYANG WENXUE SHIHUA
ZHEJIANG

浙 江
海 洋 文 学 史 话

倪浓水 著

◆ "浙江海洋文化史话丛书" ◆

韩伟表　程继红 主编

浙江工商大学 出版社
ZHEJIANG GONGSHANG UNIVERSITY PRESS

杭州

图书在版编目(CIP)数据

浙江海洋文学史话 / 倪浓水著. — 杭州：浙江工
商大学出版社，2024.11

（浙江海洋文化史话丛书 / 韩伟表，程继红主编）

ISBN 978-7-5178-5692-4

Ⅰ. ①浙… Ⅱ. ①倪… Ⅲ. ①地方文学史－文学史研
究－浙江 Ⅳ. ①I209.955

中国国家版本馆 CIP 数据核字(2023)第 173080 号

浙江海洋文学史话
ZHEJIANG HAIYANG WENXUE SHIHUA

倪浓水 著

出 品 人	郑英龙
策划编辑	陈丽霞　任晓燕
责任编辑	任晓燕　姚　媛
责任校对	李远东
封面设计	屈　皓
责任印制	祝希茜
出版发行	浙江工商大学出版社
	（杭州市教工路 198 号　邮政编码 310012）
	（E-mail：zjgsupress@163.com）
	（网址：http://www.zjgsupress.com）
	电话：0571-88904980,88831806（传真）
排　　版	杭州朝曦图文设计有限公司
印　　刷	杭州宏雅印刷有限公司
开　　本	880mm×1230mm　1/32
印　　张	8
字　　数	185 千
版 印 次	2024 年 11 月第 1 版　2024 年 11 月第 1 次印刷
书　　号	ISBN 978-7-5178-5692-4
定　　价	65.00 元

总　序

　　浙江与海洋之间，是永恒的共存关系。这不但指在自然地理方面浙江山海相连，更指浙江文化与海洋的交融。

　　浙江的海洋文明可以上溯到 8000 多年前。2013 年发现的浙江余姚史前海岸贝丘遗址——井头山遗址，经考古发掘，出土了大量泥蚶、海螺、牡蛎、缢蛏、文蛤等海洋生物的贝壳，以及用大型贝壳加工磨制的一些贝器。井头山遗址是中国先民适应海洋、利用海洋的最早实证，表明浙江沿海地区是中国海洋文化的重要源头区域。它与河姆渡文化一起，向世人雄辩地证明浙江海洋文化的源远流长。

　　越人作为浙江先民，是中国海洋文化重要的创造者和发扬者。《越绝书·越绝吴内传》记载："越王勾践反国六年，皆得士民之众，而欲伐吴……习之于夷。夷，海也。"《越绝书·越绝计倪内经》中，作者借越王勾践之口，把越人的濒海生活情景描述得更为详细，说他们生活的地区，"东则薄海，水属苍天，下不知所止。……浩浩之水，朝夕既有时，动作若惊骇，声音若雷霆"。于越人的海洋航行环境十分艰险，"波涛援而起，船失不能救，未知命之所维。念楼船之苦，涕泣不可止"。

　　《越绝书》有"地方志鼻祖"之称，更是浙江的第一部地方志。根据《越绝书》记载，身为浙江先民的越人是东夷的一脉，

1

所以其亘古的血统里就有海洋的因素。越人所居住的地方,紧邻海洋,而且还有许多越人,即后世所说的"外越",更是深入海洋,成为浙江众多岛民的先祖。由越人构成的古越族,也因此成为"我国最早面向海洋走向世界的民族"。

"外越"之后,代代都有大量内陆居民移居海岛。尤其是南宋时期,随着海洋活动的日益频繁,浙江沿海地区和海岛地区人口大增。舟山群岛等许多本来荒芜的岛屿,都成了兴旺发达之地。内陆文明和海洋文明日益交融。

浙江的海洋文明历史悠久,在后世的发展中,海洋始终是浙江人勇于探索的经济、社会和文化空间。可以说中国的海洋发展史,在浙江体现得尤为显著。

在海洋交通方面,浙江的宁波—舟山,是古代海上丝绸之路中线最重要的起点,徐兢《宣和奉使高丽图经》有力证明了这条航线的存在。而唐代鉴真东渡在舟山避风的传说、郑和下西洋时船队的大船由浙江制造等,都昭显着浙江海域在对外交流中的重要贡献。

在海洋对外贸易方面,北宋政府在明州(宁波)开设的市舶司,是中国最早一批市舶司之一。元朝政府在庆元(宁波)、澉浦(海盐)开设了市舶司。明代虽然厉行海禁,但朝廷特许宁波保留市舶司,专门用于与日本的"通贡"。这些都可以佐证浙江在中国海洋对外贸易中的重要地位。

在海洋渔业经济方面,从宋代就开始形成和辉煌的舟山渔场,至今都是中国海洋捕捞的核心区域。以大黄鱼、小黄鱼、带鱼和墨鱼四大经济鱼类为代表的海洋鱼类,广泛分布于舟山群岛等浙江海域。每到鱼汛,浙江海域到处都是帆影桅灯,源源不断地为全国人民提供高质量的海洋食物。

在海疆海防方面,浙江海域更是见证了中国的苦难和辉煌。早在北宋时期,浙江嵊泗的洋山地区,就已经成为"北洋要冲"。南宋时期,朝廷在大洋山岛长期驻军。明代抗倭,浙江海域是最重要的战场,也是抗倭最坚强的防线。岑港之战、普陀山大捷等著名抗倭战役,都发生在浙江境内。浙江定海还是两次鸦片战争的主战场。

浙江的海域是辽阔的,浙江的海洋人文是丰富的。这套"浙江海洋文化史话丛书",就是对数千年来浙江海洋文明产生、发展的图谱式记录和叙述。

浙江海洋文化历史的辉煌是当下海洋文化继续发展前行的基础和动力。2022年中国共产党浙江省第十五次代表大会报告提出,要"加快海洋强省建设"。"海洋强省",不仅是一个经济概念,而且是一个文化概念。浙江海洋强省建设,必定要同时推进浙江海洋文化建设。今天,我们梳理、描述浙江的海洋文化传统,既是温故,也是为了知新。

这个"新"是什么?我们认为,这个"新"就是响应习近平同志在中国共产党第二十次全国代表大会上提出的"以中国式现代化全面推进中华民族伟大复兴"的号召。现代化强国必然包含海洋强国因素,所以"中国式"必然也包含了"中国式海洋文化建设"。因此这个"新",就是"中国式的海洋文化构建",也就是梳理、描述和打造中国式海洋话语和叙事体系。

海洋强省建设是新的海洋发展实践,必然又会产生新的海洋话语和叙事元素。这套"浙江海洋文化史话丛书"仅仅是对浙江海洋文明发展过程中一段时期的梳理和描述。希望它能为浙江海洋强省背景下的海洋文化建设提供一种借鉴和认识,为浙江的海洋强省建设、为中国式海洋话语和叙事体系构建贡献一点微薄力量。

韩伟表　程继红

前　言

　　浙江这片土地,如果以东和西两部分来划分,那么其西部属于山区和田野,其东部属于海域海岛。两者的面积(包括陆域和海域)与人口,大致都差不多。这种地形和人居结构,几乎可以说是整个中国的缩影:海陆文明并存又并重的文明整体发展格局。

　　这种内陆文明和海洋文明并存的文化地理,在东海之滨的这片浙江大地上,是一种亘古存在。浙江的地势,呈现"趋东"的倾向:西部的天台山和四明山,向东绵延;发源于西部山区的之江和甬江,向东汹涌。而浙江的学术和文化,无论是早先的古越文明还是后来的宋韵文明,或者是宋元明清时期形成的浙东学术,都离不开一个"陆地"和一个"海洋"的有机结合。虽然其文化的深厚根脉,仍然是华夏的儒、道二源,但海洋的灵动和磅礴,又何尝不是"浙江文化"的特色所在?

　　从历史文化的构成来看,浙江的海洋文明源于古老的于越族。于越人一直生活在东海之滨。《越绝书·越绝吴内传》记载说:"越人……习之于夷。夷,海也。"①在同书的《越绝计倪内经》一文中,作者借越王勾践之口,把于越人的濒海生活情景描

---

　　①　[汉]袁康:《越绝书》,《四部丛刊》,景明双柏堂本,第11页。

述得更为详细,说他们生活的地区,"东则薄海,水属苍天,下不知所止。……浩浩之水,朝夕既有时,动作若惊骇,声音若雷霆"。于越人的海洋航行其实充满各种危险,"波涛援而起,船失不能救,未知命之所维。念楼船之苦,涕泣不可止"①。后来由于海潮倒灌,沿海的居民被迫迁移,于越族人分成了两支,一支向丘陵地区转移,称为"内越";另一支则深入海洋,向岛屿转移,成为岛民的先祖,称为"外越"。这次越人深入海洋之举,不但开启了中国海岛移民的先河,而且是越人"在海退时期,积极进取,不断向东海大陆架发展;就是在海侵时期,也能迎海而进"大无畏搏海精神的充分体现,于越也因此成为"我国最早面向海洋走向世界的民族"。②

所以观察浙江的文明发展,海洋的视角极为重要。浙江文学方面的发展也是如此。从毗邻海域的浙北嘉兴,到交融于闽海的浙南温台地区,中间更有由一千多个岛屿组成的厚重的舟山群岛,这样辽阔的浙江沿海地区和海洋,是不可能没有文学诞生和发展的。挖掘、梳理和积极评价浙江的海洋文学,是我们不可回避的任务也是应尽的责任和义务。

那么,浙江的海洋文学究竟有哪些成果,其存在形态究竟是怎样的,它们有哪些文学和文化的价值? 对于这些问题的研究和描述,将会呈现出不同的风貌。而从"科普"的角度予以呈现,也不失为一个路径。

这本《浙江海洋文学史话》,就是这方面研究的一个成果。

所谓"史话",着眼于一个"史"字,主要以古代浙江的海洋文学为考察对象;而一个"话"字,则又表明,这并非一种纯学术

---

① [汉]袁康:《越绝书》,《四部丛刊》,景明双柏堂本,第 12 页。

② 孟文镛:《于越是我国最早面向海洋走向世界的民族》,《绍兴文理学院学报(哲学社会科学版)》2002 年第 6 期。

性论述,而是学术性和可读性兼具的普及性构建。浙江古代的海洋文学,呈现为小说、散文、诗歌等多形态。可是史话的性质,多与叙事有关,所以这里就以小说类海洋文学为主。其实古代海洋小说这种小说形态,与一般的情节丰富结构完整的叙事类作品相比,是有很大不同的。它们当中,虽然也有几篇较具有"小说味"的作品,但是大多为碎片化的笔记小说形态。所以本书的叙述主要不是放在对它们的叙事艺术的分析上,而是更多地挖掘它们的海洋人文内涵和对浙江海洋文明发展的推动上。

在浙江海洋文学的发展中,还形成了几个具有代表性的"文学地理"。其中"普陀(即普陀山)"是被许多人反复书写的。它是"海洋风情"和"海洋类崇信"的完美结合体。如果假以时日,专门撰写一部《普陀山文学史》,那将是极有价值的。

另外,只有浙东沿海地区才有的海错诗,也是古代浙江海洋文学中非常富有地方文化特色的文学形态。本书搜集和介绍了十多首,其实还有许多散落于地方志以及古人的个人文集中,值得今后进一步深入挖掘和整理。

总的来看,古代的浙江海洋文学,无论是作品数量和质量,还是作者队伍,以及它们所涉及的海洋人文内容,都比较具有价值。这在宋、明两代的浙江海洋文学中,体现得尤为明显。这可能与这两个时代里浙江人积极参与海洋活动有密切的关系。因为从舟山海洋文明的发展来看,宋代(尤其是南宋)是一个非常重要的节点。虽然舟山(昌国)的建置开始于唐代,但是真正大规模的开发,却是在南宋时期。普陀山观音道场,事实上也是在南宋时期确立的。而明代,由于海禁、倭寇侵扰等重大海洋事件都与浙江海域有密切关系,因此那个时期的海洋书写也比较多。

但是明代的海禁政策对于浙江的海洋文学创作,还是有相当大的影响,那就是这个时期的海洋文学基本不涉及敏感话题,也缺乏对海洋、海洋社会、海洋活动的艺术性审美,几篇作品如张岱《海志》和朱国祯《涌幢小品》里的"普陀",都是观光考察性纪实报告。

清代继续奉行长时间的海禁,海禁的区域与明代一样,继续以浙江海域为中心,但是由于"久经海禁",这个时期的浙江海洋书写,反而焕发出一种特别的艺术风采。那就是以浩歌子《萤窗异草》里的"落花岛"和袁枚《子不语》的温州海商奇遇为代表的志怪式叙事,依稀又有了魏晋南北朝时期的海洋文学神韵。

晚清时期的浙江海域,最深切地感受到了海疆的动荡,所以那个时期的浙江海洋文学,具有强烈的时代色彩。

一部浙江海洋文学史,实际上也是一部浙江的海洋开发史、海洋活动史、海疆安全史,当然更是一部海洋想象史、海洋审美史。本书作为"史话",仅仅涉及一些基础和表层的东西,博大精深的浙江海洋文学通史,还有待于有志者的深入研究。

目 录
CONTENTS

第一章 》》———

浙江海洋文学的先声———

先秦时期

"浙江"是一个现代性的行政管理概念。在寻找浙江海洋文学的源头的时候，还需要把空间视野稍微打开一点，需要从"东海"这个海洋文化圈里而不是单纯地从"浙江"这个现代行政地理范围里去寻觅。

必须说明，现今的"东海"，与先秦时期的"东海"有点不一样。先秦时期的"东海"，还包括山东半岛外面的一部分。但是《山海经》里的"东海"，还有《庄子·外物》中的"东海"，与现今的"东海"范围是差不多的，指的就是包括江浙和福建海域，以浙江为中心的"东海"。所以我们的《浙江海洋文学史话》的第一笔，也就从这里写起。

一、《山海经》中的"东海"意象

《山海经》的作者，至今无考，极有可能是一群人的"集体创作"。而且从文本风格和内容主旨来看，《山经》与《海经》的作者，显然是不同的两类人。《山经》里与东海有关的故事，主要是"精卫填海"，而《海经》里有许多篇目，都与东海有关。

意味深长的是，《山经》与《海经》，对于东海的态度和情感，

是完全不一样的,所以从文学史话的角度而论,我们要说两个不同性质的"东海故事"。

先说"精卫填海"故事。这个故事出现在《山经·北山经》中,全文是这样的:"又北二百里,曰发鸠之山,其上多柘木。有鸟焉,其状如乌,文首、白喙、赤足,名曰精卫,其鸣自詨。是炎帝之少女,名曰女娃,女娃游于东海,溺而不返,故为精卫。常衔西山之木石,以堙于东海。漳水出焉,东流注于河。"这个记叙的本意,是介绍"发鸠之山",结尾的"漳水出焉,东流注于河",就是对应这个介绍的,而"精卫填海"故事,则是这个记叙的一个插叙。也许作者也没有想到,这个插叙的社会影响力和文化穿透力,要远远超过正叙,从而使得"精卫填海"成为一个独立的文学叙事文本。

这个故事表面上看起来很好理解:一个少女,十四五岁,在东海里玩耍时掉入海里溺死了,也有可能是在海里游泳时沉下去身亡了。她就化身为一只鸟,发誓要用石头和树木来填平东海。

这种行为是何等的壮烈,这种精神是何等的感人,所以"精卫鸟"一直是坚毅不屈的精神象征。

可是事情似乎并没有那么简单。

郭璞注《山海经》写《山海经图赞》有"精卫"条:"炎帝之女,化为精卫。沉形东海,灵爽西迈。乃衔木石,以填攸害。"①"灵爽"是精气,也就是世间所说的灵魂。"迈"是远行,"西迈"的意思就是灵魂向西边远行。发鸠山在东海的西北方向,是以说"西迈"。

---

① 〔清〕郝懿行撰:《山海经笺疏》,清嘉庆十四年阮氏琅嬛仙馆刻本,第 67 页。

在此，郭璞为我们提供了一把解读"精卫填海"文化谜团的钥匙，那就是"形"与"灵"的对立，"东海"与"西山"的对立，还有对立的核心原因"以填攸害"，也就是"报仇"的意思。

这些"对立"有什么意思呢？这个"报仇"有什么含义呢？虽然我们要避免过度解读，但是我们不妨把"精卫填海"当作一个虚拟的海洋叙事故事来分析。精卫鸟的前身是女娃，她居住在发鸠之山也就是西山，她是"炎帝之少女"，也就是炎帝最小的女儿。这样的身份信息是非常值得关注的。炎帝为北方大神，与黄帝一起成为"炎黄"始祖，是华夏文化的代表性人物，炎帝部落的根据地就是发鸠山，位于现今的陕西与山西交界地区。女娃作为炎帝的女儿，而且是最小的一个，自然具有炎帝代表甚至是继承人的身份。这样的一个人，或者说是"北方"的一个代表，来到南方的东海，在东海里淹死了。我们可以把它理解为一个意外事故，但考虑到《山海经》所蕴含的复杂的文化背景，我们何尝不可以把它理解为一种"南北斗争"的结果？女娃精魂化为精卫鸟，发誓要填平东海，进行复仇。如果这样内涵就更复杂了，首先是鸟名"精卫"，我们完全可以把它理解为"精神捍卫"的意思，也就是说，精卫鸟的复仇，其实可以理解为一种对于"精神的捍卫"。什么精神？这就需要与"复仇"联系起来解读。我们一般认为，一个人在海里溺死了，他的魂魄要复仇，那也就是向掌控这海域的海神复仇，具体形式可以是搏斗等，但是精卫鸟却不是这样的，它是要填平东海，也就是我们一般所说的"荡平"东海了。这就不是一般意义上的复仇，那简直就是一场浩大和惨烈的"灭族"战争了。

请高度关注故事里所演绎的"复仇"的手段：从发鸠山运来木石。也就是说，精卫鸟的填平东海之战，是动用老家部落也

就是父亲炎帝的力量,来向东海进行大规模复仇。①

所以这个故事其实是非常复杂的,它是一种寓言式叙事。虽然我们现在很难确切地分析它究竟包含着什么,但至少可以说明一点,从最古老的东海故事开始,海洋文学所描述和所要表达的,绝对不是一个纯粹的地理海洋,而是具有多种含义的人文海洋。

类似"精卫填海"这样的海洋叙事和描述,在《山海经》里有较多处。《大荒东经》是比较关注"东海"的。它记载说:"东海之外大壑,少昊之国。少昊孺帝颛顼于此,弃其琴瑟。"袁珂认为这"大壑"是一个非常精深的海洋文化意象。他在《山海经校注》里对此有相当详尽的注释。他先引郭璞注《山海经》"大壑"条:"《诗含神雾》曰:'东注无底之谷。'谓此壑也。《离骚》曰:'降望大壑。'"接着袁珂自己又补充了《列子》中的一条材料:"渤海之东不知几亿万里,有大壑焉,实惟无底之谷,其下无底,名曰归墟。八纮九野之水,天汉之流,莫不注之,而无增无减焉。"②

袁珂的补充注释,本是为了更清楚地解释"大壑"意象的文化渊源,但是从海洋文学的角度而言,却给我们提供了一个非常有趣的观察视角,那就是这"大壑"究竟在"东海之外"还是在"渤海之东"? 在《山海经·大荒东经》中,它是在"东海之外"的,可是在《列子》里,它却位于"渤海之东"了。

这恰好反映出中国海洋文学强烈的政治和地域文化色彩和作者的本位主义文化立场。虽然至今尚不能明确《山海经》的作者是谁,但学术界一般都同意,《山经》部分作者为"北方人"(这也可以帮助理解出于《山经》的"精卫填海"作者的"反东

---

① 参见倪浓水:《西山和东海:"精卫填海"里的南北文化隐喻》,《社会科学论坛(学术研究卷)》2008 年第 4 期。

② 袁珂:《山海经校注》,北京联合出版公司 2014 年版,第 290 页。

海"倾向了),《海经》部分的作者为长江流域的南方人。所以《山海经》中《海经》部分涉及东海的地方,都是礼赞东海的,基本上把美好的海洋意象,都挂在东海名下。而《列子》的作者列子是郑国(今河南郑州一带)人。郑国属于北方了,离它最近的海是渤海(北海和现今的渤海一带),所以很自然地把"大壑"的位置,挪移到"渤海"里去了。①

"大壑"是个美好的地方,所以颛顼将自己心爱的乐器"琴瑟"弃置在这里。颛顼是传说中的"五帝"之一,其根据地在高阳(今河南开封一带),据说他爱好音乐,还谱有一曲叫《承云》,说不定他手里的琴瑟,曾经在谱曲时发挥过重要作用,可是后来他却把琴瑟放置在"大壑"这一海洋低谷。琴瑟,据说为华夏文明始祖伏羲发明,弹奏琴瑟可以陶冶情操。因琴瑟是文化中的圣物,所以这又是意味深长的一种寓言式叙事。

《大荒东经》还记载说:"东海之外,大荒之中,有山名曰大言,日月所出。"②日月所出的地方,必定美好圣洁,《大荒东经》也把它归入"东海"之中。

《大荒东经》还描述说:"东海中有流波山,入海七千里。其上有兽,状如牛,苍身而无角,一足,出入水则必风雨,其光如日月,其声如雷,其名曰夔。黄帝得之,以其皮为鼓,橛以雷兽之骨,声闻五百里,以威天下。"③皇帝的军鼓,实际上就是军事实力的象征。这面军鼓的制作材料,居然也来自"东海"的一座名

---

① 唐人徐坚《初学记》对此倒有一个很特别的解释:"东海之别有渤澥,故东海共称渤海,又通谓之沧海。"显然,徐坚所说的东海、渤海和沧海,都是传说中的文化符号。

② [汉]刘向、刘歆编:《山海经》,北京联合出版公司2017年版,第292页。

③ [汉]刘向、刘歆编:《山海经》,北京联合出版公司2017年版,第303页。

叫"流波山"的岛屿,《大荒东经》对于"东海"的礼赞,可以说是无以复加的了。

《山海经·海内南经》中还有一条非常重要的记载:"瓯居海中。""瓯"在今温州、台州一带,其居民即"瓯越"人,这是古越族的一部分。"居海中"说明他们以从事海上活动为主。这是一个可以与东夷族媲美的海洋群体。这条记载可以充分证明,浙江是中国海洋文明的发源地之一。

二、《庄子·外物》中会稽山上任公子东海垂钓

《庄子·外物》记叙了一则任公子海钓的故事。故事是这样的:"任公子为大钩巨缁,五十犗以为饵,蹲乎会稽,投竿东海,旦旦而钓,期年不得鱼。已而大鱼食之,牵巨钩,锱没而下,骛扬而奋鬐,白波若山,海水震荡,声侔鬼神,惮赫千里。"①

任公子并非中国海钓实际上的第一人。浙江象山塔山文化遗迹出土的史前社会文物中,就有鱼钩一枚。那时候塔山紧邻大海,所以这枚鱼钩肯定是用来钓海鱼的。塔山文化遗迹所处时代属于6000年前的新石器时代,与河姆渡文化时期差不多,所以要比任公子生活的春秋时期遥远多了。但是任公子却是海钓人里的第一个文学形象。其海钓的方法,更绝对是前无古人后无来者的。

---

① 尚和主编:《中国历代寓言分类大观》,文汇出版社 1992 年版,第892 页。

且看任公子使用的钓具,是"大钩巨缁",至于究竟有多么巨大,我们一时还无法想象。但是如果与他使用的钓饵联系起来,我们就有可能获得具体的印象了。"五十犗以为饵"。所谓"犗",指的是"骟过的牛"。以一整头牛作为钓饵,已经足够令人瞠目结舌了,何况是骟过的牛。因为凡是骟牛,肯定是已经会发情的成年牛,体型巨大;而且骟过后,属于"菜牛",都是养得异常肥壮的。用这样特殊的肥牛做钓饵,竟然用了整整五十头,把这五十头牛像穿蚯蚓一样挂在一个钓钩上,可以想象这钓钩究竟有多大了!那么钓线呢?可以将这样五十头牛和穿挂它们的鱼钩提起来,从会稽山上甩向东海而钓线不断,这需要多粗的钓线才能承受啊!

这样的钓鱼,只有任公子可以操作,所以这是一般的钓鱼行为所无法比拟的。他究竟要钓什么鱼啊?一天过去了,一个月过去了,一年过去了,没有鱼来咬钩。但任公子还是没有放弃,他继续等待。终于他的坚持耗尽了大鱼的谨慎,大鱼上钩了!下面的描述,我估计当数中国最为壮观的"上鱼"场景描述了。

"已而大鱼食之,牵巨钩,锠没而下,骛扬而奋鬐,白波若山,海水震荡,声侔鬼神,惮赫千里。"

这条大鱼,一口吞下了五十头骟牛组成的饵料,其嘴巴之大,我们无法想象;其力气之大,更是无法想象了。它拖着这钓线鱼钩,一会儿潜入海底,一会儿又跃出水面。它这样一潜一跃的时候,搅动整个海面波涛汹涌,涌起的浪头有山那么高,海浪发出的声音可以把千里之外的鬼神也吓一跳!

但最终,任公子战胜了这条大鱼,他把它拉上了岸。接下去就是如何处理大鱼的肉了。"任公子得若鱼,离而腊之,自制河以东,苍梧已北,莫不厌若鱼者。已而后世辁才讽说之徒,皆

惊而相告也。"①"制河"即"之河",也就是之江、浙江。任公子钓到这条大鱼后,剥开了它,把鱼肉做成干肉,从浙江以东到苍梧山以北,人人都饱食了一顿大餐。从此之后,世世代代的后生小子中喜爱道听途说的,都惊讶不已,口耳相传。

最后,庄子借题发挥说:"夫揭竿累,趣灌渎,守鲵鲋,其于得大鱼难矣! 饰小说以干县令,其于大达亦远矣。是以未尝闻任氏之风俗,其不可与经于世亦远矣!"意思是说,那些举着细绳做成的小鱼竿,到灌溉用的小水沟里垂钓小鱼的人,要想钓到这样的大鱼,怕是很困难了。这就好像那些学到一点小知识就玩弄华丽的辞藻想求得大功名的人一样,想获得大智慧,怕是相差太远了。所以,如果从来没有听说过任公子故事的人,只凭借一点世俗常识,就想治理好国家,他实际上正像那些在小水沟里垂钓的人一样,离治理好国家的目标相差太远。

"任公子钓鱼"显然是一则寓言化叙事,对于它的含义,各人有各人的理解。有人认为,这个"任公子"的真身,乃是庄子弟子蔺且所撰《山木》中的"太公任",寓意为"因任天道"的达道至人,也就是鄙弃世俗功名、终生求索大道的庄子的化身。"垂钓大鱼,正是隐喻求索大道。任公子垂钓大鱼,用大绳巨钩,以五十头犗牛为鱼饵。大鱼形容真道之至大,用五十头牛做饵,形容任公子求索真道不遗余力。"②

唐人蒋防对此则另有理解。他还特地撰写了一篇《任公子钓鱼赋》。

蒋防,生卒年不详。义兴(今江苏宜兴)人,官右拾遗。元

---

① 尚和主编:《中国历代寓言分类大观》,文汇出版社 1992 年版,第892 页。

② 张远山:《〈外物〉精义》,《社会科学论坛(学术评论卷)》2008 年第9 期。

和中,李绅荐为司封郎中、知制诰,进翰林学士。李逢吉逐绅,因出防汀州刺史。集一卷,今存诗十二首。

在《任公子钓鱼赋》的"序"中,蒋防说:"昔任公子钓鱼,经年不获。及其获也,众人餍之。公孙弘十上不遇,及其遇也,帝王任之。固知饵大则鱼大,功高则禄厚。鱼也,人也,何酷似乎。"①显然,他也是把任公子钓鱼理解为一种极富人生哲理的象征性行为。

我们需要考察的是这个故事本身对于浙江的意义。这个故事为什么会发生在浙江境内的会稽山?这个故事对于浙江的海洋文学和海洋文化究竟有什么意义?

任公子是在会稽山上垂钓东海的。古会稽山是先秦古籍记载最早最多的名山。《史记·夏本纪》太史公曰:"言禹会诸侯江南,计功而崩,因葬焉,命曰会稽。会稽者,会计也。"②《越绝书》记载:"禹始也,忧民救水,到大越,上茅山,大会计,爵有德,封有功,更名茅山曰会稽。"③

有人说,古会稽山不在绍兴,而在德清。因为《水经注》说:"会稽山,古防山也。""古防山"为防风古国所在之山,它的位置就在德清。④ 这种说法虽然很新奇,但是从海钓的角度而言,会稽山在德清是无法想象的。因为如果任公子所蹲的会稽山真的位于德清的话,那么他的钓鱼竿是伸不到东海里的,就算勉

---

① [唐]蒋防:《任公子钓鱼赋》,见[清]董诰:《全唐文》,清嘉庆内库刻本,第7384页。但宋李昉《文苑英华》认为作者是王起,清陈元龙编纂《历代赋汇》则标注阙名。

② 李德书:《大禹传》,天地出版社2020年版,第131页。

③ 钟伟今、欧阳习庸:《防风氏资料汇编》,天津古籍出版社1999年版,第19页。

④ 余志三:《古会稽山与越国早期都邑考略》,《绍兴文理学院学报(哲学社会科学版)》2019年第4期。

强伸到海里,大鱼上钩,任公子怎么可能看到鱼并把它拉上岸呢?原因很简单,德清距离东海,实在是太遥远了。所以我们仍然认为,任公子应是在毗邻东海的绍兴会稽山上钓鱼的。

其实,无论会稽山是在德清还是在绍兴,它都在浙江境内。这可以充分证明远古时代的浙江海域,在海洋文化的历史结构中具有崇高的地位,以至于庄子这样距离浙江非常遥远的人,在论述他心中的海洋图经时,也要选择浙江的会稽山作为文化空间背景。

第二章 ﹀﹀﹀

汉魏时期的浙江海洋文学

汉魏时期是中国海洋文学的繁荣时期,瑰丽丰富的海洋神仙岛意象和众多海洋志怪笔记文学,还有数量众多的海赋文学,构成了光辉灿烂的汉魏海洋书写和抒情的图景。

这个时期的中国政治和文化中心虽然都在北方,浙江沿海一带仍然是处于边缘地带的"东夷",但浙江海洋文学已开始逐渐形成。尽管东方朔《神异经》和《海内十洲记》中的"东海",与浙江的关系仍然有些迷离,但张华《博物志》中的"东越"和任昉《述异记》中的"越俗",却是地地道道的浙江海洋文学的有机构成了。

一、东方朔《神异经》和《海内十洲记》中的"东海"营构

东方朔是个半人半神的历史形象。根据相关记载,起初他是个凡人,是西汉时期的一个文学爱好者。汉武帝登基后,征召天下能人,他上书自荐,结果也被召进去了,做了一个"郎"官。但他主要的才能不在管理事务上,而在于言语诙谐、反应敏捷,常常能逗得汉武帝哈哈大笑。民间因此演绎出许多这方面的故事,加之西汉时期方士文化发达,而方士往往是有"神仙

气"的。于是不知不觉,这个东方朔的形象,就被人往"神仙"的方向刻画了,到了后来,他的故事越传越奇。许多别人的事,或者是虚构的事,都往他身上套。因为他善于写文章,所以一些著述,也托他的名进行传播。结果弄得这个人水平究竟如何,后人也不太清楚;一些署名"东方朔"的著作,究竟是不是他写的,也模糊起来了。其中就包括《神异经》和《海内十洲记》。

人们对于《神异经》的著作权是否属于东方朔的争论,相对较少。文学史家都用"旧题汉代东方朔撰"这样的表述,虽然谨慎,但也没有表示否定。《神异经》是一本具有很高神话文学价值的志怪集。它以《东荒经》《东南荒经》《南荒经》《西南荒经》《西荒经》《西北荒经》《北荒经》《东北荒经》和《中荒经》来结构全书,显然传承的是《山海经》的海洋人文传统,其中就包含了对"东海"的褒奖性书写传统。

纵观《神异经》,可以发现里面的"东海"一词,有些是属于海洋地理内容的表述,譬如"东海之外,荒海中有山。焦炎而峙,高深莫测。盖禀至阳之为质也。海中激浪投其上,噏然而尽,计其昼夜,噏摄无极,若熬鼎受其洒汁耳"①。它描述的似乎是东海海域中一个海岛发生火山爆发的情景。至今舟山群岛中,多有火山爆发的地理痕迹,所以这种描述,还是具有现实主义因素的。有些是属于海洋人文意义上的虚构,譬如"大荒之东极,至鬼符山、臂沃椒山,脚巨洋海中,升载海日。盖扶桑山有玉鸡,玉鸡鸣则金鸡鸣,金鸡鸣则石鸡鸣,石鸡鸣则天下之鸡悉鸣,潮水应之矣"中的玉鸡、金鸡和石鸡,既是海上日出月升

---

① ［汉］东方朔:《神异经》,王根林等校点:《汉魏六朝笔记小说大观》,上海古籍出版社1999年版,第50页。本书中其他有关《神异经》的引文,皆出自此书。

自然现象的一种折射,也是被赋予许多海洋人文意味的意象式构建。还有些是属于海洋神仙岛意味上的想象和夸张,譬如"东海沧浪之洲,生强木焉,洲人多用作舟楫。其上多以珠玉为戏物,终无所负。其木方一寸,可载百许斤,纵石镇之,不能没"。这里的"神木",就属于海洋神仙岛文化中珍宝异兽神奇植物等描述内容。总的来看,《神异经》里面的"东海",还属于非常正面的形象。

《海内十洲记》虽然也是"旧题汉代东方朔撰",但其著作权是有一些争议。因为该书的一些内容超出了汉武帝和东方朔生活的年代,所以很早就有人怀疑作者是"伪托"东方朔的。不过也有人认为《海内十洲记》的底本还是东方朔写的,只是后人有所添加。因为至今都无法考证出它真正的作者,所以后人仍然把它挂在东方朔的名下。

《海内十洲记》也充满了对"东海"的礼赞。里面所想象和描述的"祖洲近在东海之中""瀛洲在东海中""生洲在东海丑寅之间,接蓬莱十七万里""方丈洲在东海中心",等等,这些著名的神仙岛,几乎都在"东海"之中。在这些神仙岛上,居住的都是"仙家",岛上到处都是不死之药、神奇珍宝、神水异木。虽然这里的"东海",还不能明确为现今意义上的东海,但是"瀛洲在东海中,地方四千里,大抵是对会稽,去西岸七十万里……洲上多仙家,风俗似吴人,山川如中国也"①这几句话,却是很清晰地表明了这些东海神仙岛与江浙的关系。

东方朔《神异经》和《海内十洲记》中的海洋神仙岛,很多时候其实都是道家的宫观所在,文中所谓的"仙家""群仙",这些

---

① ［晋］张华等撰:《博物志(外四种)》,华文出版社 2018 年版,第 95 页。

神仙岛,还都有另外的"金玉琉璃宫""太帝宫"等名称,带有显著的道教色彩。譬如说"方丈洲……有金玉琉璃之宫,三天司命所治之处。群仙不欲升天者,皆往来此洲,受大玄生箓,仙家数十万"①,又如"扶桑在东海之东岸……上有太帝宫,太真东王父所治处""蓬丘,蓬莱山也……上有九老丈人九天真玉宫,盖太上真人所居",无一不是道家文化的体现。这些描述和构建,深刻影响了道家思想在东海中的传播。东海核心区域舟山群岛,有大量的和安期生、徐福、葛洪等有关的道家文化遗存,甚至在观音道场普陀山,其文化构建之初也是以道家仙家为基本文化元素。至于舟山本岛古称为瀛洲、岱山和衢山就是蓬莱岛所在地等的附会,其实也是这种海洋神仙岛文化的民间传说的体现。

二、张华《博物志》中的"东越"和"东海生物"

张华(232—300),字茂先。范阳郡方城县(今河北固安)人。据说他还是汉时著名人物张良的十六世孙,出身于显贵之家。张华能成为西晋时期著名的文学家,主要靠的还是自己。一部《博物志》,就奠定了他在中国文化史和学术史上的地位,因为这是中国第一部博物学著作。尽管张华笔下的"博物学"与现今的博物学,在内涵上差异很大,但它还是可以归到"博物"的范畴。

---

① 李剑国、占骁勇:《〈镜花缘〉丛谈》,南开大学出版社2004年版,第289页。

在张华构建的博物学中，就包含海洋中的物质世界，其中许多还与东海乃至浙江海域的海洋生物有关。

《博物志》卷一有这样一条记载："东越通海，处南北尾闾之间。三江流入南海，通东治，山高海深，险绝之国也。"①这里的"东越"，又称为"东瓯"，也指"东越国"，位置在浙闽交界。公元前192年，汉惠帝批准东越地区成立东越国。这是与浙江有直接关系的海洋"方国"，"东越"在浙江的地区，就是现在的温州、台州一带。

张华说"东越"的海洋地区，处于"南北尾闾之间"，这是相当精确的海洋水文描述。虽然"尾闾"云云，是一种文学性的比拟，但说这里位于东海和南海的海流交汇之处，则是非常正确的。

张华的《博物志》，走的是科学实录的博物学的路子，但是由于当时对于海洋百物的了解有限，因此他有时候不自觉地借用了一些文学想象。譬如《博物志》中有这样一则记载："东海有牛体鱼，其形状如牛，剥其皮悬之，潮水至则毛起，潮去则毛伏。"②这里的所谓"牛体鱼"，很可能是那些类似江豚的海洋生物，体型巨大，其皮厚实。但是说它的皮毛，"潮水至则毛起，潮去则毛伏"，似乎通过它的皮毛可以预知海潮的涨落，则显然是想象性虚构了。海潮涨落，尤其是天文大潮，会严重影响滨海地区的生命安全，自古受到人们的重视，唐朝的李肇还专门写过一篇长达数千字的《海潮赋》进行探讨。所以张华对于"牛体鱼"与海潮关系的超现实描述，其实也是根植于海洋现实的。

① ［晋］张华：《博物志》，王根林等校点：《汉魏六朝笔记小说大观》，上海古籍出版社1999年版，第185页。
② ［晋］张华：《博物志》，王根林等校点：《汉魏六朝笔记小说大观》，上海古籍出版社1999年版，第197页。

《博物志》卷三《异鱼》中还有这样一条记载："东海有物，状如凝血，从广数尺，方员，名曰鲊鱼，无头目处所，内无藏，众虾附之，随其东西。人煮食之。"①

这里描述的所谓"鲊鱼"，显然指的是水母，也就是海蜇。"鲊"的本意是腌制的鱼，食用的海蜇就是腌制的。张华的描述绝大部分都是非常生动而又逼真的，除了最后一句"人煮食之"。水母是白色透明的，但头部位置，又带有血红色。它的形状的确是圆形的。更稀奇的是，水母没有眼睛，需要依靠虾来给它"带路"，因此舟山群岛等海洋地区，自古就有"海蜇行走虾当眼"的民间故事。故事中说，现在人们看到的海蜇，都是没有眼睛的，但以前的海蜇不是这样的，那时候海蜇的眼睛明亮得很。有一天，海蜇参加虾的婚礼。正当大家高高兴兴的时候，乌贼突然闯进来抢亲。乌贼是海里的强盗，大家都很害怕，只有海蜇挺身而出，大声呵斥乌贼，同时保护小虾。乌贼恼羞成怒，逃走之前放出毒液，海蜇的眼睛不幸被喷中，永远失明了。小虾为了报恩，就天天为海蜇引路，充当它的眼睛。这个故事虽然意在解释为什么海蜇与小虾之间有这种共存关系，但也被赋予了人伦道德的主题。这是创作海洋鱼类故事普遍性的思维形式。

所以说，张华《博物志》中对于鲊鱼也就是海蜇的描述基本准确，但是文末说"人煮食之"，值得商榷。因为海蜇学名"水母"，身上绝大部分都是水，所以需要用盐腌制，滤去水分，才有"物"可以食用，如果用水煮，那就什么东西都没有了，全变成水了。或许在张华生活的西晋，人们还不懂用腌制法加工海蜇？如果是这样，那么"鲊鱼"之名又是如何来的呢？这真是有趣。

---

① ［晋］张华：《博物志》，王根林等校点：《汉魏六朝笔记小说大观》，上海古籍出版社1999年版，第198页。

三、干宝《搜神记》中的"东海君"和任 昉《述异记》里的"越俗"

干宝的《搜神记》被誉为中国小说的鼻祖,其中主要是志怪类小说。干宝是河南新蔡人,但很早就迁到浙江海宁的盐官定居,可以说是比较正宗的浙江作家了。他的《搜神记》里的涉海作品,自然属于浙江海洋文学的一部分。

令人遗憾的是,《搜神记》里涉及东海和浙江海域的叙事不多,只有卷二中的《东海君》一文:"陈节访诸神,东海君以织成青襦一领遗之。"①

不过《搜神记》里虽然只有这样一篇与东海有关的作品,而且篇幅还极短,但其含义很丰富。首先这里的"东海君",并非《山海经》等描述的东海海神,也不是普通的东海居民(有人想当然地认为"东海君"指东海龙王,但称呼龙王几乎没有用"君"这种称谓的,所以这种说法值得推敲)。"东海君"这种"半神半人"的身份非常特殊,就是放在整个中国海洋文学史上来看,也是罕见的。其次,"陈节访诸神"的构想也很有文学意味。这个陈节可能属于通神的有特异功能的人物,与费长房的传说有点相似。《太平广记》卷二九三引曹丕《列异传》说费长房能驱使鬼神。有一天东海君拜访葛陂湖的湖君,却奸淫了他的夫人。费长房得知后,就把东海君关了三年,导致东海大旱三年。东

_____

① ［晋］干宝:《搜神记》,王根林等校点:《汉魏六朝笔记小说大观》,上海古籍出版社 1999 年版,第 290 页。

海君只好求情,费长房就把这个面子给了葛陂君,让其去东海下了大雨。"陈节访神"的构想反映出西晋时期人鬼神灵相通的观念。而东海君以一领"青襦"相赠的情节,却是满满的海洋文化元素。张华《博物志》有这样一则记载:"南海外有鲛人,水居如鱼,不废织绩,其眼能泣珠。"在古代海洋文化话语里,"海洋织绩"是非常珍贵的丝织品,东海君以此相赠,可见他非常大方。

如果说上述的种种"东海"故事,与浙江海洋文化的关系还有一点模糊的话,那么南朝任昉《述异记》中的"越俗",则是再清晰不过的浙江海洋文学材料了。

任昉(460—508),字彦升,乐安郡博昌(今山东省寿光)人。南朝文学家、方志学家、藏书家。他的著作《述异记》内容非常丰富,神话传说、山川地理、古迹遗址、民间传说、历史掌故、奇禽珍卉等,几乎无所不记。其中也包含了较多的海洋题材。寿光位于渤海莱州湾西南岸,距海很近,所以任昉对于海洋并不陌生。

任昉《述异记》里的海洋叙事,还与梁武帝萧衍积极开展海外贸易活动有密切关系。任昉与萧衍的关系很好,萧衍封任昉为骠骑记室参军,后来拜任昉为黄门侍郎,迁吏部郎中,寻以本官掌著作,这真有点"一日数迁"快捷升官的味道了。此外,梁武帝初期的禅让文诰,多出自任昉之手,①所以任昉在梁武帝时代是深度参与朝廷大事的。梁朝积极开始海外贸易,势必带来了大量的海洋信息,这就为任昉《述异记》中的涉海叙事提供了丰富的素材。

《述异记》所记的海洋宝物中最多的当属海洋珠宝。书中专门记载了一个用来交易海珠的"珠市",其中有这么一句:"越俗以珠为上宝。生女谓之珠娘,生男谓之珠儿。吴越间俗说,

---

① 刘晓丽:《任昉〈述异记〉研究》,西北师范大学 2011 年硕士论文。

明珠一斛贵如玉者。"①"越"即古越,其族属核心范围主要在浙江沿海一带。所以这里所说的视海洋珍珠为珍宝的"越俗"观念,是浙江沿海地区一种非常明确的价值认同。由于这种观念传播广泛,深入人心,竟然发展成一种海洋习俗。有人认为这里的"珠",有可能指的是淡水珍珠,并非海珠,这是不对的,因为这段记载后面还有一句:"合浦有珠市。"合浦在广西北部湾即现今的北海市境内,其"珠市"上交易的全是海珠,不可能是淡水珍珠。

任昉《述异记》还有一则笔记,记叙的是一个神奇的"东海岛":"东海岛龙川,穆天子养八骏处也。岛中有草名龙刍,马食之,日行千里。古语云:一株龙刍化为龙驹。"说这个东海岛上,生长着一种名叫龙刍的仙草,马吃了后可以脚力大增,所以这里被穆天子用来放牧天马。这个想象非常奇特,这样的海岛当然不同凡响,完全可以归到神仙岛系列中去,只不过岛上居住的是天马而非仙家。而把整个浩瀚的"东海",浓缩成一个美丽、神奇的"东海岛"予以描述和展示,这样的构思,也是很有文学意味的。

《述异记》中还有一条非常有意思的记载:"东海中有牛鱼,其形如牛。海人采捕,剥其皮悬之,潮水至则毛起,潮去则尾伏。"显然这是从张华《博物志》"东海有牛体鱼,其形状如牛,剥其皮悬之,潮水至则毛起,潮去则毛伏"②那里抄来的。但是两相比较后可以发现,任昉在模仿的时候,还加了一句话"海人采捕"。这句话是很重要的,因为他使用了"海人"这个说法。"海人"就是海洋中的渔民或居民,说不定他们还是舟山群岛里的渔民先祖呢。

---

① 　[南朝]任昉:《述异记》,[明]程荣:《汉魏丛书》,吉林大学出版社1992年版,第2页,《述异记》的引文都来自此书。

② 　[晋]张华:《博物志》,王根林等校点:《汉魏六朝笔记小说大观》,上海古籍出版社1999年版,第197页。

第三章 ⟫——
唐代的浙江海洋文学

　　唐代是一个全面开放的时代,海洋开放也是其中一个方面。唐朝的海洋活动,不仅相当活跃,还具有全球性视野。在东亚海域,唐朝通过海战打败日军,重建以中国为核心的东亚秩序;在西亚海域,唐朝开辟"广州通海夷道",远洋航线甚至延伸到了波斯湾及非洲东海岸,并设立市舶使来管理海洋国际贸易。"唐朝、室利佛逝(即马来半岛一带的三佛齐王国)、阿拉伯三大海洋文明在亚洲海域的和平相遇共处、和谐互动吸引,共同建造亚洲海洋秩序,中华海洋文明从室利佛逝、阿拉伯海洋文明中汲取了新的能量和活力。"①

　　总之,唐朝时期,中国海洋活动十分活跃。"唐朝奋发向上的创新风气和对外开放的远大气魄,使得这个时期的海洋活动展示出更多的活力。人们一步步靠近海洋、认识海洋、探索海洋、开发海洋,由此培养出华夏本土前所未涉及的海洋文明。"②这种"前所未涉及的海洋文明",也造就了唐朝海洋文学的繁荣。同时,唐朝的海洋文学,与整个唐代传奇小说发展一致,所以这个时期的海洋书写,也多体现为对"异事异物异人"的构建,呈现出一种很特殊的"传奇海洋"的文学特质。

---

　　① 杨国桢:《中华海洋文明的时代划分》,李庆新主编:《海洋史研究(第五辑)》,社会科学文献出版社2013年版,第8页。
　　② 王赛时:《唐朝人的海洋意识与海洋活动》,杜文玉主编:《唐史论丛(第八辑)》,三秦出版社2006年版,第211页。

　　唐朝海洋文学的这个"传奇"特点,在浙江的海洋文学中也多有体现。唐朝的浙江海域开放程度虽然还比不上南海,但是第一次把脱离宁波管辖的舟山群岛这个"古甬东境",单独纳入行政版图,于唐开元二十六年(738)始置翁山县,就显示出朝廷对东海地区的重视。可惜的是 33 年后的唐大历六年(771),翁山县又遭废黜。这使浙江的海洋文明发展又一次出现波折,导致浙江的海洋文学在唐代不是特别发达。但是戴孚《广异记》里的"临海仙岛"、牛僧孺《玄怪录》中的"象山古墓"和杜光庭《录异记》中的"海龙王宅",都显示出相当强的传奇叙事特质,这与整个唐朝的小说叙事是一致的。

　　另外,唐朝辞赋家蒋防的《任公子钓鱼赋》,将《庄子·外物》中以浙江会稽山为背景的任公子海钓故事作为素材,进行了二度创作,大大丰富了唐代的浙江海洋文学资源。

一、戴孚《广异记》里的"临海仙岛"

　　戴孚,谯郡(今安徽亳州)人,生平事略不详。据顾况所作《戴氏广异记序》(《文苑英华》卷七百三十七),戴孚于唐至德二年(757)与顾况同登进士第,任校书郎,终于饶州录事参军,卒年大约 60 岁不到。他编著的《广异记》,是著名的唐代笔记小说,内容多为各类神仙鬼怪故事,对六朝志怪叙事传统有较好的传承和发扬。

　　《广异记》里有较多的涉海叙事作品,它们分别是《径寸珠》《海州猎人》《南海大蟹》《南海大鱼》《慈心仙人》《鲸鱼》和《徐福》七篇作品。这些作品内容丰富,情节曲折,信息量大,为中国的海洋书写增添了新的话语题材。其中与浙江海洋文学有关的,就有《慈心仙人》。

《慈心仙人》以唐广德年间浙江临海袁晁起义攻占永嘉的真实事件为背景,叙述了一个发生在临海外面海岛上的神仙故事。故事对海洋神仙形象的刻画,与传统的叙事形象相比,有了很大的拓展,显得十分清晰丰满。

故事中说,有一天,袁晁手下的一艘船在海上活动的时候,遭遇了风暴,被刮到了数千里外的一座无名岛上。大家知道,这是中国古代海洋小说最常用的故事模式:航海中的船遭遇风暴,被风刮到了极其遥远的陌生海岛,所以故事都在岛上展开。这篇《慈心仙人》也是如此。虽然故事的模式是一样的,但岛上的风景各有不同。袁晁手下——故事里称之为"贼"——登上了海岛,意外发现它绝不是荒凉的无人荒岛,反而非常美丽。它"青翠森然,有城壁,五色照曜",这样的风景,别的海岛是没有的,所以这些人争先恐后地上了岛。沿着小路进去,他们看见岛上还有"精舍,琉璃为瓦,玳瑁为墙"。这样精致的地方,这些"贼"自然不会错过。他们毫不犹豫地闯了进去。寂不见人,房中唯有胡矮子二十余枚,器物悉是黄金,无诸杂类。又有衾茵,亦甚炳焕,多是异蜀重锦。又有金城一所,余碎金成堆,不可胜数。真是进了黄金宝物洞了。"胡"指洋人,"矮"是小狗的意思,这些黄金被洋人铸成了小狗的样子,非常可爱。这些人起初还有些犹豫,有些害怕,有些观望,但不久后"贼等观不见人,乃竞取物",认为屋内无人,这些黄金小狗就是无主之物,就毫不客气地纷纷往自己口袋里装。

就在这时,一个女人出现了。

作者赋予这个女子异乎寻常的禀赋。她"长六尺,身衣锦

绣,上服紫绡裙"。一米等于三尺,六尺就是两米高了。所以这个女子的身材异常高大,着装异常华美,显然不是常人。虽然她只有一个人,面对的是一群"贼"或"盗",但她毫不畏惧,反而一眼就认出了这些人是袁晁手下,指出这些东西根本就不属于他们,他们怎么可以擅自取之!她还指着那些胡矮子说:"向见矮子,汝谓此为狗乎?非也,是龙耳。"嘲笑他们有眼无珠,把矮子看成了狗,其实它们是龙的耳朵啊。你们触犯龙王了,所以她提醒道:你们所盗取的这些金货,需要立即放下。不是我不肯给你们,而是怕龙王震怒,你们死在旦夕还不知?我在前面引路,你们快快离去!她给他们指明了回去的方向,还"借"给他们能够扬帆的"便风",还告诫他们:"不出十日,当有大祸,宜深慎之。"

原来这个岛叫镜湖山,它是慈心仙人修道处,不是普通凡人可以来的地方。至此,一位海洋"慈心仙人"的形象,已经卓然而立:她高大、美丽、善良,乐于救人,哪怕对方是"贼"是"盗"。海洋神仙往往是道家形象的另外一种表述,这篇《慈心仙人》也不能免俗,文中塑造的这位女子高大、美丽又富有人情味。

或许是为了印证"慈心仙人"的告诫,故事还安排了一个结局:"寻而风起,群贼拜别。因便扬帆,数日至临海,船上沙涂不得下,为官军格死,唯妇人六七人获存。"他们果然被官军剿灭了。

故事的结尾饶有意味:"浙东押衙谢诠之配得一婢,名曲叶,亲说其事。"这些"贼"的家眷被"分配"给了官员做丫鬟和小妾。"亲说其事"是为了证明故事的真实性。这是古代海洋传奇性小说经常采用的写法。

二、牛僧孺《玄怪录》中的"象山古墓"

牛僧孺是唐代著名政治家和小说家。他的《玄怪录》在小说史上具有相当高的地位。他是安定鹑觚(今甘肃灵台)人,一直在北方内陆生活,似乎也没有什么海洋经历,但是《玄怪录》中有一篇《卢公焕》,故事发生地为象山半岛,所以就与海洋有关系了。还需要指出的是,这个故事后来被收入《太平广记》,故事空间从象山半岛改为舟山岛,海洋因素越发突出了。

故事说,黄门侍郎卢公焕,在担任明州刺史的时候,得到报告。明州就是宁波,它管辖的象山县,位于一个半岛上。报告说,象山半岛有一个临海溪谷,十分幽深偏僻,平时罕有人迹,更没有人居住。可就在这样的地方,却发生了一件盗墓案。案件侦破后,盗墓贼是这样交代的:

他们说最初发现这里有古墓,纯属意外。那天他们中的一人或几个人(故事没有说清楚)路过溪谷的时候,偶然发现溪谷边的小路上有车辙。车辙印痕很深,在印痕底部露出了花砖。他们非常惊奇,这样偏僻的地方,怎么会有如此精致的花砖出现呢?而且还埋在地下!职业的习惯促使他们蹲了下来,揭开了花砖。原来下面竟然有一座古冢墓。

他们没有立即偷挖。因为就算在唐代,偷盗古墓也是要治罪的,他们不敢贸然行动,想出了一条"妙计"来"遮掩"偷盗行径。他们纠结了十个同伙,冒充良民,一起来到了象山县衙,"于县投状,请路旁居止"。也就是说,他们向县衙提出申请,要

在这条溪谷旁边开荒居住。当时象山人少地荒,十分需要移民来开垦,所以"县尹允之",县尹没有任何怀疑,就立马同意了。

这十个盗墓贼就这样在溪谷边居住下来。他们在发现有古墓的地方开荒种麻。浙东的麻有两种,分别为绿麻和苎麻。前者是粗麻,一般用来编织绳子和麻袋之类;后者是细麻,是织布的好原料。故事没有说明这些盗墓贼种的是什么麻。但无论是何种麻,都种得密密麻麻的,外面人根本看不见麻地里面的情形。这些盗墓贼种麻的目的,就是"令外人无所见"。这条溪谷本来就没有人来往走动,荒芜得很。现在种上密不透风的麻,里面的人在干些什么,就更没有人知晓了。

就在这样的环境下,这些盗墓贼开始行动了。"即悉力发掘,入其隧路,渐至圹中。"他们越挖越深,很快发现了墓道。顺着墓道进去,却被挡住了——"有三石门,皆以铁封之。"

这个故事的构思十分巧妙,叙事很见功力。上述的开头部分就已经非常精彩,到了这里,故事情节越发曲折动人。或者说,从这三道门封路开始,故事的高潮即将到来。

盗墓贼被三道石门挡住了,而且石门旁边的空隙,还被铁封死,似乎不可能进入墓穴中心。但是这些盗墓贼自有他们特殊的办法。"其盗先能诵咒,因斋戒禁之。"原来他们还拥有一套"诵咒开门"的奇特本领。借用一些仪式,默念几句咒语,"翌日,两门开,每门中各有铜人铜马数百,持执干戈,其制精巧。"第二天,三道石门中的左右两道石门,居然真的被他们的咒语打开了。从门里走出了数百个铜人,他们手持干戈,骑在铜马上,一言不发。盗墓贼知道这些都是大人物的仪仗队,更重要的人物还没有出现。于是他们"又斋戒三日",更起劲地念咒语。终于,"中间一扇开"。中门是最重要的一道门,是只供大人物出入的。此门打开,意味着守墓的大人物要出场了。

盗墓贼屏住呼吸，紧张不安地等待这位大人物的出现。"有黄衣人出。"没有想到出来的是一个黄衣人。穿这种衣服的人不可能是大人物，很可能是大人物的随从跟班。果然，这个黄衣人是来传话的。

"汉征南将军刘使来相闻，某生有征伐大勋，及死，敕令护葬及铸铜人马等，以象存日仪卫。奉计来此，必要财货，所居之室，实无他物，且官葬不瘗货宝，何必苦以神咒相侵，若更不见已，尝不免两损。"①

他传的是"汉征南将军"的话，原来"汉征南将军"就是这个墓穴的主人。"汉征南将军"原来是东汉初期由光武帝刘秀设置的一个高级官职。到了东汉末期，曹操设置四征将军时，征南将军便是其中之一。总之，"汉征南将军"是东汉时期的一个高级武将职位。这样的将军墓穴居然在象山半岛出现，可见象山的人文历史非常悠久。

这位"汉征南将军"通过门人传话给盗墓贼说，你们千方百计来盗墓，肯定是奔墓中的钱财来的。但本人虽然有征伐大功劳，享受墓穴有铜人铜马护卫的待遇，实际上没有什么财产，本人的墓穴里也没有什么陪葬品。你们肯定要失望的。你们不必一而再再而三地用咒语来骚扰我。你们还是回去吧，免得互相伤害。

黄衣人传完了这些话，转身回去了。三道石门也"复合如初"，似乎什么都没有发生过。

盗墓贼挖空心思谋划，下了那么大的功夫要盗墓，岂会被黄衣人这几句话吓得停手不干？

---

① 〔唐〕朱僧孺：《玄怪录·续玄怪录》，中国人事出版社1995年版，第152页。

"盗又诵咒数日不已。"这次念得更加起劲了,一连念了好几天,念得墓穴里面的人实在受不了,"门开,一青衣又出传语"。门又打开了,人也换成了青衣人,但实际上什么都未改变。因为这个青衣人仍然是一个传话人,传的话,也与上次那个黄衣人的差不多,仍然是里面什么都没有,你们还是回去吧之类。这些话,盗墓贼如何会听得进去?"盗弗允说",继续念咒骚扰。

这下里面的人发怒了。"两扇癖,大水漂荡,盗皆溺死。"本来紧闭的石门忽然打开,无数的海水猛地涌了进来,把挤在墓道里的盗墓贼都淹死了。

不过既然盗墓贼都淹死了,墓穴里面的征南将军和他的随从,不可能走出墓穴,这个故事外人怎么会知道呢?古人写小说,是必须交代前因后果的,所以这个故事又安排了这样一个尾声:"一盗解泅而出,自缚诣官,具说本末。黄门令覆视其墓,其中门内有一石床,骸枕之类,水漂已半垂于下,因却为封两门,室其隧路矣。"①原来还有一个盗墓贼没有死,善于游泳的他逃了出来。想想事情闹大了,自己也脱不了罪,于是就去自首了。象山县衙派人前去查看。他们去的时候,墓中的水位已经下降了许多。他们从中门进入墓穴,看到里面只有普通的石床和骸、枕之类。衙门的人重新封死了墓门。他们写了一个报告给县衙。估计县衙马上报告给了明州刺史卢公焕。后来不知怎的,事情传到了宰相牛僧孺耳中,他就把故事写成了小说。

不过由于这个故事实在精彩,宋人李昉等人在编撰《太平广记》时,又把它收了进去。但不知出于什么考虑,编撰者把这个故事的空间位置从象山半岛移到了舟山岛。这下这个故事

① ［唐］牛僧孺:《玄怪录》,明陈应翔刻本,第32页。

与海洋的关系,就更为紧密了。

无论是象山还是舟山,都在浙江。这个颇具传奇性的"海洋盗墓"故事,曲折地说明早在唐代,浙江沿海地区的文明已经发展到了相当的高度。

三、杜光庭《录异记》中的"海龙王宅"

杜光庭(850—933),字圣宾,号东瀛子,浙江缙云人。缙云是山区,群山连绵,很多地方都适合建造庙宇和道观,民间宗教氛围浓厚。杜光庭因考进士未中,就再也没有去考试,而是出家去天台山学道,结果成了唐末五代时期的一位高道。同时,他著述很多,还是著名文人。他的《录异记》是一部中国古代神仙集。这样的著作很符合他道士和文人的双重身份。

饶有意味的是,他给自己取了一个"东瀛子"的号。"东瀛"即东海,这就与海洋有关系了。在他的《录异记》里,的确有两篇作品与海洋有关。他在静修道学之余,还在关注海洋世界,而且关注的还是海洋的奇异性内容,这真的是很有意思。

他的两则涉海故事,其中一则叫《海龙王宅》,故事内容与浙江海域有关。

我们许多人都知道,在民间传说中海龙王住在海底的龙宫里,可是龙宫究竟在海底哪个位置,从来没有人说清楚过。书中杜光庭说海龙王宅,就"在苏州东,入海五六日程"。地理位置写得如此清楚明白,好像这个杜光庭经常去光顾似的。苏州东边的海,就是长江入海口了。从这里往东,航行五六天,在帆

船时代,也只能到达浙江嵊泗洋山一带。难道这海龙王的宫殿,就在浙江舟山的嵊泗大、小洋山岛附近? 这个位置定位,真的是太有意思了。

但是海面一片茫茫,如何知晓海龙王宅的具体位置? 杜光庭说,可以知道的,因为它是有标记的。"小岛之前,阔百余里,四面海水粘浊,此水清,无风而浪高数丈,舟船不敢擅近。"原来在海龙王宅的上面,海水特别黏糊浑浊,这可能与龙王经常吐涎水有关。黄鳝、泥鳅吐出来的涎水也是黏糊糊的,而且源源不断,更不要说海龙王的涎水了,当然会把上面的海水也变得黏糊浑浊。这是判断海龙王宅位置的第一个依据。但是海龙王非常讲究环境保护,它把涎水吐在宅居的四周,而真正的龙宫上方,海水却异常清澈。也就是说,如果在一大片黏糊浑浊的海域中,忽然发现中间一圈非常清澈,那就几乎可以断定这就是海龙王宅所在地了,这是判断海龙王宅所在地的第二个依据。还有第三个判断依据呢,那就是这圈异常清澈的海面,却一点也不平静,没有风的日子,也是浪头很高,一般的船都不敢靠近擅入的。

但是杜光庭又说:"每大潮水没其上,不见此浪,船则得过。"只有在类似农历八月十六日这样的大潮水时刻,汹涌的大潮水暂时淹没了这片"清水海域",船就可以过了。这句话告诉我们,海龙王宅其实还处于航海交通要道,船儿必经此地。

以上都是白天的情况,到了夜里,又是另外一番情景。"夜中远望,见此水上红光如日,方百余里,上与天连。"这又是一个判断海龙王宅位置的依据。所以凭借上述种种依据,"船人相传,龙王宫在其下矣。"大家都知道海龙王宅就在这片海域的下面了。

杜光庭生活的唐代,龙王的故事已经到处流传,龙文化已经非常发达,但是把海龙王宅的位置和判断的依据说得如此

"清楚"，杜光庭还是第一个，而且是唯一的。由于他描述的海龙王宅位置，很可能就在浙江舟山嵊泗的洋山一带，因此这篇《海龙王宅》也就成了浙江海洋文学的一个有机组成部分。

四、蒋防《任公子钓鱼赋》对先秦传奇故事的再创作

《全唐文》说，蒋防，字子微，义兴人，官右拾遗。元和中，为司封郎中、知制诰，进翰林学士。后出任汀州刺史。其具体生卒年不详。

蒋防的《任公子钓鱼赋》为《全唐文》所收，但是宋代李昉的《文苑英华》却认为作者是王起，而清代陈元龙《历代赋汇》又说是阙名。因为《全唐文》较有权威性，所以这里也认为作者为蒋防。其实不同的作者归属并不影响本赋的内容，它根据《庄子》改写和再创作，这是确定无疑的。

《任公子钓鱼赋》前面还有一个小序："昔任公子钓鱼，经年不获。及其获也，众人餍之。公孙宏十上不遇，及其遇也，帝王任之。固知饵大则鱼大，功高则禄厚。鱼也，人也，何酷似乎。感其义以作赋。"明确说明了材料的来源。这是一种借题发挥，或者说是对于旧题材的新营构，这在海赋中是普遍存在的，只不过《任公子钓鱼赋》更为突出罢了。

《任公子钓鱼赋》全文不长，属于抒情小赋："千载崇崇，我闻任公。独坐会稽之上，垂钓东海之中。海之广兮，混然飞流；鱼之大兮，邈矣难传。所谓之鱼，三千余里。何以为饵，五十其牛。其钓兮星霜已周，日居月诸兮吞此大钩。吞钩之时，其势

回互。觉巨绲之紧急,惊白波以鼓怒。搅大海,簸高涛。巢三山,惮群鳌。及夫道尽途殚,绳穷势蹙。突兀出水,蹉跎望陆。一岸山横,半天云矗。巨鳞既已倾,海水亦以清,吞舟之害乎。若乃飞鸾刀以撞突,泉为膏兮岳为骨。剥鳞上之重锦,抉眼中之明月。由河之北,达于东溟。万民餍饫,三年膻腥。向时兮刻意临川,劳神有年。舟人不顾,渔子悠然。坐石滑兮积苔藓,苍葭变兮老云烟。今日兮投竿瞬息,以肉为食。豫且气慑,詹何失色。契我心者臧丈人,适我愿者龙伯国。钓道既尔,人亦如此。孙宏未遇,买臣家贫。海上牧豕,江边负薪。常以云霄自致,燕雀时人。受侮不少,守志弥真。终逢挺拔,俱为汉臣。典郡则还乡衣锦,作相而开阁迎宾。则知饵大者鱼大,道肥者禄肥。获大则喜,虽晚何悲。鱼之与人,殊途而同归。"①

赋文说,千百年来,我一直听说任公子海钓的故事。他独坐会稽山,寂寞地抛竿于东海。日复一日,年复一年。东海是何等广阔啊,他最后钓获的大鱼是何等巨大啊。而钓获大鱼的场面,又是何等壮观,简直是惊心动魄。一鱼之获,造福万民。这种垂钓的姿势和经过,与人臣等待机会一展宏图是多么相似。而多年的寂寞等待,一旦获得主上的青睐,命运立即大变。这就是任公子海钓给我们带来的深刻启示啊。

如果仔细比较《庄子·外物》的"任公子海钓"原文和再创作的《任公子钓鱼赋》,可以发现蒋防几乎是"复述"了庄子的任公子海钓话语,但是由于他在"序"中将"任公子钓鱼,经年不获"与"公孙宏十上不遇"进行"并论",因此这种"复述"不仅仅是为全文的"讽喻"提供素材,蒋防要表达的是"及其获也,众人

---

① [唐]蒋防:《任公子钓鱼赋》,[清]董诰:《全唐文》,清嘉庆内库刻本,第7384—7385页。

餍之""及其遇也,帝王任之",说明长期耐心地等待和坚守,才是成功的不二法门,这才是他进行再创作的主旨。"则知饵大者鱼大,道肥者禄肥。获大则喜,虽晚何悲。"这就为传统的"任公子海钓"故事注入了更多深刻的人生哲理。

第四章 〰——
宋代的浙江海洋文学

　　宋代是中国海洋大开发时代。它继承了大唐的海洋开放政策,海洋活动非常活跃。尤其是指南针被广泛应用于航海,大大促进了海运的繁荣,海洋事业更加快速发展。进入南宋以后,长期的宋金之争导致朝廷军事开支急剧增加,海洋经济成了朝廷重要的收入来源,这就大大促进了海洋贸易尤其是海洋国际贸易的发展。前些年在广州海域成功打捞出水的南宋大型商船"南海一号",船上有瓷器等商品数万件,专家们分析其目的地乃是新加坡等南洋一带,可见当时的海洋贸易规模是何等巨大。

　　宋代的海洋活动有力地促进了宋代海洋文学的繁荣,而且文本形式和叙事内容都有了进一步的改变和扩大。《太平广记》包含了非常丰富的海洋叙事文学资源,可以说是秦汉至宋的海洋叙事文学集大成之作。宋代众多的个人著作中,也有大量的涉海文学作品存在。另外一些地方文献性质的著作中,也蕴藏了多方面的海洋叙述材料,它们都有力地推动了地域特质显著的海洋文学区块的形成和发展。

　　浙江海域是宋代海洋开发的重点之一。舟山群岛更是在宋代(尤其是南宋时期)得到了大规模的移民和开发,舟山渔场就是在这个时候正式形成的。所以这个时候的海洋文学,就包含了与浙江和东海有多方面联系的许多海洋文学作品,其中还有好多篇与舟山(包括普陀山观音道场)有关。

一、李昉《太平广记》中的"东海勇士" 和"东海奇物"

　　《太平广记》是宋代一部卷帙浩繁的类书,为李昉等十四人奉宋太宗之命编纂而成。因成书于宋太平兴国年间,与《太平御览》同时编纂,所以叫作《太平广记》。全书五百卷,引书三百多种。鲁迅对它的文学价值评价很高,认为它"不特稗说之渊海,且为文心之统计矣"①。

　　《太平广记》是古代小说之渊薮,也是古代海洋文学之摇篮。在它众多的篇什中,涉及海洋的多达七十余篇,这在古籍中可谓"海洋文学之最"。在这些众多的涉海作品中,与东海和浙江有关的,就有《甾丘诉》《蛇丘》《东海大鱼》《海人鱼》和《东海人》等。可以说,《太平广记》是早期东海海洋文学的一次集中展示。

　　《太平广记》第一百九十一卷为《骁勇》卷,描写和歌颂的都是勇士、英雄。其中一篇《甾丘诉》,塑造了一位东海勇士的形象。从前,东海之上,有一位勇士,名字叫甾丘诉,素"以勇闻于天下",而且他这个"勇",与一般人所理解的一味地天不怕地不怕的莽勇不同。他既有蛮力之勇,也有心智之勇。有一天他经过一处"神泉",吩咐仆人带马去喝水。仆人说,这里是龙王泉,通海的,只有龙才能喝这里的泉水。如果让马去喝水,

---

　　① 鲁迅:《中国小说史略》,《鲁迅全集》第九卷,人民文学出版社1998年版,第99页。

马必死无疑。邰丘诉说,你不要管那么多,听我的吩咐好了。结果喝水后的马,果然死了。邰丘诉大怒,"乃去衣拔剑而入,三日三夜,杀二蛟一龙而出"。他把水潭里的蛟龙杀得干干净净。

这下闯下大祸。蛟龙的好朋友雷神来报仇。"雷神随而击之,十日十夜,眇其左目。"他与雷神大战十日十夜,虽然没有被雷击死,但是一只眼睛被打瞎了。他的朋友要离听到这个不幸的消息后,就去看望他。据《吴越春秋》记载,要离身材瘦小,相貌丑陋,却是当时非常著名的刺客,平时以海上捕鱼为业。这就与生活在海上的邰丘诉有了关联,此外大家同为勇士,所以惺惺相惜,成了好朋友。听说邰丘诉伤了眼睛,要离就去慰问。可是那天要离来的时候,碰巧邰丘诉送丧去了,不在家。要离就追到了墓地,两人终于见面了。要离说:"我听说雷神攻击你,攻击了十日十夜,把你的一只眼睛打瞎了。古人有言,天怨不旋日,人怨不旋踵。天造成的伤害,需要立即去报仇。人造成的伤害,报仇的时间就更短了。你眼睛被打雷神打瞎,已经好多天了,为什么至今还不去报仇啊?这可不像是一个勇士的作为啊。"这真是勇士之间的慰问之言。原来他不是来安慰邰丘诉的,而是来责怪和激励他的。大概由于邰丘诉没有及时表态,要离很生气,"叱之而去"。要离的这种态度,让在场的无数人"振愤",都对邰丘诉表示了不满。要离回去后,也觉得自己对邰丘诉的态度有些过分,很是不安,他对人说:"这个邰丘诉啊,是天下的勇士,今天被我公开侮辱,他必来杀我。"于是要离天黑了也不关门,睡觉了也不关窗,就等着他来。

到了半夜,邰丘诉果然来了,他用剑尖顶住要离的脖子,说:"你有三条死罪:辱我于众人之中,死罪一也;天黑不闭门,死罪二也;就寝不闭户,死罪三也。"要离说:"你说得对。不过

等我说完这几句话，你再杀我吧。你说我有三条死罪，我承认。但你也有三不肖①：你来了却不是以朋友之礼拜访，一不肖也；拔剑不刺，二不肖也；先拔剑后说话，三不肖也。你如果这样把我杀了，好比是用毒药把我毒死，不算是大勇士的本事啊。"听了要离的话，甾丘诉就立即收回了剑，准备回去了。他边走边感叹说："哈哈！天下能像你这样的人，恐怕没有第二个了。"②

这篇小说人物性格鲜明，情节曲折有趣，对话尤其精彩，具有较高的艺术水准。甾丘诉的形象，是海洋文学所塑造的最生动的人物形象。这样的文学形象，出现在东海文学之中，是东海的光荣。

《太平广记》还从现在已经失传的《方中记》《玄中记》《洽闻记》及《西京杂记》等著作中辑录了多篇与东海有关的作品。《蛇丘》记述了一个蛇岛："东海有蛇丘，地险，多渐洳，众蛇居之，无人民，蛇或人头而蛇身。"这是对海洋生态环境方面的一个记录。在海洋地区至今还有少量的蛇岛或鸟岛。《东海大鱼》还记述了一条神奇的大鱼："东方之大者，东海鱼焉。行海者，一日逢鱼头，七日逢鱼尾。"这种大鱼叙事源自《山海经》，但这篇《东海大鱼》显然更为夸张。这种夸张式大鱼叙事在《东海人》中也有："昔人有游东海者，既而风恶舠破，补治不能制，随风浪，莫知所之。一日一夜，得一孤洲，共侣欢然。下石植缆，登洲煮食，食未熟而洲没。在船者砍断其缆，舠复漂荡，向者孤洲，乃大鱼也。吸波吐浪，去疾如风，在洲上死者十余人。"这篇作品名为《东海人》，实际上写的是东海鱼，这种大鱼故事在民间流传很广。笔者小时候就经常听说这种"山一样的鱼"的故

---

① 这里的"肖"乃微小渺小之意，"三不肖"意为三方面不足。

② ［宋］李昉等：《太平广记》，民国景明嘉靖谈恺刻本，第828页。本书其他有关《太平广记》的内容，都来自此书。

事。《海人鱼》属于"人鱼"叙事："海人鱼,东海有之,大者长五六尺,状如人,眉目、口鼻、手爪、头皆为美丽女子,无不具足。皮肉白如玉,无鳞,有细毛,五色轻软,长一二寸。发如马尾,长五六尺。阴形与丈夫女子无异,临海鳏寡多取得,养之于池沼。交合之际,与人无异,亦不伤人。"这篇故事把鱼极力拟人化,还言之凿凿地说浙江临海一带就有这种"人鱼"存在,一些鳏寡之人还把它们视为"生活伙伴",这就未免有点民间传说的味道了。

　　《太平广记》所辑录的作品,大多是秦汉魏晋时期的著述。秦汉魏晋时期志怪文学盛行,海洋文学尚处于想象性书写的早期,所以这个时候的涉海作品,志怪色彩非常浓厚。"东海"基本上还是一个文化和文学空间概念,但是有些作品中出现了浙江海域的地名,如"临海"等,说明这个"东海",还是比较接近于以浙江为中心的东海这个海洋地理概念的。

二、秦再思《洛中纪异》中的"钱塘外仙岛"

　　秦再思,《说郛》注"号南阳叟",生平不详。《续资治通鉴长编》卷二十二曾提及此人:"(太平兴国六年十一月)辛亥……先是有秦再思者,上书愿勿再赦,且引诸葛亮佐蜀数十年不赦事。""太平兴国"是宋朝开国第二个皇帝宋太宗的年号。如果这两个"秦再思"为同一个人,那么可以说明他是宋太宗时代的人了。《洛中纪异》,或名《纪异录》《纪异志》,原书已经失传,佚文散见于《类说》《分门古今类事》和《说郛》等书中。《归皓溺

水》即辑自《分门古今类事》卷四。《分门古今类事》是一部小说集,《归皓溺水》就是其中一篇小说。

《归皓溺水》叙说的是一段海洋奇遇。归皓,是浙江钱塘人,钱塘也就是现在杭州一带。但他的身份很特别,"天成四年,泛海来贡"。天成四年即后唐天成四年(929),"泛海来贡"指海外藩国或属国前来朝贡。如此说来,难道这个归皓,虽为浙江钱塘人,其实一直在海外生活,这次是作为海外藩国朝贡使团中的一员,回到了中华故土吗?小说中没有写清楚。后面发生的故事,叙述得倒很清晰明白。故事说,朝贡的船队在海上遭遇了风暴,"船悉破溺"。船破了,被风暴拆解了,其他人都落水溺死,只有"皓抱一木,随波三日,抵一岛"。这样的叙事模式,在中国古代海洋小说中,是一种具有范式意义的结构形式。故事的精华或重点不在航海途中,而在于上岛后的遭遇。归皓"舍木登岸"了,随之《归皓溺水》的叙事重点也在上岛后展开了。归皓上了岛,一路往小岛深处走去,岛上没有其他居民,他只看见两位道士在"手谈",也就是在下棋。在这样远离大陆的海岛上下棋,归皓知道他们非神即仙,于是立即跪地就拜。两个道士对于他的突然出现,一点也不惊讶,似乎早就预知他会到,他们只是淡淡地看他一眼,其中一人说:"你不就是归皓吗?"那道士居然一下就叫出了归皓的名字,真是神了!古人写小说,主观性很强,不怎么讲究叙事的因果逻辑,而且跳跃性很强。小说写到道士知道归皓名字处,归皓听了以后也只是"再拜",并不怎么觉得惊讶。至于他是怎么知道的,归皓怎么不觉得惊讶,小说就跳过去了,并没有给出解释。

就在归皓一拜再拜的时候,有一个人忽然从岛旁边的海中冒了出来,大声地对两位道士说:"海龙王请二尊师斋。"原来这个人是海龙王的使者,传达海龙王的旨意,说海龙王请道士前去吃饭喝茶,可见这两位道士有上天入海的本事,可以归到仙家行列了。两位仙家很客气,邀请归皓一同前往,正好归皓也对龙宫感到好奇,就跟着去了。他们进入海龙王宫,与海龙王一起吃饭喝茶的情节,本来可以成为一个精彩的片段,可是作者竟然不着一字。"乃与皓同往。既出。"似乎是刚进龙宫,就立即回来了。所以这段海龙王请吃饭的情节,除了显示道士的能耐,似乎没有其他任何意义了,这是很可惜的叙事缺失。

从龙宫回来后,道士"命朱衣吏送皓还",要把归皓送回家,但也没有说清楚回的是归皓在藩国的家,还是在中国钱塘的家。朱衣吏把归皓带到了一个院子,对他说:"侍郎元无名字,除进奉外,人数姓名并已收付逐司。"这段话需要解释。"侍郎"是归皓的职务,这个职务一看可知属于中华官职,结合后来的叙述,我们才明白原来这归皓是朝廷派出去迎接藩国朝贡船队的代表。"无名字"是指鬼簿上没有归皓的名字,意思是归皓还没有死,藩国进贡的东西也没有损坏;但是同船的其他人都死了,他们的名字都已经报到"逐司"那边去了。这"逐司"可能是管理溺死鬼魂的机构。"皓请见其子。"如此说来,归皓的儿子也在船上,也不幸溺死了。朱衣吏说:"这是天数,你儿子回不来了。"他立即就把这次海难中的所有溺死者的鬼魂召集在一起,一共有两百多个。小说明确说,这些人都是"吴越溺人",原来都归归皓统管,其中就有归皓的儿子。他们一见到归皓,就全都跪下了,可是的确已经是阴阳两隔,归皓无法把他们带回家了。

"朱衣令取进奉物列于庭,印封如故,即令十余辈送皓出。"人已亡,物仍在,可以让归皓继续完成朝廷使命。归皓踏上了归途,由于得到了神灵的帮助,才一会儿工夫,归皓乘坐的小船,就已经来到了中华莱州界。岸边已经有朝廷派来的军队迎

接他。而就在归皓离开小船、登岸而上的时候,岛上道士用来送他的小船,竟然自燃了。这船一毁,从此再也不可能与那小岛以及岛上的仙家有任何联系了。经此生死劫难,归皓也心灰意冷,"谢病隐居,年八十卒"。似乎他人生最有价值的经历,就是他那一次海上奇遇。自那以后,他的余生就再也没有什么可说之处了。

三、徐兢《宣和奉使高丽图经》中的"浙江海道"

北宋外交家徐兢所撰《宣和奉使高丽图经》,是一部非常重要的海洋文献。由于他出使朝鲜半岛,是从宁波甬江经镇海口入海,途径舟山,并在舟山候风和补充给养后才出发,因此《宣和奉使高丽图经》里有许多内容,与浙江海域有关。

徐兢(1091—1153),字明叔,号自信居士,建州瓯宁(今福建建瓯)人。瓯宁毗邻大海,所以徐兢从小就熟悉海洋,这个因素或许成全了他后来航海出使高丽的经历。那一年是北宋宣和五年(1123),他以"国信所提辖人船礼物官"身份随从出使高丽。这个身份的名称有点复杂,实际意思很简单,他不是正使,只是一名随从,主要负责管理送给高丽国王的礼物。

在北宋时期,要横跨东海前往高丽,是很不容易的。当时的航线主要在北方,一般是从山东半岛的登州出发。但是那时候宋金关系紧张,北方航线已经很不安全,于是就开辟了南方航线,也就是从浙江的宁波出发,经舟山群岛出洋,再向北前往朝鲜半岛。徐兢他们属于这条南方航线的第一批航海者,具有探险的意味。所以徐兢觉得应该把这次航线涉及的航船、航道等重要航海资讯记载下来,以供后人参考。这样的想法和做法,在当时是非常了不起的,他记载下来的内容已经比较接近西方航海家非常重视的航海日志了。

从高丽回来的第二年,他就以自己这次航海的亲身经历和见闻为依据,稽考有关资料,写成了《宣和奉使高丽图经》(以下简称《图经》)一书。他在"自序"里说:"因耳目所及,博采众说,简汰其同于中国者,而取其异焉,凡三百余条,厘为四十卷。物图其形,事为之说。"①他根据亲身经历和实地考察写成的这本《图经》,对于研究宋代海洋史具有很高的价值。譬如卷三十四记载的"若晦冥则用指南浮针,以揆南北",是证明北宋时期指南针就已经应用于航海的有利证据,尤为后世所重视,被研究海洋史的学者一再引证。

徐兢的《图经》详细描述了他们的船队从镇海招宝山入海,一路前往高丽的经历,是一部比较翔实的航海志书,也是一部纪实性报告文学。其中涉及浙江海域的主要有招宝山、虎头山、沈家门、梅岑、海驴焦和蓬莱山等,都在浙东海域一带。

招宝山是由甬入海的关隘,徐兢的描述是对招宝山最早的文学描述。徐兢说,他们的船队是宣和五年(1123)的五月十六日从明州(宁波)出发的。出发地是甬江,属于内河,海口在镇海,当时叫定海。他们十九日到达定海县,这么一段内河,他们的船队居然航行了三天时间,可见当时的甬江航行条件很差,或者由于内河风弱,扬帆无用,靠手工摇橹而行,船体庞大,负载又重,自然速度慢得惊人。

终于抵达镇海后,要入海了,他们举行了一个隆重的仪式:

---

① 徐俐华主编:《武夷文籍择录》,华艺出版社 2011 年版,第287 页。

"仍降御香,宣祝于显仁助顺渊圣广德王祠。"入海仪式在海边的寺庙里举行,案上点起了皇帝所赐的香烛,一番祈祷后,灵异现象出现了:"神物出现,状如蜥蜴。实东海龙君也。"这种超现实场景的描述,使得《图经》具有了很强的文学性。"庙前十余步,当鄞江穷处,一山巍然,出于海中。上有小浮屠,旧传海舶望是山,则知其为定海也,故以招宝名之。"这里对于招宝山的描述,非常生动形象,再次证明了《图经》其实就是一部文学作品。

招宝山下的海口,当地人"谓之出海口"。他们的高丽航海之路,就要从这里开始了。这是宋朝政府在通向高丽的新"南部航线"上第一次航行。第一次航行自然要小心谨慎,所以入海的时候先要进行一番祈祷。"二十四日丙子,八舟鸣金鼓,张旗帜,以次解发。中使关弼,登招宝山焚御香,望洋再拜。"仪式结束后,由八艘船组成的船队终于出发了。"水势湍急,委蛇而行。"海洋水流完全不同于内河,徐兢这样描述,是一点也不夸张的。

入海后碰到的第一个大岛,就是虎头山岛。"以其形似名之。度其地,已距定海二十里矣。水色与鄞江不异,但味差咸耳。盖百川所会,至此犹未澄澈也。"这"虎头山"当为"虎蹲山"。由于其位于航道中间,对航行形成阻碍,后来出于安全考虑,还在上面建了灯塔。1974年因建设镇海港区需要,虎蹲山被炸毁填平,成了港区岸线的一部分。虎蹲山其实距离镇海口很近,直线距离不足一千米,徐兢写得这样详细,并且开始考察水情,说明他对入海之行,是非常小心的。

"过虎头山,行数十里,即至蛟门。大抵海中有山对峙。其间有水道可通舟者,皆谓之门。蛟门云蛟蜃所宅,亦谓之三交门。"蛟门现在一般称为蛟口,是水流非常湍急之处,也是真正的入海口。蛟门外面就是大小二谢山，也就是现在的大榭岛。经大榭岛后，开始真正进入舟山群岛海域。

舟山群岛是徐兢重点记录的地方，他主要选择了航线中的重要节点沈家门和附近的普陀山。这里徐兢为后人保留了非常珍贵的北宋时期的沈家门和普陀山的人文信息。

沈家门这个后来成为世界著名渔港的地方，北宋时还只是一个非常普通的小渔村。对此徐兢是这样记述的：“二十五日丁丑辰刻，四山雾合，西风作。张篷透蛇曲折，随风之势，其行甚迟。舟人谓之拒风。已刻雾散，出浮稀头、白峰、窄额门、石师颜，而后至沈家门抛泊。其门山与蛟门相类。而四山环拥。对开两门，其势连亘，尚属昌国县。其上渔人樵客，丛居十数家，就其中以大姓名之。申刻，风雨晦暝，雷电雷雹歘至。移时乃止。是夜，就山张幕，扫地而祭。舟人谓之祠沙。实岳渎主治之神。而配食之位甚多，每舟各刻木为小舟，载佛经糗粮，书所载人名氏，纳于其中，而投诸海。盖禳厌之术一端耳。”[1]

这是很重要的一段记载。徐兢先记载了季风与航行的关系。在中国古代海洋文学中，对于航海技术的记叙非常少，可这里徐兢却记载得很详细。“张篷透蛇曲折，随风之势，其行甚迟。舟人谓之拒风。”这种逆风而航的画面，是很有海洋文学价值的。随后当时最核心的内容出现了：“其上渔人樵客，丛居十数家，就其中以大姓名之。”这是对于沈家门地名来历的最原始也是最权威的说明。这段记载还表明，北宋时期的沈家门，其实是规模很小的一个小渔村，只有十来户渔民居住。但就是这样一个小小的渔村，却已经有较规范又有仪式感的海洋民间宗

① ［宋］徐兢：《宣和奉使高丽图经》，中华书局 1985 年版，第 119 页。本章中有关徐兢《宣和奉使高丽图经》的引文，都来自此书。

教文化了。徐兢他们抵达的这一天,忽然风雨交加,雷电雷雹接踵而至,于是在风雨过后,"是夜,就山张幕,扫地而祭。舟人谓之祠沙"。沈家门的渔民在山下的空地上,举行了"祠沙"仪式。仪式很隆重,内容也很丰富。"配食之位甚多,每舟各刻木为小舟,载佛经糗粮,书所载人名氏,纳于其中,而投诸海。"但是所供奉的神灵却十分庞杂,"实岳渎主治之神",说明他们不但敬海神,同时也敬山神等自然神灵。"盖禳厌之术一端耳。"徐兢本人倒是十分清醒,认为这不过是民间的一种祈求神灵保护、希望获得丰收的心理体现。这与他在镇海出发时举行仪式时的那种庄重感,是很不一样的。

徐兢这一段对于沈家门的记载和描述,可以勾起我们对于早期沈家门的浪漫想象。而他对于梅岑山也就是现今的普陀山的记叙,则为我们提供了普陀山成为观音道场前就已经是观音文化重地的切实证据。"二十六日戊寅,西北风劲甚。使者率三节人,以小舟登岸,入梅岑。"当时普陀山还没有短姑道头码头,要上普陀山必须从塘头渡海。"旧云梅子真栖隐之地,故得此名。有履迹瓢痕在石桥上。"说明北宋时期的普陀山,不但有关梅福入岛炼丹的传说已经非常普及,而且岛上已经有梅福遗迹之类的人文元素存在了。"其深麓中有萧梁所建宝陀院,殿有灵感观音。"这是有关普陀山最早观音院的记载。这条记载后来深刻地影响了众多普陀山志的写作。"昔新罗贾人往五台,刻其像欲载归其国,暨出海,遇礁,舟胶不进,乃还,置像于礁上,院僧宗岳者迎奉于殿。"这个关于"不肯去观音"的故事主角,其实不是新罗(即高丽)人而是日僧慧锷,但是徐兢要去的地方是高丽,不知他是不是有意将主角改成新罗人?当然由于当时经常有新罗商人在普陀山候风,因此他误记为新罗人也是情有可原的。"自后海舶往来必诣祈福,无不感应。"这句话的信息量很大。一方面透露出当时普陀山一带经常有海商船队停靠，另一方面也透露出那时候普陀山已经是一处著名的宗教祈福场所。

"是夜。僧徒焚诵歌呗甚严，而三节官吏兵卒，莫不虔恪作礼。"这句说明徐兢他们所有人都上岛祈福了，而且态度非常虔诚。"至中宵，星斗焕然，风幡摇动，人皆欢跃，云：风已回正南矣。"拜观音很灵验，他们的祈求得到了回应，利于航海的季风终于出现了，他们可以扬帆出海了。徐兢的这段"梅岑之祷"记载，不经意间就成了人们对于观音信仰极好的验证。

在普陀山盘桓了两天后，徐兢的船队又出发了。从这里开始进入真正的汪洋大海。海路苍茫，充满了危险和变数，所以船队扬帆出发时，他们又搞了一次庄严入海的祈祷仪式。这说明当时的人们对于深入远洋，是何等的战战兢兢。"二十八日庚辰，天日清宴。卯刻，八舟同发。使副具朝服，与二道官，望阙再拜。投御前所降神宵玉清九阳总真符箓，并风师龙王牒，天曹直符，引五岳真形，与止风雨等十三道符讫，张篷而行。"普陀山祈祷菩萨保佑，属于佛教信仰。北宋的宗教文化主流是道家，当时人们多数信仰道教，而徐兢他们是菩萨和神仙都一起拜了。

船队顺利绕过了露出水面一点点的海驴礁，继续东进，不久后蓬莱山渐渐近了。"蓬莱山，望之甚远。前高后下，峭拔可爱。其岛尚属昌国封境。其上极广，可以种莳。岛人居之。仙家三山中，有蓬莱，越弱水三万里乃得到。今不应指顾间见。当是今人指以为名耳。"这蓬莱山其实就是现今的衢山岛。这是近海的结束，远洋的开始。"过此则不复有山，惟见连波起伏，喷豗汹涌。舟楫振撼，舟中之人，吐眩颠仆，不能自持，十八九矣。"来自汪洋大海真正的考验来了。自此往东北方向，徐兢他们离开东海，进入黄海。黄海又是另外一番海洋景象了。

四、洪迈《夷坚志》中闯海的"浙江海商"

洪迈(1123—1202),南宋著名文学家。饶州鄱阳(今江西鄱阳)人,字景庐,号容斋。他的代表作《容斋随笔》得名于此。他不但享誉文坛,仕途也非常顺畅,担任过翰林院学士、资政大夫等,是南宋政府重要的管理骨干。他去世时已达八十高龄,这在古代绝对属于高寿了。总之,洪迈的人生可以说是非常美满。

《夷坚志》是洪迈的志怪小说集。书名来自《列子》。《列子》说,《山海经》这部奇书,是集体创作而成的,"大禹行而见之,伯益知而名之,夷坚闻而志之"。《山海经》里的内容,尤其是志怪部分,并不是怪诞的、乱写的,而是大禹亲眼所见,伯益为它们命名,最后由夷坚把它们记载下来。洪迈把自己的小说集取名为《夷坚志》,是说这部书的风格是模仿《山海经》的,故事也是有人亲眼所见、亲耳所闻,别人已经为这些故事取了名字,而他自己则好比是夷坚,只是一个记录者罢了。所以他在每篇故事的结尾,往往注上一句"某某说"之类的话,就是为了表明,故事虽然怪异,却是有来源的,并非洪迈自己胡编乱造。

洪迈《夷坚志》里有好多篇记叙海洋活动的故事,是古代海洋文学的重要组成部分。其中与浙江有关的,主要有《长人国》《昌国商人》《王彦大家》《海岛大竹》和《海山异竹》。这些故事涉及浙江海洋商业活动和海洋民间信俗,具有极高的历史和文化价值。仅仅在一本《夷坚志》里,就有这么多篇作品与浙江海域有关,可见当时浙江海洋活动有多么活跃。

《长人国》的原文不长,为了便于完整理解,先全文转载如下:

> 明州人泛海。值昏雾四塞,风大起,不知舟所向。天稍开,乃在一岛下。两人持刀登岸欲伐薪,望百步外有筱篱。入其中,见蔬茹成畦,意人居不远。方蹲踞摘菜,忽闻拊掌声。视之,乃一长人,高出三四丈,其行如飞。两人急走归。其一差缓,为所执。引指穴,其肩成窍,穿以巨藤,缚诸高树而去。俄顷间,首戴一镬复来。此人从树杪望见之,知其且烹己,大恐。始忆腰间有刀,取以斫藤,忍痛极力,仅得断。遽登舟斫缆,离岸已远。长人入海追之,如履平地。水才及腹,遂至前执船,发劲弩射之不退。或持斧斫其手,断三指落船中,乃舍去。指粗如橼。徐兢明叔云尝见之。何德献说。①

故事开头说"明州人泛海",点出了人物的籍贯。这明州就是现今的宁波。明代以前一直叫明州,明代初期为了避免与朝代名字重名,改为宁波。这个明州人驾船出海,虽然故事没有明确说他航海是为了什么,但宋代海洋贸易发达,明州一带有许多海商,这个明州人极有可能就是一个从事远洋海洋贸易的商人。洪迈其他几篇与浙江人海洋活动有关的小说,主要人物基本上都是海商,也可以为证。

故事说那些明州海商在"泛海"即航海途中,遭遇大雾,迷

---

① ［宋］洪迈:《夷坚甲志》卷十,清十万卷楼丛刻本,第48页。本章中有关洪迈《夷坚志》的引文,都来自此书。

失了方向,大船只好在海中随海风和洋流漂浮,不知漂到了哪里。终于等到大雾渐渐散去,才发现已经来到了一个陌生的海岛边。他们派出两名船员,登岛砍柴,为继续航行补充物资。三人上岛后发现,这岛其实并非荒岛,而是有人居住的。因为他们看到了一处菜地,四周还细心地用小竹子围成了篱笆,里面种植了许多蔬菜。海上航行最缺蔬菜,于是他们立即蹲下开始偷摘。不料刚刚摘得几棵菜,忽然就听到有很响的击掌声。他们一抬头,看到一个身材异常高大,要高出他们数倍的巨人,正飞一样向他们奔来。原来那声音不是击掌声,而是脚步声。他们顿时被吓得魂飞魄散,赶紧逃走。一人逃得快,走脱了。可是另一人却被巨人抓住了。巨人用藤蔓穿着他的肩胛骨,把他吊在树上后却又转身离去。可是这离去是暂时的,过了一会儿,巨人又回来了,手里拿着一口大锅。他在空地上搭灶支锅,锅里注满水,锅下的木材也被点燃了。被抓的船员这才明白,自己要被活活煮食。他恐惧极了,猛然想起自己腰间备有匕首。于是他趁巨人忙于烧锅,就偷偷用匕首割断藤蔓,以最快的速度逃回了船上。巨人发现后,大声吼叫,迈开大步追了过来,并且一直追到了海里。他居然入海能够如履平地,几步就到了船边,攀住船舷,准备爬上船来。船员们惶急之下,纷纷用弓箭射他,他也不退。船员们只好用斧头砍断了他攀船的三根手指,巨人这才负伤离去。这三根手指,每一根都有房屋的橡子那么粗。洪迈说,这三根手指,徐兢曾亲眼看到过,他只是听何德献说的,他就把它记了下来。

这个故事的主体,当然是"海岛巨人"。这类异度空间里的巨人,其文化渊源来自《山海经》的"大人国",后来多有人发挥创作,形成了"巨人＋食人族"的海洋文学叙事传统。洪迈的《长人国》就属于此类。但是如果我们暂时撇开这种"巨人传奇",那么还可以发现,文中"明州人泛海"这句话非常值得重视,因为它证明,南宋时期,许多浙江人已经从事远洋贸易或长途海洋运输了。

在《夷坚志》的《昌国商人》一文中,洪迈则直接点明了浙江海商的身份。昌国即现今的舟山,宋代时昌国属于明州管辖。所以这"昌国商人"实际上就是明州商人,也就是浙江商人。它是一篇直接描写浙江海商活动和遭遇的海洋文学作品,具有研究浙江海洋经济史的价值。

《昌国商人》的故事不长,但构思奇特,情节精彩。其文说:"宣和间,明州昌国人,有为海商。至巨岛泊舟,数人登岸伐薪,为岛人所觉,遽归。一人方溷,不及下,遭执以往,缚以铁缫,令耕田。后一二年,稍熟,乃不复絷。始至时,岛人具酒会其邻里,呼此人当筵,烧铁箸灼其股。每顿足号呼,则哄堂大笑。亲戚间闻之,才有宴集,必假此人往,用以为戏。后方悟其意,遭灼时忍痛啮齿不作声,坐上皆不乐,自是始免其苦。凡留三年。得便舟脱归。两股皆如龟卜。张昭时为县令,为大人言。"

故事说,北宋宣和年间,也就是宋徽宗时代,明州治下的昌国岛上,有一群从事海洋贸易的海商。有一次他们的商船航行海上的时候,途经一个以前从来没有抵达过的大岛。见岛上植被茂盛,他们就上岛砍柴补充物资,不幸被岛人发现。其他人都逃回来了,只有一个人因刚好在解手,来不及逃走,就被抓住了。这些岛民在他身上绑上犁具,将他当作牛马去耕田。直到一两年后岛民觉得他不会逃走了,才解开他的绳子。不仅如此,平时岛民还把他当作玩耍的猴子,他们喝酒的时候,就把他牵出来,用烧红的铁筷子烫他的屁股,以此折磨他,从他痛苦得嗷嗷大叫的哭声中获得快乐。结果整个岛上,凡有集会宴席,都以玩弄折磨他为乐。他叫得越惨,岛民就越高兴。直到后来

他改变了做法,不管怎么痛苦,始终不发一声,岛民觉得没有乐趣,才不再折磨他。商人在岛上过了三年,才终于偷偷上了一条路过的海船,逃回了昌国。大家看到他的屁股,已经被铁筷子烫得像龟壳一样粗糙了。洪迈说,这是张昭当昌国县令的时候,亲耳听到的故事。

这个《昌国商人》的故事结构与《长人国》很相似,都是写浙江海商遭遇海岛"土著"的故事。但是《昌国商人》更接近现实,里面的耕田、聚会等都比较符合海岛居民生活。故事标题为《昌国商人》,说明早在北宋时期,以昌国(明州)为代表的浙江海商,已经纵横大海从事远洋贸易了。

洪迈《夷坚志》里还有一则《王彦大家》。清人陆寿名《续太平广记》中也有《王彦大》一文,内容一模一样,显然是从洪迈这里抄袭过去的。这也同时可以说明,这篇作品是比较成功的,影响也是比较大的,所以才被多人转抄引用。

故事里的王彦大,是浙江临安(杭州)人。他家里非常富有,宅院豪华宽敞,想什么,有什么,生活过得十分舒服。但是有一天,"忽议航南海营舶货",他突发奇想,想下海从事海洋贸易。这个念头是非常有意思的。这样一位富家子弟,居然会想下海从事远洋贸易,说明这个时候,从事海洋贸易已经成为一种时代风尚,这与南宋时期的海洋经济活动大发展是密切相关的。另外也说明,从事海洋贸易的确有巨大的经济利益,其经济回报要远远超过陆地上一般性的生意,所以连王彦大这样的富家子弟都被深深吸引了。

这个王彦大不是想想而已的空想家,而是实实在在的实干家。一旦产生了下海经商的念头,他立即实施。第一步是造船,造一艘可以远洋航行的大船。经过一段时间后,"舟楫既具"。海船终于造好了,去南洋进行贸易的货物也准备好了。

但是王彦大还不能马上出海,因为"以妻方氏妙年美色,不忍轻相舍"。他放心不下年轻貌美的妻子。这篇小说以"王彦大家"为题,说明故事核心并不是王彦大航海经商,而是留在后方的家人的故事。这也是古代罕见的叙写海商家人的海洋小说,所以具有特殊的意义,同时故事的主角都是浙江人,那就更值得一说了。

王彦大新婚不久,妻子年少貌美,海商活动经常数年不能回家,所以这次夫妻俩不忍分开,"久之始决行"。

随后故事就在王彦大的家里展开。丈夫下海远航后,妻子万氏就在家苦苦等候。转眼就是第二年的春天。当春三月,杭人有出游西湖的习俗。方氏因丈夫不在身边,无人陪伴,出游不方便,加之她素来喜欢安静,西湖边人山人海的热闹并不合她的心意,所以在人们倾城而出游湖时,只有她"独不肯出",只是在自家屋后的小园子里散步踏春。

王家小园也是满园春色,方氏郁闷的心情稍稍有所缓解,却全然不知一场横祸就在眼前。

"忽花阴中逢少年,衣红罗裳,戴蹙金帽,肌如傅粉,容止儒缓,潜窥于密处,引所携弹弓欲弹之。"小说中这几句描述,有形象,有动作,还有间接的心理描写,是很见功力的。这是一个典型的富家纨绔子弟,而欲用弹弓弹之,既暴露了他的流气,也体现了恶搞少年孩子气的一面。但是在那个男女授受不亲的时代,方氏强烈感觉到的是前者,所以她严厉斥责少年:"我是良家女子,因为丈夫离家多年,所以闭门不出,不与人交往。你是什么人啊?竟然敢擅自进入我家后院,还要用弹弓击我,怎么如此无礼!"

受到严厉斥责的少年,感到惭愧,也感到害怕,扔掉弹弓,拱手道歉。事情本可以到此结束,但是方氏觉得已经受到了侮

辱,担心一旦被人知道,会有损自己名节,所以继续责骂,直到少年逃走。

这下可以结束了吧?但事情远没有那么简单。方氏凭本能觉得这个少年不会就此罢手,她把事情告诉丫鬟,让她们提高警惕,自己因受惊惧,力惫不支,躺在床上休息。果然到了半夜,这个少年又来了,这次他直接登堂入室,要强暴方氏。方氏极力挣扎,丫鬟合力保护也还是无法抗拒少年。就这样,方氏的清白被夺走了。不仅如此,这个少年还夜夜复来。方氏受尽折磨,却无计可施。

亲友们得知消息后,认为是鬼灵作祟,"招道士行五雷法,乃设醮;又择僧二十辈作瑜珈道场,皆为长臂捶击,莫克尽其技"。道士僧侣都不能战胜他,更不要说方氏自己了。但是有一天,少年忽然叹气,说:"汝良人自海道将归矣。如至家相见时,切勿露吾事。苟违吾戒,必害汝。汝知吾神通否?虽水火刀兵,不能加毫末于我也。"意思是你丈夫要从海上回来了,他回来后你绝对不能把我的事告诉他,否则倒霉的是你自己,而我的本领大得很,他对我是没有办法的。

几天后,王彦大果然回到了家,方氏觉得这种事不能隐瞒,就一五一十地告诉了丈夫,还流泪说:"妾有弥天大罪.君当寸斩我,以谢诸亲。"但是王彦大知道这事不能怪妻子,因为这少年不是普通人,"是乃山精水魅"。难怪他的力气大得惊人。他原谅了妻子,同时发誓说:"吾必杀之。"于是他添置了刀剑,每时每刻准备杀敌。果然在某一天晚上,这个精怪又来了。"王拔刀袭逐,中其背,铿铿若金玉声。化为白光,煜煜亘数丈,冲虚去。"原来它也怕刀剑,从此再也不敢来作祟了。

精怪既灭,夫妻相待如初。结局是美好的,故事写出了人性的善良和宽容。同时从浙江海洋文学的角度而言,这篇小说透露出宋代浙江海商从事海外贸易的信息和家人漫长等待孤守的艰辛。

洪迈的《夷坚志》里还有两篇小说，都写了海岛上的神奇竹子。传奇性内容的背后，同样也透露出许多与浙江有关的海洋活动的信息。

一篇是《海岛大竹》，故事情节奇特。说宋代的时候，有一天明州(宁波)街头出现了一位行乞的道人。道人居然行乞，够稀奇了，更稀奇的是这位道人，手持"大竹一节，径三尺许，血痕浣其中"。大家知道有一种斑竹，竹竿上有天然斑痕，但是这位道士手持的竹子上有血色痕迹，可见其必有缘由。果然，人们询问之下，这位道士说，他本是山东海商，在一次海上航行的时候，遭遇风暴，随风浪漂浮到了一个陌生的海岛。"登岸纵目，望巨竹参天，翠色欲滴。"由于海洋环境的影响，一般海岛上很少有竹子出现，可是这个海岛却是巨竹参天，郁郁苍苍，这已经够意外了，更意外的是岛上的人。"俄有皂衣两人来，云寻汝正急，乃在此耶！"皂衣一般为衙门中低级衙役所穿，所以这两位皂衣人似乎来自衙门，难道这海岛是一个衙门所在？他们怎么会寻找并等候这个山东海商？海商自是感到惊奇："适从舟中来，尚不知此为何处，何为觅我？"可是皂衣人不回答，拉着他就走。

海岛上的山路十分怪异，路面上插满了比棘针还大的锐利的东西，足可以刺穿鞋子，海商双脚绝痛，无法行走。问这是什么东西？皂衣人回答说："牛角也。"这就更加诡异了。皂衣人继续拖着他走，终于来到了一座似乎是岛主办公的地方。岛主见到他来，严厉训斥说："汝好食牛，当受苦报。"故事情节的发展实在令人意外，山东海商漂流到这个遥远的不知名的海岛，居然被岛主问责吃牛肉的事情，但是海商自己似乎并不觉得意

外,只是感到恐惧,似乎一件大恶行被人发现一样,他跪下去向岛主乞求饶命,发誓说今后再也不敢了。岛主倒也有宽容之心,见他认错,就放缓口气说:"汝既悔过,今释汝。可归语世人,视此为戒。"让他在继续悔过的同时,做一个宣讲员,告诉世人要爱牛,不要吃牛肉。山东海商满口答应了,不过他又有些担心,我如果这样去做了,你又不相信,我怎么证明呢?岛主左看右看,忽然命令皂衣人去砍一截竹子,让海商拿着竹子离去,竹子可以证明他做到了没有。两位皂衣人便携大锯,奔入竹林中。过了一会儿回来,手中的竹子居然流淌着血,把他们的衣裤都沾湿了。他们报告说:"方锯解因未了,闻呼即至,不暇涤锯也。"这是什么意思?难道他们锯的不是竹子,而是囚徒?或者说这些竹子,都是岛上特殊的囚徒?小说没有解释,山东海商也没有询问,而是拿着竹子回到船上。他生意也不做了,随即返航。回到山东的老家后,"即弃妻子,辞乡里他适,而溷迹丐中"。

古代为了发展农耕,曾经制定过许多保护耕牛的政策。《礼记·王制》载:"诸侯无故不杀牛。"《汉律》载:"不得屠杀少齿,违者弃市。"《唐律疏议》载:"官私马牛,为用处重,牛为耕稼之本,马即致远供军,故杀者徒一年半。"在周代,诸侯不得无故杀牛,汉代不准杀少壮之牛,唐代杀牛要坐一年半的牢。此后,历代法律均严禁任意屠宰牛,除非牛年老体衰无法耕作,牛主人提出申请,经官府许可后,才能宰牛。就算是正常死亡的耕牛,牛主人想要出售牛肉,也要到衙门报备。山东是重要的农耕区,人们非常爱惜耕牛,所以这篇小说表达的爱护耕牛的观点,还是有深厚的现实基础。

不过从叙事的角度而言,这篇小说有许多信息断点,譬如竹子如何能证明?是不是只要这位海商在宣传不要吃牛肉,竹子上的血痕就不会褪色?如果褪色了就说明他没有做到?小说没有明说。更关键的是,这位山东海商为什么要到明州(宁波)来乞讨? 与浙东地区有什么关系? 作者也没有任何说明。

洪迈在《夷坚志》中还写了另外一篇《海山异竹》,如果把两者结合起来阅读,或许可以解开这个谜团。也就是说,《海岛大竹》与《海山异竹》之间,或许存在着一种互文关系。

《海山异竹》叙说温州巨商张愿,"世为海贾,往来数十年,未尝失时"。这句话很重要,说明宋代时期,温州已经有长期从事海洋经济活动的巨商了。它与郭彖《睽车志》中"四明有巨商泛海行"的记叙形成互证。虽然这篇小说的重点不是海洋贸易活动,但这条信息还是有巨大的浙江海洋经济史价值的。

海洋贸易风险极大,"绍兴七年,涉大洋,遭风漂其船不知所届"。这一年,温州巨商在航行时遭遇了风暴,他的商船迷失了方向,一直在海上漂了五六天,最后登上一座陌生海岛。这座岛很秀丽,"修竹戞云,弥望极目"。岛上也长满了竹子,虽不同于《海岛大竹》中的大竹子,但这里的竹子也不是很细小,而是可以用来"篙棹之用"的长竹子。于是温商就令手下船员登岛砍伐了十来根竹子。当他们砍好竹子刚要走的时候,前面来了一位白衣翁。白衣翁见到他们,大惊,说:"此是何世界,非汝所当留,宜急回,不可缓也。"船员知道他是高人,就说明缘由,同时请教:"如何可达乡闾?"这里的"乡闾"不是故乡的意思,当理解为他们要去经商的目的地。白衣翁手指东南方向,温商的船就一直朝着这个方向走,果然抵达了目的地。

在岛上砍伐的十根竹子,一路上作篙棹用,已经用去九根,并且都已经被温商扔掉,只剩下一根还拿在手中。精彩的故事内核这个时候才终于显现:"临抵岸,有倭客及昆仑奴,望桅樯拊膺大叫'可惜'者不绝口。"竹子是这篇小说的核心,前面种种遭遇,无非写了"得竹"而已,而竹子的神异之处,到了目的地后

才缓缓显现。船还没有靠码头,那些见多识广的日本客商和昆仑奴,就已经看到这根竹竿,他们大叫可惜。船停下后,客商们蜂拥而上,抢着要买这根竹子。这时候这位眼中只有经济利益的温州巨商张愿,还不知道这根竹子有什么神异之处,觉得有利可图,就故意出了一个高价——"二千缗"。没有想到这些人都说"好",纷纷要去取钱购买。这个时候张愿又说:"此至宝也,我适相戏耳。非五千缗勿复议。"这五千缗的高价一出,其他人都镇住了,只有一个昆仑奴毫不犹豫地答应,他也最终得到了这根竹子。

故事至此,需要揭开谜底了。张愿很想知道这究竟是怎么回事,就对昆仑奴说:此竹既成交易,我绝对不会翻悔。然而我实不识这究竟是何宝物,你们竟然愿意以这样的高价购得。你们能告诉我缘故吗?昆仑奴就告诉他:"此乃宝伽山聚宝竹,每立竹于巨浸中,则诸宝不采而聚。吾毕世舶游,视鲸波拍天如平地。然但知竹名,未尝获睹也。虽累千万价,亦所不惜。"

原来这是宝伽山聚宝竹,如果把它插在海中,那么海洋里的各种珠宝就会自动吸附到竹竿上。张愿后悔不及,可是毕竟交易已经完成,断无法反悔。后来他们再去寻找,自然再也找不到"宝伽山"之所在。

这个故事属于海洋奇遇叙事,反映了古人坚信不疑的"海洋财富"的观念。文中出现的宝伽山岛名,非常值得关注,显然这里指的是观音道场普陀山,因为普陀山最初译名,就叫补陀洛伽山,所以岛上的竹林,其实也暗指紫竹林。而前文《海岛大竹》中出现的神岛和血痕竹子,何尝不可以理解为对于补陀洛伽山紫竹林的暗喻呢?宋代是普陀山观音道场开始形成的时期,按照佛典,观音最初的道场就在南印度海的海边,也是《海山异竹》叙述的海船需要经过的地方。

五、周密《癸辛杂识》里的"东海异样"

周密(1232—1298),字公谨,号草窗,又号四水潜夫、弁阳老人、华不注山人,南宋词人、文学家。他的主要文学成就就是小说,代表作是《齐东野语》和《癸辛杂识》这两本专著。它们都是笔记体小说集。《齐东野语》用写实的方式,保存了许多南宋时期的史料,而这些史料的来源,或者是周密祖上追随宋高宗南渡后的书面记录,或者是周密本人采访所得,可信度很高,所以《四库全书总目提要》评价说"足以补史传之阙",但它们的写法,都是小说体的。

本则《莫子及泛海》①辑录自《齐东野语》卷十八。从内容来看,当也是采访所得,但其叙事很有文学色彩。它塑造了一个"无畏海洋者"的形象,值得注意的是,这位"无畏海洋者"还是浙江湖州的吴兴人。

故事说,有一位名叫莫汲(字子及)的浙江吴兴人,从小聪明,20多岁后参加"铨试",夺得了第一名。"铨试"是王安石变法时实行的一种人才选拔制度,不但有笔试,估计还有面试、实际考察等程序。所以能够通过考试的人都是具有真才实学,能解决实际问题的俊才。莫子及能获得第一名,说明他的才华和能力都是非常出众的,接着解试、省试、廷对,"皆居前列,一时

---

① [宋]周密:《齐东野语》,《宋元笔记小说大观》,上海古籍出版社2001年版,第5652—5653页。

名声籍甚"。但是人生不可能样样事情都顺利,结果在做学官的时候,"以语言获罪,南迁石龙"。他忘记了身在官场,需要处处谨言慎行,最后因言语得罪朝廷,被贬谪到遥远的石龙去了。石龙位于现今广东东莞,所以小说中说"地并海",也就是濒临大海,这样莫子及就与海洋有了关系。

小说写道:"子及素负迈往之气,暇日具大舟,招一时宾友之豪,泛海以自快。"大海航行是有风险的,进入大海并且感到愉悦快乐的人,自然需要具有豪迈之气。莫子及一行的入海航行,绝对不是一时在近海玩玩,而是纵横在大海中航行,最后居然到了"北海"地区。历史上的"北海",一般有两种理解。一种是客观意义上的北海,即现今的渤海湾一带;二是人文意义上的北海,也就是"北溟",《庄子》"逍遥游"所想象的那种大海。无论是哪种北海,都是远离广东石龙南海地区的汪洋大海。

"将至北洋,海之尤大处也,舟人畏不敢进。"汪洋大海波涛汹涌,驾船的海员都不敢前往,可是莫子及执意要去。"子及大怒,胁之以剑,不得已从之。"他使用的胁迫手段虽然不恰当,但是这种不畏风浪纵情远洋的精神,在航海技术不发达且内陆文明占据主要地位的当时,却是值得肯定的。

海员们小心翼翼地驾船继续北行,终于进入北海地区。"及至其处,四顾无际。"这里是真正的远海,茫茫一片,船如草芥。莫子及他们面临的真正的考验也就来临了。"须臾,风起浪涌,舟掀簸如桔槔。"突然而起的浪涌并不是由于气候变化,而是有大鱼来了。"见三鱼,皆长十余丈,浮弄日光。其一若大鲇状,其二状类尤异。"在深不可测的海洋中,隐匿着解为人知的海洋生物,古代海洋小说中写得最多的就是海大鱼。其实以现的眼光去看,这些所谓的海大鱼,或许就是鲸鱼、鲨鱼之类的海洋生物,但是在"近海活动"时代,人们看惯的都是一般性的鱼虾,猛然看到如此大鱼,以为是海怪精灵,当然要紧张害怕了。"众皆战栗不能出语。"大家谁也不敢说不敢动,唯有跪下祷告神灵保佑。

莫子及却一点也不害怕,丝毫也不紧张。"子及命大白连酌,赋诗数绝,略无惧意,兴尽乃返。"他竟然有兴致对着这些大鱼饮酒赋诗。他这是在冒险探索,还是在任性胡来?看看他写的诗就明白了。"一帆点破碧落界,八面展尽虚无天。桅楼长啸海波阔,今夕何夕吾其仙。"他认为汪洋碧波、大鱼波涛,都是自然之态。而辽阔天空,尽兴长啸,抒发的是内心最真实的感受。这样的"仙境"只有远海大洋才能营造。他这种"人海合一"的海洋观,已经完全达到哲学的境界了,所以这是一个真正的海洋之子的作为。

周密著作里最具有小说意味的是《癸辛杂识》。这部著名的笔记体小说集里有三篇故事都与海洋有关,饶有意味的是,故事的人或事,都与浙江有关。

《海船头发》故事很简短:"澉浦杨师亮航海至大洋,忽天气陡黑,一青面鬼跃入舟中,继有一美妇人至,顾左右取头发,舟人皆辞以无。妇人顾鬼自取之,即于船板下取一笼,启之,皆头发也。妇人拣数束而去。"①澉浦位于浙江海盐,是进出杭州湾的重要关隘。宋元时有许多人从事海洋运输和海洋贸易。杨师亮就是这样一位航海人。有一天,他航行至外海大洋,遭遇了一件奇事:一位"青面鬼"从海中跃出,跳入了他的船中。正当大家错愕之时,突有一个美艳的女人跳了进来。他们都没伤害人。那个女人只是向船员索要头发。船上的人战战兢兢地

① ［宋］周密:《癸辛杂识》,《宋元笔记小说大观》,上海古籍出版社2001年版,第5773页。

回答说没有什么头发。女人就自己去寻找了,结果头发还真的被她在船板下面找到了。只见一只竹篾笼子里面竟然全是头发。那个女人没有全部拿走,只是挑选了几束,就离去了。那个"青面鬼"也随即而去。

这个故事听起来匪夷所思,虽说鬼怪故事都是匪夷所思的,但大多还有内在逻辑可以梳理,可这个海洋故事毫无逻辑性可言。"青面鬼"、美妇或许可以理解,他们可能并非什么鬼怪,而是正常的在海上活动的人类,或者干脆就是海盗之流,但是他们不谋命,不抢劫,仅仅索要头发,就令人费解——他们要头发何用?没有人知道。海洋民俗中也从来没有听说和头发有关的习俗。但这个故事还是很有价值的,那就是杨师亮浙江海盐人的身份和他所从事的航海事业证明,南宋时期浙江从事海洋经济活动的人的确很多,规模也很大,船队都能够在汪洋大海上航行了。

《癸辛杂识》里另外一篇与浙江有关的海洋故事叫《海鳅兆火》,它的篇幅很短小:"壬午岁,忽有海鳅长十余丈,阁于江、浙潮沙之上,恶少年皆以梯升其背,脔割而食之。未几大火,人以为此鳅之示妖。其说无根。辛卯岁,十二月二十二、三间,又有海鳅复大于前者,死于浙江亭之沙上,于是哄传将有火灾。然越二日,于二十四日之夜,火作于天井巷回回大师家,行省开元宫尽在煨烬中,凡毁数千家,然则滥传有时可信也。此欠考耳,此即出于《五行志》中,云:'海鱼临市,必主火灾。'行省即宋秘书省,畜书并板甚多。故时人云:'昔之木天,今之火地也。'"①

该小说的基本形态也属于大鱼故事,不过被作者演绎成一

---

① [宋]周密:《癸辛杂识》,《宋元笔记小说大观》,上海古籍出版社2001年版,第5797页。

套谶语式话语,这种写法,在古代海洋小说中比较常见。

《癸辛杂识》里还有一篇《蔡陈市舶》①,反映了南宋德祐年间,浙江温州永嘉"海上市舶"的情况。故事说,南宋德祐末年(1276),朝廷在浙江永嘉这个滨海小城设立一个"海上市舶"机构,由永嘉人蔡起莘负责管理。它的主要功能是"令本处部集舟楫,以为防招之用"。南宋时期海洋经济活动活跃,在沿海地区设立许多临时性规模不大的海洋贸易管理机构,这个永嘉的"海上市舶"就是其中之一。从"防招"功能来看,它还是在其他市舶忙不过来时,替代市舶接待的辅助性机构。防招设在永嘉,所以由永嘉人蔡起莘管理。蔡起莘手下有一个名叫张曾二的人,"颇黠健",但蔡起莘没有察觉,所以"以为部辖"。不久这个张曾二就闯了大祸,"既而本州点撞所部船,有违阙,即欲置张于极刑"。温州府查实张曾二在管理海商交易时有违规犯罪行为,要处罚杀掉他,蔡起莘极力为他辩护。"蔡力为祈祷,事从减。"张曾二终于逃过一死。但是到了第二年,"张宣使部舟欲入广,又以张不能应办,欲从军法施行"。张曾二这次涉及军事行动,虽不至于杀头,但处罚是难免的,又是蔡起莘发善心保护他,"蔡又祈免之",让他再次逃过一劫。蔡起莘也因此得罪上司,"遂命部舟入广以赎罪",被调遣到遥远的广东去了。

张曾二在广东南海待了几年,倒也没有再闯祸,但是南宋政权灭亡了,"未几,崖山之败,张尽有舟中所遗而归觐,骤至贵显"。显然,张曾二参加了崖山海战,但是他没有陪着南宋小皇帝跳海殉职,而是趁乱把小皇帝船中的金银珍宝尽数搜得,回到了大陆,一夜之间大富大贵。

---

① 〔宋〕周密:《癸辛杂识》,《宋元笔记小说大观》,上海古籍出版社2001年版,第5813—5814页。

　　而蔡起莘自己却倒了大霉，"蔡既归温，遂遭北军所掳，家遂破焉"。南宋灭亡后，蔡起莘回到永嘉老家后，被元军俘虏，家破人亡。"因挈家欲入杭，谒亲故。"他只好背井离乡，北上杭州去投靠亲戚。途中路过张家滨的时候，很偶然地碰到了张曾二曾经的部属，被告知张曾二也在此居住。蔡起莘不知他现在变得怎么样了，就向酒家打听，酒家说这里只有张相公，不知是不是他说的那个张曾二，就陪他一起去探望。那个张相公果然就是张曾二。张一见是蔡，当即下拜，称其为"恩府"，延之府中大堂，命儿女妻妾一个一个施礼，还告诉她们说："我非此官人，无今日矣。"张曾二开始报恩，出资为蔡起莘造宅置田，造酒营运。蔡起莘也"遂成富人"。

　　这是一个与海洋活动有关的报恩故事，就发生在浙江境内。这个故事接着又讲述了另外一个故事，故事的主角也是浙江人，也与海洋活动有关，但却是一个报仇的故事。

　　故事说蔡起莘虽被元朝政府革职，但那个永嘉"海上市舶"没有被废除，接着担任管理职务的官员，是浙江天台人，名字叫陈壁。当地有一个名叫方元的人，"世居上海"，估计是一个从事不法行为的海盗。果然方元后来被陈壁抓获，陈壁下令打断他的手足，将他扔在沙滩上，任其自生自灭。如此看来，永嘉这个"海上市舶"管辖的范围不仅包括海洋贸易，还有海上治安，几乎有"海市局"或"海防派出所"的味道了。

　　方元命很大，没有死，被人救活了。由于他熟悉海情，精于驾船，被朝廷吸收进海上漕运行列。有一天，他随漕运船队前往福建一带装运粮食，路过台州海域，遭遇大风，就在一个海湾停泊。他上岸补充柴火淡水时候，远远望见前面有一座庭院，当地人告诉他，这是"前上海陈市舶家也"。方元想这个陈市舶会不会就是当年害他的陈壁呢？于是"即携酒往访之"，一探真假。果然是陈壁,但他已经完全不认得这个方元了,还好菜好酒招待他。结果当夜一家老小全被方元杀害了。

作者在文末说:"此二事,一为报恩,一为复怨,皆得之于天。"把它们归之于天意,当然不是科学说法,但是从中可以看出海洋活动确实充满了奇遇和风险,这一方面,这两个故事倒是很有说服力。

六、郭彖《睽车志》中的"四明巨商"

在宋人郭彖的笔记著作《睽车志》中,有一则有关"四明巨商"在海上遭遇奇事的笔记小说。"四明"即宁波,"巨商"指的是从事海洋贸易活动而致富的人,一个"巨"字说明他从事的海洋贸易活动非常成功。为了保持故事的原貌,先引述全文如下:

> 绍兴辛未岁,四明有巨商泛海行,十余日,抵一山下。连日风涛,不能前,商登岸闲步,绝无居人,一径极高峻。乃攀蹑而登至绝顶,有梵宫焉,彩碧轮奂,金书榜额,字不可识。商人游其间,阒然无人,惟丈室一僧独坐禅榻。商前作礼,僧起接坐。商曰:"舟久阻风,欲饭僧五百,以祈福佑。"僧曰:"诺。"期以明日。商乃还舟,如期造焉,僧堂之履已满矣,盖不知其所从来也。斋毕,僧引入小轩,焚香瀹茗,视窗外竹数个,千叶如丹。商坚求一二竿,曰:"欲持归中国为伟异之

观。"僧自起斩一根与之。商持还,即得便风,就舟口裁其竹为杖,每以刀锲削辄随刃有光,益异之。前至一国,偶携其杖登岸,有老叟见之,惊曰:"君何自得之?请易箪珠。"商贪其略而与焉。叟曰:"君亲至普陀落伽(迦)山,此观音坐后旃檀林紫竹也。"商始惊悔,归舟中,取削叶余札宝藏之,有久病医药无效者,取札煎汤饮之辄愈。①

故事说,这位"四明巨商"的航海奇遇,发生在南宋绍兴二十一年(1151)。这是很值得注意的时间节点。因为一者,南宋时期的海洋活动非常活跃,许多宁波(包括当时归属宁波的舟山)和温州一带的人都从事航海和海洋贸易活动;二者,普陀山观音道场的正式确定,就在南宋时期,而这篇"四明巨商"的故事,叙述的内容就与观音信仰有关。

故事说,那年有一位"四明巨商"又一次驾船入海了。此次航行的目的地是南洋一带,可见这位巨商所从事的是海洋国际贸易活动。他的商船在大海中一直向南航行,走了十多天后,来到一座海岛附近。这是一座陌生的海岛,他以前从未上去过。这次路过,本来也没有计划登岛一游,但是恰在这时,海上突然起了风暴,商船无法继续航行,"四明巨商"和随从只好暂时停泊在该岛旁边,以躲避风暴。闲着无事,这位"四明巨商"就索性登岛考察。"四明巨商"一行上了岛,一路往里走,没有看到一个岛民,岛上也没有任何有人居住的迹象。他们认为这是一座无名荒岛,他们这一批人很可能就是亘古以来上岛的第

---

① [宋]郭象:《睽车志》,《宋元笔记小说大观》,上海古籍出版社2001年版,第4105—4106页。

一批客人。但是他们很快又发现了一条"小路"，这条"小路"通向一处绝壁，又从绝壁蜿蜒而上。他们一时好奇，就循着"小路"攀上了绝壁。到了绝顶，却豁然出现另外一个天地。这样的绝顶上，竟然建有一座庙宇。真不知道是如何建起来的，"四明巨商"对此惊讶不已。

"四明巨商"和随从仔细打量这座寺庙，发现它彩碧轮奂，富丽堂皇，山门上方还题有寺庙的名字，但是这些文字显然不是汉文，他们都不认识。"四明巨商"大着胆子走了进去，发现偌大的庙宇里，竟然空无一人。他们一直走到方丈室外，忽然发现室内有一位老僧独坐。"四明巨商"连忙上前施礼，老僧也起身还礼，还请他们坐下喝茶。"四明巨商"向老僧报告了商船避风他们上岛的缘由。老僧说，原来是这样啊。"四明巨商"继续说，他们还要继续前往南洋，不能长时间在此避风。他愿意提供五百人规模的斋饭，请求老僧为他们此行祈福。显然，这位"四明巨商"心里在打小算盘。他看到寺庙里除了这位老和尚，再也没有第二个人，所谓"五百僧人斋饭"，无非是空头支票哄哄老僧罢了。不料老和尚却平静地说："好吧，我接受你的供斋，不过今天天已经有点暗了，你明天来供斋吧。"

第二天，"四明巨商"急不可待地登岛，一路直奔方丈室，看到的却是满满一屋子的僧人。真不知道这些僧人是从哪里冒出来的，昨天一个也没有见到，而现在怎么忽然都冒出来了呢？没有办法，看来这次真的就要供应五百位僧人的斋饭了。

终于吃罢斋饭，老僧引导这位"四明巨商"来到方丈室后面一个幽静的亭子里，让他喝一种清香扑鼻的好茶。可是这位商人并不懂茶道，他的眼光被亭子外的一丛小竹子吸引住了。因为这些小竹子非常奇特，竹竿和竹叶都是紫红色的。四明一带多竹子，这位"四明巨商"对于各种竹子并不陌生，但是他却从

来没有看到过这种"千叶如丹"的竹子。他觉得它们非常漂亮，很是喜欢。这位"四明巨商"就恳求老僧，让他带一两根竹子"回中国"，以作为"伟异之观"。老僧慷慨答应，起身砍下一根竹子送给了他。

"四明巨商"拿着这根竹子回到船上。起初心里还有点不平衡，觉得自己付出整整五百份斋饭，却只换回这样一根小竹子，这老和尚真小气，多给一根竹子都不肯。从买卖的角度而言，自己这次真是亏大了。然而神奇的事情就在这个时候发生了。他拿着小竹子一回到船上，刚才还是狂风巨浪的海面，竟然顷刻间就平静下来。但是这时巨商还没有意识到这一变化与这根竹子有关，还以为风暴终于结束，可以继续航行了。他的商船拉篷起锚，继续南下。他坐在船头，没事干，就拿刀来修削竹子，准备为自己做一根竹手杖。这时奇迹又发生了：他发现每当刀刃碰到竹竿，刀刃都会发出闪光，刀刃似乎碰到的不是竹子，而是金属。这下他开始高度重视起这根竹子，意识到它的确非同寻常。

经过十多天的航行，巨商的商船终于抵达南洋的目的地，稳稳地靠了岸。这位"四明巨商"携带着这根竹手杖上了码头。路上碰到一位老者。老者的眼睛一直非常惊讶地盯着"四明巨商"手里的竹手杖，问他是从何处得到的竹子。"四明巨商"说是从一座岛上得来的。老人就提出用一盒珠宝来交换他这根竹子。"四明巨商"心里一盘算，一盒珠宝价值连城，这根竹子无论怎么神奇，也只是一根竹子而已，所以就没有任何犹豫，答应了老者的要求。

老者给了四明商人一盒珠宝，四明商人给了他这根竹子。拿到竹子的老者，这才告诉四明商人，这根竹子不是凡品，而是圣物。四明商人他们上的岛，原来竟是观音在南海中的道场普陀落伽(迦)山，这根竹子就是观音座后的旃檀林紫竹啊。

这下"四明巨商"肠子都悔青了。他回到船头，发现他修整竹子削下的竹枝竹叶还在。急忙把它们收拢起来，珍藏在一个盒子里。以后凡是有人航海途中生病，他就用竹叶煮汤当药，无不汤到病除，非常灵验。

南宋笔记中，有好几个与普陀山观音道场有关的故事。说明这个时候观音信仰已经在浙江沿海一带广泛传播，已经发展成为全国性的民间信仰。这则笔记叙述的是普陀山紫竹林的神奇，这片紫竹林至今还在舟山的普陀山岛上蓬勃生长呢。

七、张邦基《墨庄漫录》中的"明州陈生求附大贾航海"故事

张邦基，江苏高邮人。其生卒年不详，大约生活于两宋之间。估计没有做过什么大官，《四库全书总目提要》就说他"仕履未详"。可是他却很喜欢游历，足迹遍及苏浙、江西和河南，还非常喜欢读书和做笔记，《墨庄漫录》就是一部笔记体的作品。

《墨庄漫录》中有两则涉海笔记与浙江有关。

一则出现在第三卷。故事开头就说"明州士人陈生，失其名，不知何年间赴举京师。家贫，治行后时，乃于定海求附大贾之舟，欲航海至通州而西焉"。明州就是浙江宁波，著名的海港城市，一条甬江通往大海。这个宁波读书人的名字不为人所知，大家只知道他姓陈。这是张邦基故弄玄虚。因为小说人物不存在"失名"，他这样说是为了显得"实有其事"，增强故事的

可信度。

这位陈生,起初也想走科举的路子,但是考试要去汴京考。从明州到汴京,路途遥远,家贫的他无力前往。于是他决定走海路。他来到宁波东面的定海(今镇海)。这里是甬江的入海口,要下海就要从此处的招宝山下上船。"求附大贾之舟",说明宋朝时候镇海口曾经停泊好多从事海洋贸易的大船。而"欲航海至通州而西焉"这句话也很有意思。因为自从唐代开始,海洋贸易的重心就在南海一带。而"通州"是北京通州,"通州以西"当指朝鲜半岛和日本一带。

不过文中的"欲航海至通州而西焉"的"西",却可以证明,这位陈生,最初只不过是想搭便船到通州,然后再沿北京段的京杭大运河等进入汴京去参加考试。但后来海船出事了,于是一切都改变了。

起初还算顺利。陈生如愿以偿,终于加入了商船队伍。船队向东北方向航行。十几天后,经舟山群岛,进入外洋,却不幸遭遇海洋风暴。"巨浪如山,舟人失措",非常危急。更加糟糕的是,前面和后面的船竟然都看不到了,原来它们都已经被风浪打翻,沉没了。只有陈生所在的船,"人力健捷,张篷随风而去,欲葬鱼腹者屡矣"。最后总算是有惊无险,东行几天几夜后,风暴终于平息下来,大海恢复了它平静美丽的面目。但是"恍然迷津,不知涯涘,盖非常日所经行也"。只见大海茫茫,他们迷航了,已经完全失去了方向感。

精彩的海洋遭遇故事总是在迷航后发生。迷航后,他们的船就在大海中随波漂浮,也不知漂到了哪里。终于依稀听见附近传来悠悠的钟声,这说明附近有住人的岛屿。他们的船急忙朝着钟声传来的方向驶去,不久前方果然出现了一座海岛。

他们知道自己有救了。一番忙碌后,船终于靠岸了。"陈生惊悸稍定,乃登岸。前有径路,因跬步而前。"对于常年航海的人而言,遭遇风暴并不意外,可是陈生却是第一次出海,第一次死里逃生,自是感受特深。他跌跌撞撞地在岛上行走,"左右皆佳木荟蔚,珍禽鸣弄。"岛上风景倒是不错,一点也不像是荒岛。"行十里许,见一精舍,金碧明焕,榜曰'天宫之院',遂瞻礼而入。长廊幽闲,寂无喧哗。"原来这里不但不是荒岛,还是有高人修行的神仙岛。"堂上一老人据床而坐,庞眉鹤发,神观清臞,方若讲说。环侍左右皆白袍乌巾,约三百余人,见客皆惊,问其行止。"这架势,显然是道统仙家了。对于陈生这些骤然闯入的凡俗之人,道统仙家自然感到惊讶。"告以飘风之事,恻然悯之。授馆于一室,悬锦帐,乃馔客焉。器皿皆金玉,食饮精洁,蔬茹皆药苗,极甘美而不识名。"虽是道统仙家,却也十分好客。他们为这些落难者提供了热情的帮助。可是他们的自我介绍,却令陈生他们感到十分意外。"老人自言我辈皆中原人,自唐末巢寇之乱,避地至此,不知今几甲子也。中原天子今谁氏,尚都长安否?"原来这位老人不是仙家,而是唐末的政治隐士。隐居此岛几十年,完全不清楚世外情况,还以为现在中原仍然是大唐天下呢。"陈生为言自李唐之后,更五代,凡五十余年,天下泰定。今皇帝赵氏,国号宋,都于汴,海内承平,兵革不用,如唐虞之世也。"故事到了这里,才告知读者,这是发生在宋代的事情,也就是"本朝"奇遇。

虽然这位政治隐者没有说出自己的真实身份,可是他身边的两位弟子,却给陈生他们做了介绍:原来他竟然是"唐丞相裴休也"。历史上的裴休,死于唐咸通五年(864),已经74岁了,死后还被追赠为太尉,根本不可能来到位于渤海、东海之间的海岛上避世。所以这个故事只不过是小说家之言罢了。虚构是为了表达隐喻,张邦基这篇涉海笔记小说的主旨在于后面部

分。老人的两位弟子带陈生他们登山观览。"崎岖而上,至于峻极,有一亭,榜曰'笑秦',意以秦始皇遣徐福求三山神药为可笑也。"显然这位据说是裴休的老人在否定海洋神仙岛有不死药的传说,世间有这等清醒意识的人能有几个? 等陈生他们听说远处峰顶积雪皓白的海岛就是"蓬莱岛"时,禁不住想去游览一番。老人看透了他们的心思,就用船送他们上了蓬莱岛。"时夜已暝,晓见日轮晃曜,傍山而出。波声先腾沸,汹涌澎湃,声若雷霆,赤光勃郁,洞贯太虚。顷之天明,见重楼复阁,翚飞云外,迨非人力之所为。"这样的海上仙岛,本是仙语世界,凡俗之人完全不能体验,可是如陈生这样想一探其奇的人,实在是太多了。"同来处士云:'近世常有人迹至此,群仙厌之,故超然远引鸿蒙之外矣。唯吕洞宾一岁两来,卧听松风耳。'"说得陈生很不好意思久待,只好又坐船回到老人他们所待的岛上。这次陈生真的想回家了,"求归甚力"。老人答应送他回去。陈生虽然在岛上盘桓多日,但似乎一点也没有被点化,他竟然看中了岛上的人参,想带几棵回去。老人告诉他,人参是岛上神物,有神灵看护,不好带的,带回去会在途中遭遇不测。"山中良金美玉,皆至宝也,任尔取之。"这依稀又是海洋神仙岛的语境了。

陈生最终还是回到了浙江明州,但故事的结局很是不善:"时元祐间也。比至里门,则妻子已死矣。皇皇无所之,方悔其归,复欲求往,不可得也,遂为人言之。后病而狂,未几而死,惜哉!"

小说到了这里,本可以结束,世人都知道这是一个虚构的海洋故事,可是作者却在结尾加了一句:"予在四明,见郡人有能言此事者。又闻舒信道常记之甚详,求其本不获,乃以所闻书之。"①弄得好像实有其事似的。

　　张邦基《墨庄漫录》中的另外一则涉海笔记,也与浙江有关。不同于上面一则虚构性很强的故事,他说的是普陀山的事情,具有写实性。作者说,这是他在明州时,从曾经去普陀山求雨的市舶局的官员粹昭那里听来的。粹昭从普陀山回来后,向他详细介绍了普陀山岛的风景:"山不甚高峻,山下居民百许家,以鱼盐为业,亦有耕稼。"普陀山成为观音道场是南宋时期的事情,张邦基在世的时候,其香火还没有后来那么旺。山上有很多世俗居民,有捕鱼为生的,也有很多耕耘种田的,僧人也很多。"有一寺,僧五六十人。"这个寺就是现今的普济寺,它是普陀山历史最悠久、规模最大的寺庙,一直是普陀山佛教文化的代表。"佛殿上有频伽鸟二枚,营巢梁栋间,大如鸭颊。毛羽绀翠,其声清越如击玉。每岁生子必引去,不知所之。"这简直是神鸟了。张邦基的这则涉海笔记虽然基本写实,但还是有些玄怪味道。"山有洞,其深罔测,莫得而入。洞中水声如考数百回鼓鼙,语不相闻。其上复有洞穴,日光所射,可见数十步外,菩萨每现像于其中。"这说的肯定是普陀山的潮音洞了。传说这里是观音现身之处。粹昭的叙述果然少不了这方面的内容。"粹昭既致州郡之命,因密祷愿有所睹。须臾见栏楯数尺,皆碧玉也,有刻镂之文……已而复现纹如珊瑚者亦数尺,去人不远,极昭然也。久之,于深远处见菩萨像,但见下身如腰,而上即晦矣,白衣璎珞,了了可数,但不见其首。寺僧云:顷有见其面者,乃作红赤色,今于山上作塑像,正作此色,乃当时所现者。"民间传说是造神运动的重要手段,官员的"目睹"更增添了这个传说

---

　　①　[宋]张邦基:《墨庄漫录》,《宋元笔记小说大观》,上海古籍出版社 2001 年版,第 4664—4667 页。另一则写普陀山的笔记,来自此书第 4694—4695 页。

的可信度。

但是张邦基这则笔记最具有史料价值的内容,是后面这句:"三韩外国诸山在杳冥间,海舶至此,必有祈祷。寺有钟磬铜物,皆鸡林商贾所施者,多刻彼国之年号,亦有外国人留题颇有文采者。"历史上那些前往朝鲜半岛和日本列岛的商船和朝廷使船,凡是从宁波出发的,都要在普陀山候风。对方来中国的贡船,到宁波前,也要在这里等候。所以普陀山是海上丝绸之路的重要节点。张邦基的这则笔记,证明了这一点,所以很有历史价值。

八、柳永的"鬻海歌"

柳永(约984—1053),原名三变,字景庄,后改名柳永,字耆卿,福建崇安人。北宋时期著名词人,也是中国文学史上著名的词人之一,他的作品后来都被收入《乐章集》一书中。他的诗作不多,但元代冯福京编撰的《大德昌州图志》卷六中收有一首《鬻海歌》[①],署名为柳永。

那么这个柳永是不是就是大文豪柳永呢? 他这样一个名人,怎么会与当时还非常荒凉、偏远的舟山发生关联呢?

答案是这两个柳永为同一个人。柳永的确与舟山发生过关联。

---

① 后世《鬻海歌》与《煮海歌》并存。有人认为"鬻"乃"鬻"之误,"鬻"通"煮"。

　　宋人祝穆在撰写的《方舆胜览》卷七"庆元府（宁波）"里有这样的记载："名宦柳耆卿，尝鉴（监）定海（镇海）晓峰盐场，有题咏。"①当时舟山划归宁波管辖，是定海（镇海）的一部分，所以舟山本岛上的晓峰盐场，也被记入镇海名下。

　　祝穆的这段记载，明确讲了柳永不但在舟山待过，还真的写过一首《鬻海歌》。

　　众所周知，柳永是大词人，写诗并不多，而以"歌"命名的民谣式诗作更少。那么他的这首《鬻海歌》质量如何呢？

　　且看学界泰斗钱锺书对它的评价。钱锺书先生不但把它选入了他主编的影响力很大的《宋诗选注》，还给予很高的评价："这里选的一首诗（指《鬻海歌》，《宋诗选注》作《煮海歌》）就表示《乐章集》并不能概括柳永的全貌，也够使我们对他的性格和对宋仁宗的太平盛世都另眼相看了。柳永这一首跟王冕的《伤亭户》可以算宋元两代里写盐民生活最痛切的两首诗。以前唐代柳宗元的名作《晋问》里也有描写盐池的一段，刻划得很精致，可是只笼统说'未为民利'，没有把盐民的痛苦具体写出来。"②

　　这说明钱锺书不但认定此诗为柳永所作，还认为它的深刻性远在其他同类作品之上。

　　晓峰盐场位于舟山本岛西部的晓峰岭外（今盐仓一带）。柳永曾经担任过这个晓峰盐场的主管，目睹了盐民煮盐的艰辛。他以博大的人性关怀写出了与他平时惯写的风月和男女情感风格迥异的《鬻海歌》，表达了对于盐民这样的底层劳苦大

---

　　①　[宋]祝穆：《方舆胜览》，清文渊阁四库全书本，第80页，题为《煮海歌》。北京大学古文献研究所编《全宋诗》（第三册）有收，这里依据的版本即为此。《全宋诗》，北京大学出版社1991年版，第1840页。

　　②　钱锺书选注：《宋诗选注》，人民文学出版社1958年版，第29页。

众的深切同情。清代的朱绪曾在他编撰的舟山地方文献《昌国典咏》卷五中,极称柳永"洞悉民瘼,实仁人之言"。《昌国典咏》还以"晓峰盐场"为题为柳永《鬻海歌》写了一首诗:"积雪飞霜韵事添,晓峰残月图画兼。耆卿才调关民隐,莫认红腔昔昔盐。"《大德昌州图志》还因此把柳永归入"名宦"之列。

"鬻海之民何所营?妇无蚕织夫无耕。""鬻海之民"即盐民。当时制盐方法是"煮",盐民们把海水倒进大锅里煮干,留下的蒸汽结晶就是盐,盐民们出售海盐以换取生活所需,所以叫作"鬻海"。有些版本的《鬻海歌》,直接改写为《煮海歌》。"煮海而盐"字面意思似乎更清楚了,但是"鬻"字所包含的"交换""谋生"的潜在含义,却也不见了。

"煮海而盐"的盐民们,无田可耕、无布可织,没有任何生产和生活资料,"煮海"就是他们的全部职业。"衣食之源太寥落,牢盆鬻就汝输征。年年春夏潮盈浦,潮退刮泥成岛屿。风干日曝咸味加,始灌潮波增成卤。"他们只好为官府煮海晒盐。他们的盐民生涯还充满风险。"卤浓盐淡未得闲,采樵深入无穷山。豹踪虎迹不敢避,朝阳出去夕阳还。船载肩擎未遑歇,投入巨灶炎炎热。晨烧暮烁堆积高,才得波涛变成雪。"煮海成盐需要大量的木柴,他们需要到深山去打柴,而当时的山上多有豺狼虎豹等猛兽,进山打柴是冒着生命危险的。他们用命换回柴火,再船载肩挑万般辛苦运回海岛,日夜投柴入灶煮沸海水,海水结晶后才变成雪白的盐。"自从潴卤至飞霜,无非假贷充糇粮。秤入官中得微直,一缗往往十缗偿。周而复始无休息,官租未了私租逼。驱妻逐子课工程,虽作人形俱菜色。"他们每年为官府提供堆积起来像岛屿一般高的海盐,可是他们仍然过着极其贫困的生活。因为盐成之前,他们只能靠借一还十的高利贷买粮生活下去。盐煮成后又被强迫全部交给官家。盐民所剩无几，人人面如菜色，生活极其艰辛。就这样，一年到头，终生终世甚至祖祖辈辈，周而复始，都得辛苦操劳。官家对盐民煮盐的卤水的出盐额都有规定，称这样的煮盐的劳作为"工程"。规定很苛刻，盐民为了完成定额，不得不驱妻逐子，全家劳动，弄得面黄肌瘦。因此柳永向朝廷发出呼吁："鬻海之民何苦辛，安得母富子不贫？本朝一物不失所，愿广皇仁到海滨。甲兵净洗征输辍，君有余财罢盐铁。太平相业尔惟盐，化作夏商周时节。"自汉以来，许多朝代都把食盐作为国家的专卖品，这就是所谓"榷盐"制度。宋朝更把"榷盐"看作是政府的重要财源，对食盐的生产、运输和销售各个环节，都实行全面的垄断，对全国人民特别是对盐民进行敲骨吸髓似的剥削。官家征盐时，多方克扣，有时甚至分文不给，《宋刑统》卷十三对此多有记载。"白令纳盐而又日日鞭挞之"，盐民有敢于"走投别场煎盐，即各杖八十，押归本场，承认元额，煎趁盐课"，"违期不充者，以拾分论，一分答四十，一分加一等"。如果有逃亡的，又有更加残酷的"捕亡律"对付他们。柳永的《鬻海歌》对盐民表示了深切的同情。诗中说"牢盆鬻就汝输征"，牢盆就是煮盐的锅盆，一般都由官家专卖给盐民。《史记·平准书》说："愿募民自给费，因官器作煮盐，官与牢盆。"在这里，柳永把官家称作"汝"，可见其立场是站在盐民一方的。[1]

　　柳永在舟山晓峰盐场待了三年左右，离开时还写了一首《留客住》的词，宋人张津《乾道四明图经》卷七记载："晓峰场，在(昌国)县西十二里。柳永字耆卿，以字行，本朝仁庙时为屯田郎官，尝监晓峰盐场，有长短句，名《留客住》，刻于石，在廨舍中。后厄兵火，毁弃不存。今词集中备载之。"

---

　　①　世英：《柳永的〈煮海歌〉》，《浙江学刊》1982 年第 3 期。

柳永把《留客住》刻在官舍的石墙上,本以为可以长久保存,谁知不久后石墙不幸为兵火所毁,不过他的作品集《乐章集》收录了此词,最终得以流传至今:"偶登眺。凭小阑、艳阳时节,乍晴天气,是处闲花芳草。遥山万叠云散,涨海千里,潮平波浩渺。烟村院落,是谁家绿树,数声啼鸟。　　旅情悄。远信沉沉,离魂杳杳。对景伤怀,度日无言谁表。惆怅旧欢何处,后约难凭,看看春又老。盈盈泪眼,望仙乡,隐隐断霞残照。"①这首词表达了对于舟山海山风情和温暖人情深情的赞美及留恋。柳永在舟山管理盐场,时间不长,他所考察游玩的舟山各岛,估计也不多(北宋时候许多岛屿还未被开发,舟山各岛大规模移民和开发是南宋时候的事情),但是他对舟山这片海洋地区,还是留有深刻而复杂的印象的。

① ［宋］柳永:《乐章集》,清劳权抄本,第14页。

第五章

元代的浙江海洋文学

来自草原大漠的元朝统治者,完全不同于后来同样来自塞北的对海洋几乎"忽略"的清政府,元朝统治者很有海洋意识,在各方面都继承了唐宋以来的海洋开放政策,所以虽然元朝的主要文学成就为元曲,在叙事文学和抒情文学方面并不出色,但是仍有相当不错的海洋文学作品。与浙江海洋有关的作品,为数也不少。

在元代,浙江沿海和海域都是当时海洋活动的重要区域,所以有很多海洋题材进入作家的书写视野。这在姚桐寿《乐郊私语》中得到了较多的反映。另外,元好问《续夷坚志》中有一则笔记小说提到了浙东的海洋民俗,陶宗仪《南村辍耕录》中的"浙江潮"提供了有关钱塘江入海口的重要信息,而吴莱对于普陀山的"文化形象塑造",对浙江海洋文学成就也有比较突出的贡献。

一、元好问《续夷坚志》中的"宁海鱼骨堂"

元好问(1190—1257),字裕之,号遗山,所以后来大家都称呼他为遗山先生。他是金末元初著名的文学家,有"北方文雄"和"一代文宗"之称。他年轻时写的一句"问世间,情是何物,直

教生死相许",直击人性深处,至今仍然令人感喟不已。他是山西太原秀容(今山西忻州)人,可是所著志怪短篇小说集《续夷坚志》中的《麻姑乞树》,写的却是浙江宁海的事情,可见其关注的视野之广。不过元好问一生中没有到过苏浙沿海地区,所以所写的这个故事,可能来源于传闻或阅读。

故事说,浙江宁海县,这个位于宁波南部、象山港边上的滨海县,有个名叫昆仑山石的村落。这是一个滨海小村。村里有个村民刘氏,很富有,家财很多。有一天,海边的滩涂上,有一条百丈长的大鱼搁浅死去了。他令人取下大鱼的骨头,以鱼骨为梁建造了一所大房子,取名为"鲤堂"。

在古人海洋叙事作品中,经常会有"鲤"出现。但从所记叙的内容来看,这条鲤鱼应该不同于现在的淡水鲤鱼,当是一种海鱼。至今舟山的海鲜餐馆里,经常出现的"红果鲤",这种海鱼名字里就有一个"鲤"字。但刘氏遇到这条大鱼显然不属于鲤鱼,骨架那么大,可以用来造房子,显然属于鲸鱼了。

在小说中,元好问叫这间大房子为"鲤堂",也不是仅仅着眼于鱼的名称、种类,而是一种鱼文化。元好问是北方人,黄河两岸的人崇尚鲤鱼文化,所以这个故事,或许可以看作是内河文化与海洋文化的结合。

或许还有一种解释。古人把父亲教导子女的厅堂叫作"鲤庭",所以《麻姑乞树》中的"鲤堂"主要蕴涵长辈训导子女,希望他们有"鲤鱼跳龙门"的前程,不一定指的是用大鲤鱼的鱼骨做成的厅堂。这样的解释,似乎也通。

故事继续说,这座"鲤堂"造好后,竟然不知不觉有了"灵气"。刘氏在"鲤堂"前的院子里种了一棵槐树,槐树生长得极快,没有多久就"阴蔽数亩,世所罕见",显然不是凡品。有一天夜里,刘氏做了一个梦。梦里有一位女官,自称麻姑,向刘氏提出,要用这棵槐树修庙。梦中的刘氏感到十分为难,不肯答应,后来又想,这座庙距离"鲤堂"有好几里路,就算答应她,她也无法把树搬运过去,就佯作答应了。第二天早晨醒来,想起梦中的事情,看看院子里的槐树仍然好端端的,就以为是一个梦而已,没有当真。

不料十多天后,忽然风雨大作,大白天昏晦如夜。"人家知有变,皆入室潜遁。"纷纷躲进屋里躲藏起来。等到风雨过后,天气转晴,大家开门出来,发现什么都没有改变,只有刘氏"鲤堂"前面的那棵槐树不见了。刘氏这才想起以前做过的那个梦,就来到了麻姑庙,豁然发现,那棵树已"卧庙前矣"。①

一条海里来的大鱼,就这样被赋予了某种神奇的灵性。这样的故事,竟然发生在浙江宁海,是很有意思的。以前宁海属于台州地区。台州、温州一带,民间海洋信仰文化非常发达,这可能是故事得以产生的文化背景吧。

另外,这个故事还与传说中的道教人物麻姑联系在一起。这也是可以解释的。虽然麻姑的道场在距离宁海很远的江西抚州麻姑山,但她曾在山东烟台姑余山修道,此山边上就是大海;麻姑在自述自己经历时有一句名言,也与海洋密切相关:"已见东海三次变为桑田。"因此,宁海当地建有麻姑庙,并不意外,元好问将麻姑当作一个情节元素写入故事,也比较合理。

---

① ［金］元好问:《续夷坚志》,清刻本,第27页。

二、姚桐寿《乐郊私语》中的"澉浦市舶司"

姚桐寿,字乐年,生卒年不详,睦州(今浙江桐庐)人。元至正十三年(1353),移居海盐。看来他很喜欢海盐这个地方,因为他写的《乐郊私语》一书,绝大部分内容都是海盐的事情。海盐位于钱塘江入海口,从地名就可知海盐就在海边。所以《乐郊私语》里有好几则故事都与海洋活动有关。

《乐郊私语》中的《澉浦市舶》,是一篇纪实性笔记,保留了有关元代澉浦市舶司的信息,十分珍贵。"澉浦市舶司,前代不设。"虽然早在唐朝就有市舶司,但都设在广州、泉州、宁波等主要海港,海盐县澉浦镇这样的小地方,是不会有市舶司出现的。但是到了元代,由于海洋贸易十分活跃,各种小规模和临时性的海洋管理机构纷纷出现。海盐澉浦镇市舶司就是其中之一。

由于建立和存在的时间较短,规模也不大,历史上有关海盐澉浦市舶司的记载相对较少,这样姚桐寿《乐郊私语》里的这则《澉浦市舶》①就显得很珍贵。

"惟宋嘉定间置有骑都尉监本镇,及鲍郎盐课耳。"澉浦从未有管理海洋贸易的市舶机构,只有南宋嘉定年间(1208—1224)在此设过一个管理鲍郎盐场(就在澉浦镇内)的机构。"国朝至元三十年,以留梦炎议置市舶司。"元朝建立后,在至元

---

① [元]姚桐寿:《乐郊私语》,《宋元笔记小说大观》,上海古籍出版社2001年版,第6105页。本章《乐郊私语》中的其他引文,也来自此书。

三十年(1293),本是南宋宰相后来降元的留梦炎,为了讨好元朝统治者,建议在澉浦增设市舶司,便于管理进出钱塘江海船的海洋贸易活动。建议得到朝廷的采纳。留梦炎被认为是南宋的奸臣,据说与文天祥被害有一定关系。到了明清两代,他的后代子孙还被禁止参加科举考试,其他姓留的举子,也要先写下"非留梦炎子孙"的声明才能应试。客观上讲,他这条在澉浦设立市舶司的建议,还是很有海洋经济眼光的。因为澉浦位于上海与杭州之间,以前距离浙北最近的市舶司也在宁波,苏浙之间大量海上商船来往,没有相应的管理机构,不利于促进海洋贸易活动。他在自己担任宰相期间没有提出这个建议,可能是早已看清南宋朝廷病入膏肓、无药可救,不可能有什么兴趣建立澉浦市舶司。

澉浦市舶司的规模自然不能与泉州等其他老资格市舶司相比,可是抽税却十分厉害。"初议番舶货物十五抽一,惟泉州三十抽一,用为定制。""十五抽一"即税率约 6%,倍超泉州的"三十抽一"(约 3% 的税率),说明这个澉浦市舶司的管理十分混乱。不但如此,发展到后来,各级管理者还以各种手段盘剥压榨外国海商。"然近年长吏巡徼上下求索,孔窦百出。"这里"求索"的意思就是想方设法谋财榨取,几年下来,官吏们胡作非为,使得好端端一个市舶司弊端重重、劣迹斑斑。作者举例说:"每番船一至,则众皆欢呼,曰:'亟治厢廪,家当来矣。'至什一取之,犹为未足。"一旦有外国商船到岸,这些人就大呼"快快收拾好空房间,有人送吃用家当来了"。任何货物,十件取一,已经大大超出朝廷的规定,简直就是明抢了。洋商自然不服,争端频起,终于爆发了血案。"昨年番人愤愤,至露刃相杀,市舶勾当,死者三人,主者隐匿不敢以闻。"姚桐寿说,自己写作这则《澉浦市舶》笔记的前一年,澉浦就爆发了一起大血案。外国

海商实在忍无可忍,拔刀反击,结果杀了三个市舶司的人,市舶司主事者竟然把血案压下,因为他们不敢上报。

作者最后感叹说:"射利无厌,开衅海外,此最为本州一大后患也。"贪得无厌本已是大错,何况寻衅外国海商,造成恶劣的国际影响,澉浦市舶司的胡作非为,实在是一个大后患啊。这简直是对后来明清海洋政策的一个预言了。

姚桐寿的《乐郊私语》里还有一篇涉海笔记《也先不花》,文笔诙谐,令人笑喷。作者说这个故事是从海盐衙门担任"从事"职务的潘泽民那里听来的,而故事发生时,潘泽民就在场,所以可以说这是一则亲身经历的真实事件。

故事是这样的:有个名字叫也先不花的"北人",也就是蒙古人,来到海盐担任"达鲁花赤"一职。这个达鲁花赤的职位,是成吉思汗设立的,意思是监督官,是代表朝廷督查地方军政、民政和司法的官员,权力大得很。他在元至正三年(1343)来到海盐,担任达鲁花赤一职。"时方八月,秋涛大作,潮声夜吼,震撼城市。"这位来自蒙古大草原的也先不花来时,恰逢钱塘江大潮来临。第一次听到涛声,他以为出什么大事了,吓得根本不敢睡觉。故事中最精彩的场面就这样出现了。转述可能会有损生动性,还是抄录原文如下:

> 起问门者。门者熟睡,呼之再三,始从梦中答曰:"潮上来也。"及觉,知是官间,惧其答迟,连声曰:"祸到也,祸到也。"狂走而出。不花误听,遂惊跳入内。呼其妻曰:"本冀作达鲁花赤,荣耀县君,不意今夕共作此州水鬼。"遂夫妇号泣,合门大恸。外巡徼闻哭传报,州正佐官皆颠倒衣裳来救,以为不花遭大变故也。因急扣门,不花愈令坚闭,庶水势不得骤入。同寮益

急,遂破扉倒墙而入,见不花夫妇及奴婢皆升屋,大呼
"救我"。①

这位也先不花不敢入睡,就起身去问门卫。门卫倒睡得很
死,迷迷糊糊地回答说"潮来了",话刚出口,倏然惊醒,得知刚
才问话的是也先不花大人,害怕得不得了,因为他没有起身回
答,而且回答得也不清楚,所以连连说"大祸到了,大祸到了",
大喊大叫,逃出门去。不想这"祸到也"传到了也先不花耳朵
里,误认为真的有什么大祸临头了,竟然抱住妻子大哭起来,说
本来以为到这里来担任达鲁花赤,也算是一个重要职位,可以
光耀祖宗了,哪里会料到竟然马上就要成为水鬼了! 真是惨
也! 夫妻俩抱头大哭,越哭越惨。哭声惊动了门外巡逻路过的
巡兵,巡兵赶紧报告衙门,各官员闻报大人痛哭,惊慌得衣服都来
不及穿好,就纷纷来到也先不花的府邸。他们砰砰敲门,不料也
先不花把这敲门声误认为是大水冲门,始终不敢开门。最后这些
官员只好破窗跳墙而入。也先不花见到他们,大呼"快来救我"!

这篇故事的讽刺意味很明显,但"反元"的主旨被故意淡化
了。作者在文末说:"同寮询知,不觉共为绝倒,乃知唐人'潮声
偏惧初来客'为真境也。不花今为参知政事。"故事最终被处理
成一个"意外"发生的笑话,而这位也先不花其实也很可爱,后
来还一路升官,做到参知政事,相当于宰相了。

姚桐寿《乐郊私语》里另外一篇涉海故事《陈彦廉》②,写的
也是发生在海盐和相邻的海宁的故事。故事的主题很特别,竟

---

①　[元]姚桐寿:《乐郊私语》,《宋元笔记小说大观》,上海古籍出版
社 2001 年版,第 6106 页。

②　[元]姚桐寿:《乐郊私语》,《宋元笔记小说大观》,上海古籍出版
社 2001 年版,第 6111 页。

然是"恨海"。故事说,海盐本地有个诗人叫陈彦廉。他写的诗很怪异,别具一格。他还善于绘画,算得上是一个诗画俱佳的大才子。他母亲名字叫庄,老家在福建。他父亲陈思恭,长期"商于闽"。他们一家都在福建生活。有一次父亲在海上运货的时候,遭遇风暴,不幸溺死海中。"庄誓不嫁,携彦廉归本州,抚育遂成名士。"父亲死于海难之后,母亲带他回到海盐,把他教育成人,成为本地的文化名流。"彦廉有才名,交往多一时高流,最与黄公望子久亲昵。"他交往的都是文化名人,其中与一位名叫黄子久(元代画家黄公望,字子久)的人最为要好。

陈彦廉后来把自己的家搬到海宁硖石东山居住,"终身不至海上,以父溺海故也"。他的朋友黄子久非常喜欢大海,他每年来拜访陈彦廉一次。每到"则必到海上观涛",可是"每拉彦廉同往不得"。陈彦廉始终不肯一起前去观海看涛。有一次黄子久好不容易把他拉到了城门口,陈彦廉却再也不肯往前走一步了。黄子久反复求他,陈彦廉流泪说:"阳侯,吾父仇也,恨不能如精卫以木石塞此,何忍以怒眼相见?"阳侯是古代传说中的波神,陈彦廉说,他的父亲就死于海涛之中,自己恨不得化作精卫鸟衔来木石填平大海,怎么还会有心情观海赏涛呢!黄子久听了,也为之动容,就没有坚持要他一起去看海,回家后特地写了一篇《仇海赋》以纪其事。

这篇《仇海赋》很有意思,可惜没能流传下来,所以我们无法得知黄子久是如何表达"仇海"情感的。

三、陶宗仪《南村辍耕录》中的"浙江潮"

陶宗仪(约1329—1412),字九成,号南村,祖籍浙江黄岩。元末明初文学家、史学家。他出身官宦之家,父亲陶煜,先后担任浙江上虞县的县尹、福建以及江西行枢密院都事等职。其母赵氏,据说也是大户人家女儿,对于经史很熟悉。在父母的教导下,陶宗仪自幼刻苦攻读诗书。他的阅读面很广,喜欢看"杂书"。这点可能影响了学业。他参加进士考试没有考中,后来干脆再也不考了。继而他外出访学,做起了学问。

到了元末,局势动荡不安,陶宗仪带领家小,在江苏松江华亭定居下来,再也不外出了。他一方面招徒讲学,以此维持生计;另一方面笔耕不辍,终成《南村辍耕录》(或简称《辍耕录》)一书,共有三十卷。其中有一篇《浙江潮候》[①],讲述钱塘江潮水,虽然故事性不强,但以纪实的笔法,为我们提供了钱江潮的第一手资料。

"浙江,一名钱塘江,一名罗刹江。"原来在元代钱塘江还有这样一个怪异的名称,只是"罗刹江"这个名字很少见。"罗刹"是凶神恶煞的名字,梵语中的意思就是恶鬼,来去迅疾,不但会带来灾难,还会吃人。钱塘江浩浩荡荡,气势不凡,为什么会与罗刹联系在一起呢?原来这与江心一块大石头有关。"所谓罗

---

①　[元]陶宗仪:《南村辍耕录》,《宋元笔记小说大观》,上海古籍出版社2001年版,第6292页。

刹者,江心有石,即秦望山脚,横截波涛中。"这秦望山,即今杭州凤凰山东南方向的将台山,据说与秦始皇有关系。清人林味经编的《事类统编》中,有这样的记载:"秦始皇东游,登此山瞻望,欲渡会稽,故名。"这个记载应该是真实的,因为与司马迁《史记》的记载相吻合:"(秦皇)至钱塘,临浙江,水波恶,乃西百二十里,从狭中渡。"

秦望山的山脚深入钱塘江,在江心露出一块大岩石,正好挡在航道的中心。"商旅船到此,多值风涛所困而倾覆,遂呼云。"宋元时候的钱塘江,是海船进出杭州的必经要道,这块大石头挡在中间,许多海船被风涛推着,毫无办法,眼睁睁看着撞了上去,往往造成船毁人溺的悲剧,所以这一段钱塘江,就有了"罗刹江"的恶名。

当然这块大岩石,现在再也见不到了,不知什么时候被炸毁了。既然江心的大岩石不复存在,航道畅通,"罗刹江"之名自然就被人遗忘了。可是钱塘江潮流是永存的。"杭之为郡,枕带江海,远引瓯闽,近控吴越,商贾之所辐辏,舟航之所骈集,则浙江为要津焉。"钱塘江进出海门的海道要津地位也是永恒的。钱塘江航运不同于别的海域的航运,潮水起了非常关键的作用。"而其行止之淹速,无不毕听于潮汐者。或违其大小之信,爽其缓急之宜,则必至于倾垫底滞。故不可以不之谨也。"航船的快慢甚至安危,几乎完全取决于潮水的强弱。虽然钱塘潮流甲天下,是天下奇观,可是对于航运而言,却是噩梦,每一个航海者行船到此,都不得不十二分地小心。

陶宗仪《南村辍耕录》中《浙江潮候》的最大价值,是保留了宋元时期钱塘江海运的资讯。它告诉我们,现在大规模航运基本消失的钱塘江,曾经是海商舟航骈集的要津。其昔日的繁华景象,足以让人浮想联翩。

四、吴莱笔下的"甬东山水古迹"

吴莱(1297—1340),字立夫,浙江浦阳(今浦江)人。元代著名理学家。他去世后,其著名门人、被明太祖朱元璋誉为"开国文臣之首"的宋濂,把他的重要诗文汇编成《渊颖集》一书,因此后人都称他为"渊颖先生"。吴莱对浙江普陀山岛的文化特别感兴趣,在亲自游览、考察了舟山和普陀山诸岛后,撰写了《甬东山水古迹记》和《海东洲磐陀石上观日赋》等影响巨大的文章和辞赋。其中《甬东山水古迹记》①,是历史上较早一篇对于舟山群岛的文化考察文章,对于浙江海洋文化的构建具有重要意义。

吴莱到舟山的那年为元泰定元年,也就是公元 1324 年。泰定帝是元朝第六位皇帝,元朝统治进入了比较稳定的时期。吴莱从老家浦江出发,走过漫长的山路,来到庆元(宁波),再坐船进入舟山。从他的《甬东山水古迹记》一文来看,他对舟山和普陀山的了解是相当全面和深入的。

"昌国,古会稽海东洲也。"这句是对于舟山历史的追溯。舟山开埠于唐开元二十六年(738)。这一年,朝廷设置了翁山县。翁山就是舟山的古县名。之前,舟山被称为"甬东",属于甬地(宁波)的一部分,无独立名号。但吴莱将舟山的历史从"古会稽海东洲"说起。"古会稽""海东洲"都有海洋传说时代

---

① ［明］屠隆:《补陀洛伽山志》,武锋点校本《普陀山历代山志》,浙江古籍出版社 2014 年版,第 35—36 页。

的意味,属于东方朔《海内十洲记》等海洋神仙岛话语范畴。可见在吴莱的心目中,纵然历史已经到了元代,舟山仍然氤氲着"海洋仙岛"的气息。当然吴莱的思维是理性的,他的笔并未在"仙岛"上停留,而是立即转入"现实舟山"之中。"东控三韩日本,北抵登莱海泗,南到今庆元城三五百里。"不知道吴莱的书桌上是不是放置着一张中国海洋地图,因为只有具备这样的大视野,他对舟山海洋地理位置的这几句描述才会这么准确。舟山的东部对着朝鲜半岛和日本列岛,它的北部为黄海、渤海,西南方向便是庆元(宁波)。"泰定元年夏六月,自庆元桃花渡觅舟而东。"夏六月属于农历,相当于公历七月,正是游览海岛的好季节。桃花渡在今宁波新江桥的西侧,它曾是古宁波东渡门外通往江北的主要渡口,也是入海去舟山的通道,如今尚有桃渡路、桃渡公园等路名遗存。

"海际山,童无草木,或小仅如筋,辄刈以鬻盐。"这里的"童"为"光秃"之意。吴莱喜欢使用古字,有时候还是冷僻字,这个"童"字即是一例。说海陆之间的山,光秃秃的,没有草木,只长着一种小如筷子的植物,人们就把它们割下来用于"鬻盐"。这里的"鬻盐",语出《史记·平准书》:"富商大贾,冶铸鬻盐,财或累万金,而不佐国家之急,黎民重困。"考察整个语境,"鬻盐"当为"煮盐"之意,因为"鬻"从鬲,本有煮饭的炊具之意,引申为"煮",也是通的。① 这又是吴莱爱用古字的一个例子。

吴莱的座船继续东行,出甬江,将要入海了,入海口位于镇海的招宝山下。吴莱对于招宝山的描述和介绍,充分显示了他这篇"古迹记"的文化特色。"东逼海有招宝山,或云他处见山有异气,疑下有宝;或云东夷以海货来互市,必泊此山。"说山下

---

① 此"鬻"与《鬻海歌》中的"鬻"字一样,也有可能为"鬻"字之误。

有宝，属于传说。而说曾经有东夷人来招宝山进行贸易，那就是将传说和可能的历史事实混合了。《海内十洲记》曾经叙述"海上仙家"来会稽山与吴人交易的事情，但没有说具体地址在哪里，吴莱推测说交易处就在招宝山下。更有意思的是，吴莱还说招宝山下曾经发生过与"夷"人的海战。"山故有炮台，曾就台跖弩射夷人，矢洞船犹入地尺。又别作大筒曳，铁锁江水，夷舟猝不得入。"如果说"夷"人指的是东夷人，那么与前面一句"互市"的语境不合；如果指的是外国人，那么就有意思了，元代或元代之前，难道曾经有外人通过海路入侵中国吗？里面那一句"矢洞船犹入地尺"，说明使用的武器是弓弩，这飞箭力道惊人，似乎又有传说的成分了。

不过，吴莱接着对镇海口的描述，非常写实。"前至峡口，惟石嵌险离立，南曰金鸡，北曰虎蹲。又前则为蛟门，峡束浪激，或大如五石斗瓮，跃入空中，却堕下碎为雾雨。或远如雪山水岸，挟风力作声势崩，拥舟荡荡与上下。一僧云：'此特其小小者耳。秋风一作，海水又壮，排空触岸杳，不辨舟楫所在，独帆樯上指。潮东上，风西来，水相斗，舟不能咫尺，一撞礁石，且靡解不可支持。'"镇海口即蛟口，是宁波甬江入海的必经之隘，浪急波大，十分凶险。吴莱对此海口地形的描述，十分生动逼真。

但下面几句，似乎又回到民间传说的语境中去了："又前则为三山，大洋山多磁石，舟板钉铁，或近山，则胶制不动。"大洋山岛在嵊泗，临近江苏。这里的"大洋山"当指招宝山外的一个海岛，并非指现在的大洋山。说它有强磁力，能够把船上的铁钉吸住，让船不能前移，这分明具有传说性质。现实中镇海口外的小岛，既没有"大洋山"之名，更不存在这种强磁力。但是吴莱这么写，也不是毫无意义。从文学效果而言，这样的内容增添了海洋的魅力。当年吴莱初次入海，所以处处都感到好奇。

"昌国境也,昌国中多大山,四面皆海,人家颇居篁竹芦苇间,或散在沙墺,非舟不相往来。田种少类。入海中捕鱼,蝤蛑水母,弹涂杰步,腥涎亵味,逆人鼻口。岁或仰他郡。"这是对昌国(舟山)本岛的概略性描述。下面又有"东从舟山过赤峙(今册子),转入外洋,望牟崟山,山出白艾,地多蛇"一句,似乎此时吴莱还没有抵达本岛,所以这里的"昌国"很可能指金塘岛一带。无论是在舟山本岛还是在金塘岛,文中的"人家颇居篁竹芦苇间,或散在沙墺,非舟不相往来",都是一幅非常生动的海岛人居图。吴莱又说岛上居民,多以捕鱼为生,岛上弥漫着一种刺鼻的腥味。此种情景,更符合金塘岛实际,金塘岛与衙门所在地的本岛定海,有点距离。更有可能的是,吴莱的这一段描写,其实并不限于某岛一地,而是对金塘岛到沈家门一带的综合性描述,因为接下去马上进入普陀山叙事了。按照文理,不可能一下子从金塘岛跳跃到普陀山,而对中间那一段海路和海岛只字不提。元代的沈家门,虽然还只是一个小小的渔村,但是已有许多渔民聚居,所以文中说"腥涎亵味,逆人鼻口",倒是对该地比较逼真的描述。"岁或仰他郡",这里的"仰"指依赖、依靠。因为舟山(包括沈家门一带)缺少田地,粮食不能自给,所以需要从别的地方输入。

吴莱《甬东山水古迹记》一文的重点是对梅岑山(普陀山)文化的探寻和塑造。"东到梅岑山。梅子真炼药处,梵书所谓补怛落迦山也。唐言小白花山。"自南宋开始,普陀山正式成为观音道场,普陀山之名也开始取代梅岑山的旧名。但是吴莱在文中仍然使用梅岑山的名字,说明他对普陀山的探讨和描述,主要聚焦文化而不是观音信仰。所以他紧接着说梅岑山之名源于传说中的梅子真(梅福)在岛上采药修炼的故事。又说它还有一个名字叫补怛落迦山,汉译为小白花山。吴莱不提此名来自佛经，而说来自梵书，正体现了他着眼于文化而不是佛教。

"自山东行，西折为观音洞，洞观海外，大石壁紫黑，旁鳞而两歧，乱石如断圭，积伏蟠结，怒潮拟击，昼夜作鱼龙啸吼声。又西则为善财洞，峭石啮足，泉流渗滴，悬缨不断。前入海数百步有洞。土人云曾有老僧秉烛行洞穴且半里，山石合一窍，有光，大如盘盂。侧首睨之，宽弘洁白，非水非土，远不辨涯际。又自山北转得盘陀石山，粗怪益高，垒石如垤。东望窅窅，想象高丽日本界，如在云雾苍莽中，日初出，大如米，筵海尽赤，跳踊出天末，六合奋然鲜明。及日光照海，薄云掩蔽，空水弄影，恍类铺僧伽黎衣，或现或灭。"这是对普陀山的具体描述和介绍。在吴莱的眼中，目光所及，全是这个海洋小岛独特的风情、风景。潮音洞、善财洞、梵音洞、磐陀石，吴莱写遍了普陀山的每一处名胜，却不落一笔去写寺庙，这是他有意为之，再次证明吴莱的舟山行实为对"山水古迹"的考察。

普陀山是吴莱的重点考察对象，但并非他写作此文的全部。随后，他的目光从普陀山转向别的岛屿。"南望桃花、马秦诸山，嵌空刻露，屹立巨浸，如世叠太湖，灵壁不着寸土尺树，天然可爱。"马秦山即现在的朱家尖。桃花岛、朱家尖都在普陀山的南边，从"望"的动作来看，吴莱没有登过这两个岛，这是很遗憾的。但是寥寥数笔，已把两座岛的形状非常生动地描述了出来。吴莱还用了"天然可爱"这样的词语，来表述他眺望这两座海岛时的心情。

他继续眺望，目光从南部转向东南。"东南望东霍山。山多大树，徐市盖驻舟此。"徐市即徐福，传说中入海寻找不死之药的秦代著名方士。吴莱说东霍山的山上有很多树，是徐福曾经泊舟的地方，此岛似乎就在普陀山附近，可以看得很清楚。但是宋宝庆《四明志》说"东霍山，在（舟山）东北，世传徐福至

此"。元大德《昌国州志》："东霍（霍）山，在海之东北，环以大洋。世传徐福至此，山有石宛如一枰，修竹森立，风枝拂扫，常无纤尘。"可见它的位置在舟山本岛的东北方向，距离也很遥远，不是站在普陀山上凭肉眼可以看得到的。有人说东霍山其实就是东福山，或者是东福山一带的东极列岛。但东极列岛都是光秃秃的，何来吴莱所述的"山多大树"？如果东霍山真的指东福山一带，那么或许元代东福山一带曾经林木森森（但事实上东福山等附近岛屿风大，难存泥土，山上都是岩石，这样的地理环境，往上追溯，距离今天数百年前的元代，地貌不可能有大的改变，不会有茂盛的林木），或许这些是吴莱凭借想象的描述，他所处的普陀山到处都是巨大的树木，所以想当然地认为"东霍山"也长满树木。

"土人云自东霍转而北行，尽昌国北界，有蓬莱山。众山四围峙立，旋绕小屿，屹如千尺楼台而中处。又有紫霞洞，与山为邻。中畔明通，方如大车之舆，潮水一退，人或可入。或云人不可到，隐隐有神仙题墨，漫不能辨。"蓬莱山是传说中的海洋神仙岛之一，舟山北面的蓬莱山，一般指现今的衢山岛。从"士人云"来看，吴莱有关普陀山周围岛屿的情况，都是听这位"士人"介绍的，蓬莱山的描述，传说的成分更明显。下文中又有"又北则为胸山、岱山"句，这里的"胸山"即衢山，可见蓬莱山是传说中的"古迹"。"又有沙山，细沙所积，海日照之有芒，手攫则霏屑下，渐成洼穴，潮过又补，终不少损。旁有石龙苍白，角爪鳞鬣，具蜿蜒跨空，亘三十里，舟径其下。"舟山并无沙岛，但文中描述的"石龙"，似乎又是指小洋山（羊山），因为小洋山岛上有一条石龙，气势雄伟。这与下文"西转别为洋山"的说法吻合，因为小洋山、大洋山是紧挨在一起的。说洋山"中多大鱼"，也是符合实际的，当时洋山周围是著名渔场，盛产"洋山鱼"，也就是大黄鱼。

"又自北而南,则为徐偃王战洋。世传偃王既败,不之彭城而之越,弃玉几砚会稽之水。又南则为黄公墓。黄公赤刀厌虎,厌不行,为虎所食者也。"这里写的是徐公岛的事情,徐公山本指嵊泗徐公岛,可是吴莱却将它与黄公打虎的故事牵扯在一起,打虎的故事发生在远离嵊泗的普陀六横岛一带。六横岛古称黄公岛,黄公打虎是当地著名的民间传说,可见虽然吴莱的考察范围很广,但或许他不是在实地考察,而是对着地图和方志在海上"神游"。

吴莱把普陀山周围的主要岛屿,或实地考察,或"神游"了一番,显示出其广阔的海洋视野和对海洋人文的关注。他对一些海洋传说,有自己的评价。"夫昌国本禹贡岛夷,后乃属越,曰甬句东。越王句践欲使吴王夫差居之。然不至也。海中三山。安期羡门之属。或避秦乱至此,方士特未始深入。或云三山在水底。或云山近则风引舟去,盖妄说也。东晋人士每爱会稽山水,故称入会稽者为入东。《抱朴子》亦云:'古仙者之药,登名山为上,海中大岛屿如会稽之东翁洲次之。'今昌国也。是年秋八月,自昌国回姑疏。山海奇绝处,明晋人之不妄。时一展玩纵,少文卧游不是过矣。"虽然一句"盖妄说也"显示出他现实主义态度,但是对于"入海"行动本身,吴莱是高度认可的。

吴莱结束了对舟山的文化考察,回到住地。但对"山海奇绝"的普陀山,一直念念不忘,后来又用诗一般的文字,写了《海东洲磐陀石上观日赋》:

> 粤东游乎海徼兮,得伟观于阳阿。登磐陀之叠石兮,路嵚岩而巍峨。天鸡号而夜半兮,曒欲出于重波。恍玄幕之沉黑兮,惚火轮之荡摩。缅羲和之有御兮,扶

木烨其将华。渺汤谷之不可以里兮,届高舂其几何。嗟世寰之安在兮,尚昧冥而未旦。睹帝车之邪迤兮,耿星宿于霄汉。渐岛屿之乔鲜兮,益森茫而弥漫。恐阛阓之犹尔梦寐兮,类蛰虫之惛乱。胡乾极之牵挈兮,俨机轴之翕张。固阴泉之歙炯兮,焕熠熿之奋飓。……乃蜇腾于寥廓兮,竟瞑眩于混茫。繄高抗乎氛瞳兮,仅启明之独烁。歘远麾之赓爝兮,遽群动之尽躩。川后潜精而窟藏兮,海童觑耀以奔愕。鲛鼍扬鬐拔鬣以悠漾兮,鸿鹤刷毛挟翅而陵薄。荞琅琊之跻台兮,眂鲸山而昼其煐也。间罗浮之胴井兮,滉蜃穴而夜其燧也。迅夸娥之杖策兮,惧追逐而莫之跳逴也。怒鲁阳之挥戈兮,怪盘礴之弗吾规覆也。惟圭臬之可测兮,奈陈驹之焉托。……伟小儿之辩智兮,虽睿哲而勿宣。……何观瞻之不足兮,重徙倚以盘桓。光已通于一跃兮,影奚候于三竿。逮层溟之毕露兮,屹东霍之岩峦。念列仙之独往兮,扼羡门于波澜。划孤啸而陟降兮,撒蒙蔀以欣欢。顾秦越之邈不相及兮,又焉论夫远近于长安。①

这篇赋,生动描述了普陀山外莲花洋中日出的壮丽奇观。文中还包含了大量美丽的海洋传说,"列仙之独往兮",与《甬东山水古迹记》中"盖妄说也"的态度完全不同。说明在吴莱的心目中,《甬东山水古迹记》是实地考察的成果,内容要真实。《海东洲磐陀石上观日赋》是文学作品,可以想象和虚构,作者的情感就包含在这些想象和虚构之中。

---

① 李修生主编:《全元文》卷一三六四,第3—5页,江苏古籍出版社1998年版。

第六章　》

明代的浙江海洋文学

明代的海洋活动非常"特别",主要体现为:在政策上,朝廷对海洋实行严格的"海禁",唐宋元以来的海洋开放大门基本被关闭,曾经活跃的民间海洋贸易被禁止,官方的海洋国际贸易,范围和规模也都大幅度缩小;但在民间以海洋走私为特征的海洋活动,却从未停止,加之后来走私者与倭寇勾结在一起,情况更加复杂。

上述情况在浙江沿海地区更为普遍。明代的"海禁"政策本来就与浙江海洋地区有关,海洋走私和倭寇侵扰的重要区域也在浙江海域,所以这种情况在该时期的海洋文学中有多方面的反映。张岱的《陶庵梦忆》里的"定海水操"就涉及保卫海疆安全的内容。朱国祯《涌幢小品》里的"昌国海船",则间接反映了民间海洋贸易信息。

另外,在明代普陀山观音道场的地位已被确立,反映和描述"补陀"的作品比较多。张岱的《海志》、陆容的《菽园杂记》和屠隆的《补陀洛迦山记》等,都直接或间接地影响了普陀山文化。

一、张岱《陶庵梦忆》里的"定海水操" 和《海志》里的"补陀"

　　张岱(1597—1689),是明末清初著名的史学家和文学家。字宗子,又字石公。因母亲姓陶,就为自己取号陶庵。他的代表作《陶庵梦忆》就是以自己的号命名的。张岱是浙江山阴(今绍兴)人,与谈迁、万斯同、查继佐并称"浙东四大史学家",也是浙东学术的代表人物之一。他小品文成就也很高,有"小品圣手"之誉,其散文作品数百年来一直享誉文坛。

　　绍兴濒临东海,北面直接与钱塘江入海口相接,张岱对海洋并不陌生,在他的《陶庵梦忆》《琅嬛文集》和《夜航船》等著作中,有多篇与浙江海洋文化有关的散文作品。

　　《陶庵梦忆》里的《白洋潮》是张岱的亲历之作。明崇祯十三年(1640)八月,张岱与朋友陈洪绶、祁世培因吊唁朱恒岳少师,在绍兴西北滨海的白洋村观赏了气势磅礴、极为壮观的钱塘江潮,深受震动,写下这篇脍炙人口的游记《白洋潮》。

　　钱江看潮,绍兴并非佳处;前人描写钱塘江的诗文,多有佳作。作为一代小品文大家的张岱另辟蹊径,写得非常有特色。

　　"三江看潮,实无潮看。午后喧传曰:'今年暗涨潮。'岁岁如之。"讲究文法的张岱以"抑"起笔,故意说这个地方,真的实在没有什么潮可看,虽然午饭后村民都在嚷嚷着说要涨暗潮,可是年年如此啊,有什么奇怪的?"庚辰八月,吊朱恒岳少师至白洋,陈章侯、祁世培同席。海塘上呼看潮,余遄往,章侯、世培踵至。"张岱说这次来白洋村吊唁故友,时值八月大潮汛时刻,听见村民在喊看潮,他觉得好奇,就急急赶往海塘,他的朋友也随即来了。这次他终于看到了真正的钱塘江大潮,他以大作家的文笔,描述了气势磅礴的钱江潮:"立塘上,见潮头一线,从海宁而来,直奔塘上。稍近,则隐隐露白,如驱千百群小鹅擘翼惊飞。渐近,喷沫溅花,蹴起如百万雪狮蔽江而下,怒雷鞭之,万首镞镞,无敢后先。再近,则飓风逼之,势欲拍岸而上。看者辟易,走避塘下。潮到塘,尽力一礴,水击射,溅起数丈,著面皆湿。旋卷而右,龟山一挡,轰怒非常,炮碎龙湫,半空雪舞。看之惊眩,坐半日,颜始定。"①

这段描写,从远而近,从海潮的形、色、声、势各个方面,又以奔、驱、飞、溅、蹴、鞭、逼、拍、礴、射等富有表现力的动词,极其生动形象地描绘了白洋潮犹如大潮涌推的气势,又以观潮者的惊骇狼狈作结,还不忘关注海潮的涟涟余波,显示出了高超的艺术水准。

张岱《陶庵梦忆》中还有一篇《定海水操》,写的是镇海口外海面上水师操练的情形。

张岱生活在明末清初,与许多浙东文人一样,基本立场都是拥明反清的。证据之一,便是在明朝灭亡后,他立即隐居于莽莽四明山中,宁守贫穷,也不肯在清廷出仕,只是潜心著述。这本身显示出他强烈又鲜明的政治立场和民族气节。所以这篇《陶庵梦忆》中的《定海水操》,虽然没有明确的时代信息,但是写明代水军操练的可能性较大。

《定海水操》是这样写的:"定海演武场在招宝山海岸。水操用大战船、唬船、蒙冲斗舰数千余艘,杂以鱼艓、轻艇,来往如织。触舻相隔,呼吸难通,以表语目,以鼓语耳,截击要遮,尺寸

---

① [明]张岱:《陶庵梦忆》,清乾隆五十九年王文治刻本,第15页。

不爽。健儿瞭望,猿蹲桅斗,哨见敌船,从斗上掷身腾空伙水,破浪冲涛,顷刻到岸,走报中军,又趵跃入水,轻如鱼凫。水操尤奇在夜战,旌旗干橹皆挂一小镫,青布幕之,画角一声,万镫齐举,火光映射,影又倍之。招宝山凭槛俯视,如烹斗煮星,釜汤正沸。火炮轰裂,如风雨晦冥中电光翕焱,使人不敢正视;又如雷斧断崖石,下坠不测之渊,观者褫魄。”①

　　文中有“招宝山”之句,可见“定海”不是现在的舟山定海,而是宁波镇海。舟山定海之名源于清代,可以证明这次操练的是明代海军。隐居于四明山中写作《陶庵梦忆》时的张岱,虽然已经是“清人”,却坚持用明代的地名,这是他政治立场的一个体现。

　　《定海水操》全文可谓精练之极,但场面描写生动,极具画面感。“定海演武场在招宝山海岸”,一句话点明水操的地点后,马上转入对“水操”场面的直接描写。“水操用大战船、唬船、蒙冲斗舰数千余艘,杂以鱼艓、轻艖,来往如织。”明代的兵船,种类和功能十分齐全。大兵船是明代水师的主力战舰,活跃于中国主要海域,主要承担巡逻、缉私、作战等保障海疆安全的任务。唬船又称叭喇唬船,传承于元代的一种常规战船。虽然船体不大,但机动性能好,调头、转弯等操作十分灵活,常用于近海作战,类似近代的炮艇。蒙冲又称艨冲、艨艟,自东汉就已经存在。它船形狭长,主要用于冲锋。船名中的“冲”,就是冲锋之意。其形状和功能,与后世的冲锋快艇十分相似。鱼艓和轻艖等,都属于辅助性兵船,主要用于后勤保障等。可见这次在招宝山外举行水操的,是一支混合型的“联合舰队”。这些战船在大海中纵横来往,看起来有点混乱,实际上却井然有序。

_____

① ［明］张岱:《陶庵梦忆》,清乾隆五十九年王文治刻本,第46页。

"舳舻相隔,呼吸难通,以表语目,以鼓语耳,截击要遮,尺寸不爽。"各船之间,以旗语、鼓声等各种联络手段协调,在指挥官的指挥下,进退冲截,都严格按照要求进行,显示出了很高的海战素养。接着作者由船及人,聚焦刻画水兵的矫健雄姿。"健儿瞭望,猿蹲桅斗,哨见敌船,从斗上掷身腾空伙水,破浪冲涛,顷刻到岸,走报中军,又趵跃入水,轻如鱼凫。"他们一会儿如猿猴一般爬上桅杆,一会儿又如蛟龙一般入海击水。尤其那些传令兵,在海里快捷游动,灵活得简直如同海中的鱼儿和空中的海鸟。

招宝山水军操练,是明代影响很大的一个军事训练项目。米万钟还以辞赋的形式写过《招宝山阅兵观海赋》,甚至到了清代中叶后,连瑞瀛还写了一篇《拟明米万钟招宝山阅兵观海赋》,可见招宝山水操影响之大。

张岱著作中与浙江海洋文化有关的,当数《海志》①。这篇考察普陀山等海岛的长文,详细记述了他的一次海岛体验,其文化视野可以与吴莱《甬东山水古迹记》相媲美。

明崇祯十一年(1638)二月十六日,张岱与好友秦一生一起渡海游普陀山,归来后撰散文《海志》和组诗《观海八首》。

《海志》的基本结构与吴莱《甬东山水古迹记》相似,都是以"游踪"为线索。但是双方的立意和所强调的重点有很大不同。吴莱聚焦"山水古迹",张岱观察和体验的却是"海"。从这个角度而言,张岱的《海志》更具有海洋文学意蕴。

在《海志》的开头,张岱写了类似于"序"的一节文字:"'补陀以佛著,亦以佛勿尽著也。'补陀去甬东三百里,海岸孤绝,山无鸟兽,无拱把木,微佛则孰航海者,无佛则无人矣。虽然,以

---

① ［明］张岱:《琅嬛文集》,岳麓书社 2016 年版,第 50—60 页。

佛来者,见佛则去。三步一揖,五步一拜,合掌据地,高叫佛号而已。至补陀而能称说补陀者,百不得一焉。故补陀山水奇绝横绝,而《水经》不之载,《舆考》不之及,无传人则无传地矣。余至海上,身无长物足以供佛,犹能称说山水,是以山水作佛事也。余曰:'自今以往,山人文士,欲供佛而力不能办钱米者,皆得以笔墨从事,盖自张子岱始。'"

普陀即今普陀山,张岱在《海志》中写的核心内容,与吴莱一样,仍然是普陀山,但是张岱却说,普陀山虽然以佛即观音信仰的道场著称,但是这观音信仰并非普陀山的全部。诚然,普陀山的确是佛教圣地,这个海岛远离大陆,山上没有珍奇动物,也没有茂盛植被,如果不是观音道场,有谁会去登临?如果没有观音信仰,整个岛上必然空荡荡的。可是那些礼佛者,来时虔诚万分,三步一小拜,五步一大拜,可是礼佛结束后就都回去了,并没有人对普陀山做另外的考察。到过普陀山而能真正理解认识普陀山的,百人中几无一人。张岱说这是有原因的,因为对于普陀山,《水经》没有记载,方志地理书也没有好好写过,没有人为它作传,自然也没有人知道它的存在了。张岱说,可能他们还没有看到过元人盛熙明写的《补陀洛伽山传》,或者说第一部普陀山志书还没有刻印流传。总之,虽然早在南宋时期,普陀山就已经是观音道场,可是除了观音信仰者,世间对之的确不是十分了解。所以张岱说他今天也来到了普陀山,可没有好东西来供佛,手中只有一支笔,就用这支笔来礼佛,好好写写普陀山吧。希望自己开一个好头,今后凡是士人上岛,就用笔墨来致敬普陀山。其实吴莱也是以笔墨来向普陀山表示敬意的,只是没有像张岱这样说得清楚明白罢了。

那么,张岱的这篇《海志》,究竟写了普陀山的哪些内容呢?

第一笔仍然从镇海口招宝山写起,因为这是普陀山之行的入海处,必到的地方。吴莱写招宝山,多从地形风景入笔,张岱却写出了"畏海"情绪,可见题名《海志》,全文的确都是围绕"海"字展开。"二月十六日,大风阴曀。登招宝山,风劲甚,巾折角,覆顶上,衣襜襜翻膈,篾率自绽。僵卧石上,以尻拾磴,一级一卧。见同侪,第睁睛视,口欲言,风塞之辄咽。自辰至未,始抵寺。"第一笔写海风之大,几乎吹破衣服,人无法上山,张岱说自己竟然是以屁股着地,一级一级挪上去的。这或许有点夸张,但海口罡风强劲,倒是真的。他们为什么要上山而不是直接入海呢?"周寺有城,风大几不能寺焉。寺后见海,无所辨海,惟见玄黄攫夺,眊眩眩迷而已。坐阁上,视山脚,如俯瞰绝壑,舟如芥,人如豆,闻人声嘤嘤如瓮中蝇。私念少顷舟过,余亦芥中豆也。"原来是为了登高观海,更是为了写出对于海的第一印象:船如芥人如豆,在大海面前,人是如此渺小!

如此大风,如何可以入海行船?答案却是"风大却顺,可出口"。船员的话让张岱难以置信。"余怖惑,不能自主,听之而已。"不知张岱对于航海知多少,反正文中的张岱显得对顺风、逆风等行船知识一无所知,完全以第一次接触海洋的视角和体验来写海。"张帆,卒过招宝山,舟人撒纸钱水上,仆仆亟拜。余肃然而恐,毛发为竖。"既然对于挂帆行舟毫无所知,那么对于行船前祭拜海龙王的船家习俗,更是一惊一乍的了。

入海仪式完毕,航船正式出发。"舟如下溜,顷刻见蛟门,无去路。前舟出山胁,知有道径通。抵其下,山且三焉。从前视,或二或一,舟中人自异其见,山故三也。"蛟门是招宝山下真正的出海口,海道复杂,水流湍急,有数个小岛露出海面。至此,张岱还是比较写实的,但是接下去的内容,有点传奇虚构的味道了。"出蛟门十里许,为三山大洋。山多磁石,舟板有铁,傍山恐吸住,故牵舟沙上住。"现实中的甬东海域,离开蛟门,外

面就是大小二谢山，也就是现在的大榭岛所在了。北宋徐兢
《宣和奉使高丽图经》记载他当年走的也是这条海路，但绝对没
有碰到过什么"磁石"岛。显然张岱是把阅读中有关海洋传说
的内容写入其中了。

"夜潮平水落，舟勿颠动。五鼓潮来岸失，悉为大洋，赖缆
固不漂没。风号浪炮，轰怒非常，或大如五斗瓮，跃入空中，坠
下碎为零雨。或如数万雪狮，逼入山礁，触首皆碎。自卯至酉，
舟起如簸，人皆瞑眩，蒙被僵卧，懊丧此来，面面相觑而已。"张
岱这段描写显然写的是遭遇飓风的情景。可是他入海的时间
是农历二月底，也就是阳历三月，还不是台风季节，至多就是舟
山人所说的"打暴"。张岱碰到的可能就是这种短暂的"暴风"，
可是在"初入海"的张岱的眼里，这已经是惊天动地的大风
暴了。

可见，张岱的《海志》与吴莱《甬东山水古迹记》的考察报告
写法不一样，它实在是一篇文学作品，其中的夸张性描述，也自
在情理之中。下面一段，更是文学色彩十分浓郁了："夜半风
定，开篷视之，半规月在山峡。风顺架帆，余披衣起坐，渡龙潭
清水洋。风弱水柔，波纹如縠，月色丽金，镞镞波面。山奥月
黑，短松怒吼，张髯如戟，吞吐海氛，蠢蠢如有物蠕动。舟人戒
勿抗声以惊骊窟。"刚才还是惊涛骇浪的大海，转瞬又充满了诗
情画意。至于海上有异物蠕动，船员告诫不可惊动云云，也不
过是一种文学反映罢了。

从蛟门到金塘岛这段海路，现实中非常普通，几乎没有什
么故事可言，张岱却能够写得波澜起伏，真的是大家的手笔。
我们且来看看张岱对于金塘岛的记叙，实在是一段包含多种人
文历史信息的文字："金塘山，首尾数十里，山下沃野二三万亩。
国初居民繁衍。汤信公奉命备倭，绸缪牖户，徙其民三十万户

入内地。立碑山下,子孙朝有奏开金塘山者,全家处死。地遂荒废。汤信公立烽戍数十余处,其徙金塘固自有见。但舟山、昌国皆在其外,乃不徙舟山、昌国,而独徙金塘,则又何说也?"金塘是一个大岛,很适合人定居。明朝政府实行海禁,把金塘岛人都迁往内地,以致荒废,十分可惜。张岱对之持不同态度,这是难能可贵的。不过他责问为什么只迁金塘岛人而没有迁"舟山、昌国"人,是不符合事实的。一者舟山、昌国指的就是本岛,是同一个地方;二者本岛也迁徙了许多人,只是作为衙门所在地,本岛人没有全部被迁走。

"渡横水洋,水向北注,潮从东来,如出奇兵犯其左翼,故横水洋最险。五鼓过舟山,城头漆漆,天犹未曙。濒岸战船数十艘,军容甚壮。附舟山者,七十二呑,人家多居篁竹芦苇间,或散在沙呑。山田少人多,居人皆入海捕鱼及蟏蛑、水母、弹涂、桀步、攘嚷沙除。"这横水洋似乎指的是现今灰鳖洋一带,这里洋流的确十分湍急。张岱的船过舟山衙门而不入,显然他不想与官府有什么纠葛。本岛南部岛屿众多,张岱对于这些小岛民居生活的描述十分形象生动,使后人对于明代舟山岛民生活状态有了一个直观的了解。

"自青垒头至十六门,大山四塞、诸小山环列如门者,十有六焉。向谓出蛟门,大海沧漭,缥缈无际耳。乃自定海(镇海)至此三里,海为肠绕,委蛇曲折于层峦叠嶂之中。吞吐缩纳,至此一丸泥可封函谷矣。此是八越尾闾,天似设意为之。"张岱不愧为文学大家,写出了本岛东首旖旎缠绵的岛礁风情。青垒头和十六门等地名至今仍然存在。其中的海道弯弯曲曲,从一道海门到另一道海门,的确如同"肠绕"。这种客观存在的海情,张岱却比喻为"八越尾闾",认为这是老天的有意安排,颇具文学情趣。

　　过十六门来到沈家门，与吴莱相比，张岱对于沈家门的描写很有渔村渔港的感觉："沈家门，日高春矣。门以外是大洋海，带鱼船鳞集。触鼻作气，江鹳闻鱼腥，徘徊不肯去。掷以鱼肠，则攫夺如战斗，白翎朱咮，鹡鹡可爱。"鱼腥扑鼻，海鸟徘徊争食，这样的气味和画面，的确就是当时还是一个小渔村、未被开辟为抗倭水寨的沈家门。

　　上述一路的行程和描述，其实都是为进入普陀山的描述做蓄势准备。面对沈家门港上空飞翔的海鸟，张岱戏称"或是观音大士白鹦鹉千百化身"。这样一下就和普陀山观音道场紧密联系在了一起。在写作上这属于非常巧妙的过渡句。"渡莲花洋，横顺风。抢风使帆，船旁剌剌入水。樯曲如弓，舟急如箭，桅杆戛戛有损声，船头水翻浡如蹴雪。余胆寒股栗，视舟人言笑，心稍安。"舟山本岛东端与普陀山之间的海道，洋流十分湍急。张岱无论是从沈家门上船还是从塘头坐船横渡莲花洋，都会遇到这种湍急的洋流，对于一个缺乏航海经历的人来说，张岱的这段"渡海"感受，是十分逼真的。"见海外诸山，火焰直竖，如百千骈指，合掌念阿弥陀佛拜向补陀者。过金钵盂山，进石牛港短姑道头，则恍如身到彼岸矣。"从这段描写来看，张岱是从短姑道头上的普陀山而不是以前的塘头对面的老码头上的普陀山。

　　吴莱上了普陀山后，聚焦的都是潮音洞、磐陀石等名胜，略去了具体的行走路线。而张岱则细致地描述了从董其昌书写的"入三摩地"处进入登山香道，三折后至梵山。"梵山，寺案也。由背达面，梵山尽而殿角始露，蒲牢金碧，灼灼出林薄。后山嵯峨，乱石杂沓，如抱如捧。寺正门有海印池，池以外磈石数仞。勿令见寺，行过寺，始见寺门。"这里的寺，当指位于普陀山中心的普济寺。张岱笔下的路径和地名等，与现今一模一样。

可见明代的普陀山前寺,已经形成了当今的格局。

接着张岱非常详细地写了从普济寺南折,经太子塔,临潮音洞,又北向至镇海寺,也就是所谓的后寺,"壁宇洪丽,不减补陀,而香火荒凉,不及前寺十分之一。盖前寺自登岸至寺门,有市廛庐舍。近海而实不见海,犹之泰山元君殿,在山而实不见山,形家谓之纳气藏风,遂与城市无别。若后寺,则入门见山,出门见海,宽敞开涤,潮汐烟岚,一目了晓。地气于此,未免单薄矣。"这种评价和分析,是很有道理的,所以清时建法雨寺,就把位置后撤至光熙峰,使其具有"纳气藏风"的味道,遂成大寺。

在普陀山,张岱也与吴莱一样,尽情欣赏了海上日出的美景:"归途见日出,天涂朱无光泽,日呆白而扁,类果盒,渐升始满,方有铓角射人。吴莱谓日初出大如米筛,薄云掩蔽,空水弄影,恍若铺金僧伽黎衣,或见或灭。此言其光满注射之状,非初起时也。余所言扁,意天际阔大,方升时,远处倚徙,尚见其仄。昔人云日如蒸饼,或形似之。"对于日出,张岱没有人云亦云,而是非常注重观察,他认为吴莱在普陀山看到的日出,已经是升离海面的太阳而非初出,而他看到的初出的太阳,形如古人所说的蒸饼,不大,光芒也淡。他还欣赏了千步沙滩,"海水淘汰,沙作紫金色,日照之有铓。是沙步为东洋大海之冲,不问潮之上下,水辄一喷一嗡。余细候之,似与人之呼吸相应;无昼无夜,不疾不徐,其殆海之消息于是也"。不但写出了沙的品质和光泽,还解释了沙滩形成的原理,颇具探求精神。

与吴莱相比,张岱对于普陀山佛教氛围的描述更为详尽。他记叙了五六千居士上山"结缘"的情形,说明当时香火是多么旺盛。他还写了大量普陀山寺产、粮食消费等吴莱不曾注意的内容。这样就明白了为什么吴莱的文章用的是"记",而张岱文章用的是"志"。"志"更具写实的意味。

最后,张岱总结说:"余登泰山,山麓棱层起伏,如波涛汹涌,有水之观焉。余至南海,冰山雪巘,浪如岳移,有山之观焉。山泽通气,形分而性一。泰山之云,不崇朝雨天下,为水之祖。而补陀又簇居山窟之中,水之不能离山,性也。使海徒瀚漫,而无山焉为之固肌肤之会,筋骸之束,是有血而无骨也。有血而无骨,天地亦不能生人矣,而海云乎哉!"他认为泰山有山起伏如"水"形,南海有水而似"山"之虚形,只有普陀山有山有水,实为真正的"海"。这里张岱提出了一个非常有意思的观点:海与岛是完整的合体。有岛没有海,那是普通的山;有海没有岛,那就没有人气,是死海。所以有岛有人气的海,才是生动活泼的真正的生命之海。这是非常独特而又深刻的海洋观。

二、陆容《菽园杂记》里的"海俗"和普陀山

陆容(1436—1497),字文量,号式斋,南直隶苏州府太仓(今属江苏)人。撰有《式斋集》和《菽园杂记》等著作。

《菽园杂记》是陆容的代表作,全书共十五卷。书中有许多明代朝野的掌故,众多有关作者故里太仓的人事、方言和风俗的记载和考辨,还有一些与郑和下西洋相关的记载、梁山伯与祝英台的民间故事,以及明代浙江的银课数据、盐运情况等内容,总之《菽园杂记》一书的史料价值、文学价值和民俗学甚至方言等方面的语言学价值都很高。有学者这样评价:"在明代的笔记小说中,《菽园杂记》算得上上乘之作。其中有些内容对后来的文史著述起到一定的影响作用。一些故事为一般的史

学著作所采纳,有一些则为后来的通俗小说所取材。"①这个评价应该说是比较中肯的。

《菽园杂记》中共有五则作品与海洋有关。分别涉及郑和下西洋、妈祖民间信俗、普陀山观音信仰、温州滨海婚姻风俗及捕捞大黄鱼等海洋历史事件和海洋民俗文化,内容丰富,海洋历史人文价值很大。其中后面三则作品,与浙江海洋有关。

第一则作品记叙了一种"奇特"而又悲哀的温州海洋民俗:"温州乐清县近海有村落,曰三山黄渡,其民兄弟共娶一妻。无兄弟者,女家多不乐与,以其孤立,恐不能养也。既娶后,兄弟各以手巾为记。日暮,兄先悬巾,则弟不敢入;或弟先悬之,则兄不入。故又名曰其地为'手巾呑'。成化间,台州府开设太平县,割其地属焉。予初闻此风,未信。后按行太平,访之,果然。盖岛夷之俗,自前代以来因袭久矣。弘治四年,予始陈言于朝,请禁之。有弗悛者,徙诸化外。法司议,拟先令所司出榜禁约,后有犯者,论如奸兄弟之妻者律。上可之,有例见行。"②

乐清湾是著名的浙东海湾,这个"手巾呑"的故事就发生在这个海湾里。明代的乐清湾渔民,生活十分艰难,男丁往往娶不到老婆。"手巾呑"所在的三山黄渡村便是如此。因此就形成了两兄弟共娶一女,并以"手巾为记"的习俗。那些只有独子的人家,反而娶不到媳妇,因为女的担心"不能养也"。可见,那时需要两个壮年劳动力才能勉强养活一家人。这种海洋"习俗",不仅存在于明代的乐清湾,就算到了民国时期,舟山有些渔村还有这种"兄弟共妻"现象,可见海洋渔民生活的艰辛,是一种长期存在的历史事实。

---

① 吴道良:《陆容和他的〈菽园杂记〉》,《明清小说研究》2001 年第 2 期。

② ［明］陆容:《菽园杂记》,中华书局 1985 年版,第 129—130 页。

　　陆容《菽园杂记》中第二则与浙江海洋有关的作品,记载了东海名鱼石首鱼,即大黄鱼:"石首鱼,四五月有之。浙东温、台、宁波近海之民,岁驾船出海,直抵金山、太仓近处网之。盖此处太湖淡水东注,鱼皆聚之。它如健跳千户所等处,固有之,不如此之多也。金山、太仓近海之民,仅取以供时新耳。温、台、宁波之民,取以为鲞,又取其胶,用广而利博。予尝谓濒海以鱼盐为利,使一切禁之,诚非所便。但今日之利,皆势力之家专之,贫民不过得其受雇之直耳。其船出海,得鱼而还则已,否则,遇有鱼之船,势可夺,则尽杀其人而夺之,此又不可不禁者也。若私通外番,以启边患,如闽、广之弊则无之。其采取淡菜、龟脚、鹿角菜之类,非至日本相近山岛则不可得,或有启患之理。此固职巡徼者所当知也。"①

　　大黄鱼是东海渔场最先被捕捞形成渔业经济规模的鱼种,也曾经是东海最具代表性的鱼类。《菽园杂记》先记载了大黄鱼的鱼汛为农历"四五月"。这个季节正值桃花开放,所以春季的大黄鱼又称黄花鱼。接着书中介绍了渔民来源和渔场。"浙东温、台、宁波近海之民,岁驾船出海,直抵金山、太仓近处网之。"浙江温州、台州、宁波等地的渔民,纷纷来到了金山、太仓附近海域,也就是洋山岛周围捕捞大黄鱼。洋山渔场是中国最古老的大黄鱼渔场,所以大黄鱼又有"洋山鱼"的古称。明代的大黄鱼捕捞者主要是浙江本地渔民,只是到了后来,大黄鱼声名鹊起,北部山东、辽宁的渔民和南部的江苏、福建渔民纷纷赶来,形成了全国渔民捕捞大黄鱼的盛况。接下去的记叙和描写,显示出作者调查和思考的广度和深度。"盖此处太湖淡水东注,鱼皆聚之。它如健跳千户所等处,固有之,不如此之多

---

　　① 〔明〕陆容:《菽园杂记》,中华书局1985年版,第134—135页。

也。"这是在解释为什么洋山海域会有如此之多的大黄鱼集聚。作者认为集聚的原因是太湖淡水的注入(其实主要是长江水入海),这是有道理的。长江水等水源流入,不但淡化了海水盐分,有利于大黄鱼繁殖,还带来了丰富的饵料,再加上这里岛礁众多,海床平缓,有利于大黄鱼的生长发育。明代的陆容能从淡水注入的角度考察大黄鱼的繁殖,是很有眼光的。

陆容还很细心地注意到不同地区对于大黄鱼加工利用的习俗。"金山、太仓近海之民,仅取以供时新耳。温、台、宁波之民,取以为鲞,又取其胶,用广而利博。"金山、太仓地区,距离洋山渔场最近,人们主要吃新鲜大黄鱼。但是温州、台州、宁波等距离洋山渔场较远地区的渔民,回去海途遥远,新鲜大黄鱼不容易保存,就采用劈鲞晒干的办法来储存大黄鱼。在加工大黄鱼鲞的过程中,他们还会把很珍贵的,据说对发育中的少年具有"大补"效果的鱼胶,单独取出来进行加工,这就大大提高了大黄鱼的经济价值。还需要指出的是,陆容在文中提到了各地前往洋山渔场捕捞大黄鱼的渔民,却唯独没有提到舟山本地的渔民。这是因为明代实行海禁,舟山的居民大多被强制迁移至内陆,留下来的是"流民",属于敏感人群,所以作者干脆就把他们包括在"宁波渔民"之中了。

陆容对于朝廷厉行的海禁,是有自己看法的:"予尝谓濒海以鱼盐为利,使一切禁之,诚非所便。"他明确指出,实行"一刀切"的海禁,非常不利于渔民生计,还会导致其他严重后果。"但今日之利,皆势力之家专之,贫民不过得其受雇之直耳。其船出海,得鱼而还则已,否则,遇有鱼之船,势可夺,则尽杀其人而夺之,此又不可不禁者也。"海禁"催生"的各种"恶势力"横行海上,普通渔民成为他们雇用的帮凶,有的还沦为海盗,他们在海上抢劫一起捕鱼的渔船,杀害同业的渔民,以致官府进一步

采取更为严格的海禁措施,造成恶性循环。陆容说,其实他也不是一味反对海禁,"若私通外番,以启边患,如闽、广之弊则无之。其采取淡菜、龟脚、鹿角菜之类,非至日本相近山岛则不可得,或有启患之理。此固职巡徼者所当知也"。如果涉及海疆安全问题,则海禁也不失为一种必要的海防措施。陆容这种实事求是的务实态度,是值得肯定的。不过文中说捡拾淡菜、龟脚、鹿角菜之类,需要到日本海附近的岛礁去采,这就有点令人费解了。因为淡菜、龟脚,在舟山各岛遍地都是;鹿角菜即海藻,在中国北部海域随处可得,何必去遥远又危险的日本海域?

陆容《菽园杂记》中第三则与浙江海洋有关的作品,是对普陀山的描述和记载。与张岱写《海志》一样,陆容对普陀山也很关注。"普怛落伽山,或作补陀落伽,在宁波府定海县海中,约远二百里余,世传观音大士尝居此。愚夫往往有发愿渡海拜其像者,偶见一鸟一兽,遂以为大士化身之应。《余姚志》中载贾似道尝至此山,见一老僧,相其必至大位而去。再求之,不复可得。亦以为大士应验。予谓自古奸邪,取非其有,未有不托鬼神协助,以涂人之耳目者。似道自知幸致高位,恐人议己,故诈为此说,以聋瞽愚俗耳。不然,福善祸淫,神之常道,设使不择是非,求即应之,岂正神哉?普怛落伽,华言白花,此山多生山矾,故名。今人于象设大士处,扁曰'补陀胜境',特磔岛夷一白字耳,义安取哉!山矾,本名郑花,其叶可染,功用如矾,王荆公始以山矾名之。"①

从文中可以看出,陆容对于普陀山的态度,是比较现实和辩证的。他说位于海中的普怛落伽山(普陀山),据说是观音道场,所以不但那些普通信徒十分崇信,附会说山上的草木鸟兽,

① [明]陆容:《菽园杂记》,中华书局 1985 年版,第 134—135 页。

也都是观音的化身，甚至连贾似道这样的奸臣，也到处说他在普陀山上遇见观音了，观音说他可以登"大位"。陆容说贾似道这是在为自己涂脂抹粉，制造舆论。因为如果观音真的不分福善祸淫，对所有人的祈求都答应帮助的话，那岂不是是非不分了吗？这怎么可能是神灵所为？

陆容还对普陀山又名小白花，小白花乃山矾花的传统说法，发表了自己不同的看法。他说这山矾，实际上就是郑花，王安石取名为山矾，而那些人却说这里是"补陀胜境"，这是很可笑的。

其实"小白花"云云，从陆容的描述来看，这山矾或郑花，实际上是指栀子花，属于普陀山上常见的野花之一。普陀山的"小白花(小白华)"之名，乃是普怛落伽梵文的意译，与实际为何种花卉，并无本质联系。陆容这是把佛教文化中的一种意象性花卉，当作现实性花卉来辨别，有点过于拘泥了。

三、黄瑜《双槐岁钞》里的"宁波"

黄瑜(1426—1497)，字廷美，香山(今广东中山)人。《双槐岁钞》是他晚年的作品，是书完成之时，黄瑜已是七十高龄，两年之后便撒手人寰。今本《双槐岁钞》，包含了其好友黄佐对该书的增补，并非全出于黄瑜之手。[①]

黄瑜《双槐岁钞》中的《海定波宁》，与浙江宁波人文历史有关。其文说："鄞人单仲友以能诗名。洪武中，征至京师，献诗，

---

① 孙宇：《黄瑜〈双槐岁钞〉研究》，江苏师范大学 2018 年硕士论文。

称旨,得备顾问。因言本府名明州,与国号同,请上易之。上徐
思曰:'汝言是也。'复询仲友山川谶纬之详。仲友对曰:'昌国
县舟山之下,旧有状元桥,盖谶言,故云。而童谣谓'状元出定
海',此最为异。以臣观之,二邑素无颖异材,岂将有待耶?'上
闻定海之名,喜曰:'海定则波宁,是宜改名宁波。'时洪武十四
年也。迄二十年,省昌国并入定海。二十七年,县人张信果应
其谶。盖信即昌国在城人也。信既状元及第,自修撰进侍读。
时韩王、安王、靖江王,以幼小,俱在文渊阁讲学。偶与右赞善
王俊华、司宪,及韩、安二府长史黄章同坐,观《杜诗绝句》云:
'舍下笋穿壁,庭中藤刺檐。地晴丝冉冉,江白草纤纤。'章举以
为问,俊华曰:'此盖伤唐室衰微,有所为而作,观其无题可见
矣。'信曰:'是时与贞观之风大异,宜有此诗。'已而诸王至,言
奉旨各写古诗一首呈览,信即以此诗与韩王写去。御览大怒,
韩王曰:'张信教儿写耳。'上由是恶之。二十九年二月,同编修
戴彝誊《敕谕女户百户稿》进呈,奉旨增二语。信还文渊阁写
成,仍旧弗增。彝劝信改易,不从,谓曰:'事涉欺罔,祸可蔪
乎?'三十年三月,坐覆阅会试落卷以不堪文字奏进,与章等同
诛,而彝获免云。按,是科学士刘三吾为会试考官,取会元彭
德,陕西凤翔人,与兵部主事齐德并改名泰。而信及第之下有
真宁景清、奉化戴德彝,德彝亦去德止名彝,盖奉上命也。乌
乎! 人臣事君以不欺为本,信之掇祸如此,岂足以贵山川、应谣
谶也哉?"①

　　这则《海定波宁》信息量很大,它不但叙述了"宁波"地名的
来历,还透露出舟山岛上唯一考上状元的张信,后来不幸被杀
的原因。

---

　　① ［明］黄瑜:《双槐岁钞》,中华书局 1999 年版,第 28 页。

文章说洪武年间，苏浙一带的人很多在朝廷里做官。其中有一个鄞(宁波)人单仲友，由于向朱元璋献了一首诗，获得了朱元璋的欢心，就被留在京城做官，虽然只是一个"备顾问"，但好歹也算是京官，所以他的积极性很高，总想为朝廷做些贡献。有一天他又向朱元璋献策改明州名。他说老家鄞县所在的州府，名叫明州。这个"明"字，乃是我大明的国号啊，小小一个州府，怎么可以与朝廷的大明相同呢？因此请皇上改名，重新给它一个新地名。朱元璋觉得有道理，对啊，一个州的地名怎么可以与大明朝共用一个"明"字？于是立即下令取缔明州，给它取一个新地名。

但是改为什么样的地名比较好呢？"复询仲友山川谶纬之详。"既然你提出改名，那么从山川谶纬的角度而言，你认为改为什么名字较好？单仲友还真的早就想好了答案。他说："昌国县舟山之下，旧有状元桥，盖谶言，故云。而童谣谓'状元出定海'，此最为异。以臣观之，二邑素无颖异材，岂将有待耶？"朱元璋一听定海之名，"喜曰：'海定则波宁，是宜改名宁波。'时洪武十四年也"。

故事如果到此结束，那就是一个简单的关于地名来历的故事。从《海定波宁》的叙述来看，这个故事仅仅是这段"历史书写"的一个引子。它的中心内容是围绕(昌国)舟山岛第一个状元张信的命运展开的。

《海定波宁》说，过了二十多年，昌国城关人张信考中状元，应了"状元桥"的谶言。历史上真实的张信(1373—1397)，字诚甫，舟山城关人。明洪武二十六年(1393)中解元，次年中进士第一名，这是舟山历史上唯一的状元郎，授翰林院修撰。三年后，升侍讲。后来却被朱元璋下令腰斩弃市，其中原因，一直没有一个明确的说法，黄瑜《海定波宁》试图揭示。作者说，状元

张信接连犯了两个错误:一个是"乱写诗"。那时他担任朱元璋儿子韩王的老师,有一天朱元璋要考察一下各个儿子的学习情况,命令他们各写一首诗。韩王呈递的诗是这样的:"舍下笋穿壁,庭中藤刺檐。地晴丝冉冉,江白草纤纤。"这是衰落之景,朱元璋大怒,韩王说这是老师张信写的。二是"不肯增字"。"(洪武)二十九年二月,同编修戴彝誊《敕谕女户百户稿》进呈,奉旨增二语。信还文渊阁写成,仍旧弗增。彝劝信改易,不从,谓曰:'事涉欺罔,祸可蒇乎?'"

但黄瑜说,这"乱写诗"和"不肯增字"虽然惹怒了朱元璋,还罪不至死。张信真正的"死罪"与一次科举考试有关。科举考试是国策,朝廷纪律极为严格,触犯了就是死罪。而张信就碰了这条红线。

文章说,洪武三十年(1397)二月会试,由学士刘三吾主考,结果录取者都是江、浙、闽三地考生,没有被录取的中原、西北等北方的考生顿时怨声四起,说里面有猫腻,不公平。朱元璋听后大怒,命张信等六七位翰林复阅试卷。复卷时,有同僚主张调换几个录取考生,增加北方考生的录取比例,以平息民怨,同时又迎合了朱元璋要昭示"公平""透明"的圣意。但张信认为,这些被录取的南方考生的考试成绩没有问题,录取他们没有任何错误,如果调换几个,那么就直接损害了这些原本被录取、现在莫名落榜的考生的利益,反而不公正了,因此坚持秉公办事,一个也不肯调换。结果彻底惹怒朱元璋,张信惨遭"腰斩弃市处罚",时年仅二十五岁。作者最后感叹说:"乌乎! 人臣事君以不欺为本,信之掇祸如此,岂足以贲山川、应谣谶也哉?"对张信的坚持原则、秉公办事的耿直品性表达了高度的肯定。

四、陆粲《庚巳编》里的海宁"九尾龟"

　　陆粲(1494—1552),字子余,一字浚明,苏州人。他的笔记小说集《庚巳编》,据说是他在十七岁至二十六岁的十年间,根据收集的吴地奇闻逸事整理创作的。陆粲对这种类似"二度创作"的写法,有自己的追求和理解。他在创作观念上以"传记所无、前所未闻"为志怪准则,叙事上追求故事的新奇和风格上的个性化。① 《庚巳编》的内容大多超越现实,志怪色彩非常浓厚,其中涉及浙江海洋内容的《九尾龟》便是如此,但这些作品又并非浅薄地为猎奇而志怪,而是在表层的荒诞怪异之下,蕴藏着相当深刻和丰富的现实性海洋活动信息。

　　《九尾龟》说:"海宁百姓王屠与其子出行,遇渔父持巨龟,径可尺余,买归系著柱下,将羹之。邻居有江右商人见之,告其邸翁,请以千钱赎焉。翁怪其厚,商曰:'此九尾龟,神物也,欲买放去。君恣愚成此功德一半是君领取。'因偕往验之。商踏龟背,其尾之两旁露小尾各四,便持钱乞王,王不肯,遂烹作羹,父子共啖。是夕,大水自海中来,平地高三尺许,床榻尽浮,十余刻始退。及明午,翁怪王屠父子不起,坏户入视之,但见衣衾在床,父子都不知去向。人或云:害神龟,为水府摄去杀却也。吴人仇宁客彼中,亲见其事。"②

---

　　① 　周凯燕:《陆粲及其〈庚巳编〉研究》,苏州大学 2009 年硕士论文。

　　② 　[明]陆粲:《庚巳编》,中华书局 1985 年版,第 231—232 页。

　　这是一则有关海洋生物保护的故事,作者用志怪手法进行叙述,故事可读性很强。故事说,浙江滨海小城海宁,住着一对父子。父亲名字叫王屠,儿子佚名。有一天父子俩出门,在街上碰到了一个渔民。渔民手里拎着一只海龟。这只海龟体型非常巨大,直径有一尺多长。王屠就将它买了下来,用一根绳子系在屋柱下,准备将它杀了烤炙吃。他的邻居是一位走南闯北的商人,见多识广,见此情景,觉得不妥,就对他租住的房东说了,并建议其出千钱赎买大龟放生。房东虽然同意赎买,但是觉得千钱的价格太高了。商人就对他说:"这个可不是一般的海龟,这是九尾龟啊,是神物啊。如果我们把它赎买放生,那么就是一件莫大的功德。我让你去赎买,就是想分一半功德与你,否则我自己去赎买了。"房东被说动了心,他们一起来到王家,恳求王屠将龟转让给他们去放生。可是王屠不但不同意,反而立即杀了大龟,当下就与儿子一起烤炙吃了。结果当天夜里,有大潮水自海上来,直冲王家。奇特的是,这次大潮水只冲王家,海水淹没了王家后,很快就退去。别人家却毫发无损,村里人都不知道夜里曾经发过大水。更奇怪的是,王家房子并没有被冲毁,所以大家不知道夜里来过洪水,更不知道王家父子已经被海水冲走了。第二天天亮,邻居们见王屠父子迟迟没有开门,感到惊奇,就去敲门,没有人答应。他们破门而入,发现里面的床啊、衣被啊、家具啊,什么都好好的,就是不见了父子二人。后来大家才知道王家来过大水,大水冲走了父子俩,就说"这对父子害死神龟,现在他们被海龙王摄走了"。文末,作者还故弄玄虚说这件事是吴人仇宁说的,那时他刚好做客海宁,耳闻了这件事,并不是自己瞎编的。

　　浙江沿海地区自古有海龟尤其是大海龟有灵性,不可伤害、必须放生的习俗。这个故事就是这一习俗的体现。如果撇去故事中的"因果相报",那么,这个故事宣扬保护海洋生物就是保护人类的理念,当是值得高度肯定的。

五、朱国祯《涌幢小品》里的"昌国海船"和"普陀"

朱国祯(1558—1632),浙江吴兴(今湖州南浔)人,字文宁,号平涵,曾经位居明万历首辅大臣之职。一生著述其丰,有《皇明史概》《大政记》《皇明纪传》等。从这些著作来看,朱国祯具有强烈的史学意识。他的这部《涌幢小品》,虽然是一部文学性的笔记著作,但历史叙述的特色鲜明。其中涉及海洋内容的十多则笔记,叙述简明扼要,多为纪实性的历史材料,海洋史价值很高。

《涌幢小品》中与浙江海洋有关的笔记,主要是《海舟》中的两则记载和《海沙》《海钱》以及《普陀》,内容比较丰富。

《海舟》中第一则涉及浙江海洋的笔记,是纪实和志怪相结合的文本:"洪武五年,昌国县督造海舟。其最巨者方求材为樯不可得。俄有大鱼一,铁梨木二,各长三丈五尺,漂至沙上。砍鱼取油七百觔。木置樯,恰如数。事闻,上曰:'此天所以苏民力,靖海寇也。'船至外洋,必遇顺风。出没波涛,远望如龙。后太祖崩,一夕风雨失去,而舟中人抛出,无所伤,如有提拉者。"①

洪武五年(1372)距离关闭太仓黄渡市舶司的洪武三年(1370),已经过去了两年,但是距离明朝政府全面关闭自唐开

---

① ［明］朱国祯:《涌幢小品》,中华书局 1959 年版,第 617 页。

设的福建泉州、浙江明州、广东广州三市舶司的洪武七年(1374),还有两年。也就是说,这"洪武五年"正处于明朝政府准备实行海禁但是还没有大规模实行的微妙阶段。但昌国县令似乎对于朝廷的这一动向不怎么敏感,因为他居然下令"督造海舟"。这句话包含多方面的信息:一则说明明代的舟山已经具备打造大海船的能力,并且拥有自己的造船基地,可惜文章没有说明造船的具体地址;二则说明明代舟山的海洋运输和海外贸易比较发达,所以需要打造专门用于远距离航海的"海舟";三则由于打造的都是远航中的大船,用料非常讲究,说明舟山当时的森林覆盖率不错,岛上可以提供相当多的大木头。"其最巨者方求材为樯不可得。""樯"即船上的主桅,乃全船最核心的部件。现在这批正在建造的海船中最大的一艘,却找不到合适的木材做主桅,自然急煞人。恰好在这时,一件奇事发生了。"俄有大鱼一,铁梨木二,各长三丈五尺,漂至沙上。"这个情节就是纪实与志怪的结合。造船需要在海边沙滩上进行,这样船造好后便于下水,这是纪实的。但是海上游来了一条大鱼,海浪推来了两根巨型铁梨木,铁梨木就成了大船的主桅杆,这显然带有超现实主义色彩。大鱼可以熬制鱼油,方便造船时照明。铁梨木属于硬木,树干高大端直,是做桅杆的好木料,可是它们生长于云南、两广、印度、斯里兰卡等遥远的南方,居然随海水漂浮到舟山造船的地方,这绝对是神力所致。难怪连朱元璋听后,也感叹说:"此天所以苏民力,靖海寇也。"朱元璋说这是天意,是老天帮助朝廷息缓民力、剿灭海寇。

不过从朱元璋的话中含义来看,似乎这些海船不仅仅用于航海贸易,同时还是海军战船。如果真的是这样的话,那么昌国县令不是政治不敏感,而是奉命建造了。但为什么下面又说"船至外洋,必遇顺风"?"外洋"当指外海——远离海岸的地方,如果是围剿海寇,就不需要跑那么远,因为海寇都在中国沿海一带侵扰。所以如果理解为远洋运输船和贸易船,那也是可以成立的。这条大船似乎有神灵保护,一直顺水顺风。"出没波涛,远望如龙。"果然如此,作者暗示,这是一条"龙"船啊,海怪风魔之类自然不敢来骚扰。但是朱元璋一死,情况立即发生变化,"后太祖崩,一夕风雨失去,而舟中人抛出,无所伤,如有提拉者"。这条龙船最终还是被风浪倾翻沉没了,幸运的是所有人虽被一股神秘的力量从船里抛了出去,但得到了别的船的救援,没有一个死伤。这则笔记故事似乎是在谄媚朱元璋,却在无意中告诉我们明代初期舟山造船的许多资讯。

《海舟》第二则涉及浙江海洋的笔记记叙了万历辛亥年(1611)五六月间短短一个多月时间内,在浙江温州海面上三次截获外国海洋走私船的事件。"万历辛亥六月,海风大发。温州获异船三。"说明这三次截获,都是靠海风即台风之类的风暴所助。"初获为裴暴等七十三名,自供为阿南国升华府河东县人。"这是第一次"截获",抓住了七十三人。"阿南国"一般指荷兰,有时候也指被荷兰人占领的一些南洋岛国。该文在"阿南国"下有"升华府河东县"字样,还有"裴暴"这种汉人化的人名,估计当指南洋某国。"五月,奉上官差往入长沙葛黄处,荐礼祭祀灵神而被风者。"这些人自称是官方派遣去公干的,显然是托词了。"再获为武文才等二十五名。供为升华府河东县人。六月,往归仁府维远县贩卖。飘至海中,为盗所劫而被风者。"这是第二次截获,这二十五人也都是升华府河东县人。他们倒承认自己是在海上进行贸易走私。"三获为弘连等三十七名,并瑞安县获解称文棱等五名,共四十二人。自称为升华府潍川县人,五月就富安府装载官粟并各物,回本营而被风者。"这是第三次截获,查获的船上装满了走私物资,说明走私很严重。

"阿南即安南国。"原来阿南国指的是越南。"阿南"即"安南"之讹音。"其君黎姓,后莫姓继之,今复归于黎。有五道、四宣、二京都。城市有古殿旧迹。人皆被发,裸下足,盘屈蹲踞为恭。声音莫辨,饮食无分生熟,所奉上官令为钦差。节制各处水步诸营,兼总内外,同平章军国重事。太尉长国公,又镇南营都督府掌府端郡公,雄义营太尉端国公。君所被者,黄衣黄冠也。臣所服者,纯衣纯冠也。问读何书?曰:孔、孟、五经、四书。念何佛?曰:南无阿弥陀佛。唱何曲?曰:张子房留侯传。"这段对于越南情况的介绍,是很有价值的,说明在明朝时期,越南虽然自立为国,但文化等无不学习模仿中国传统。"史译审无他,各发原土安插。沿途水则从舟,旱则从陆。驰檄经过地方官司,差兵押递。每人每日各给米鲞。冬月严寒,行令温州府查取贮库赃衣,各给棉衣御冷。遇病拨医调治,以保生全。皆叩头而去。"①这个处理结果说明,明政府对于越南人还是非常友好的。虽然这些人从事的是违反朝廷禁令的海上走私活动,但是温州府衙却对他们进行了人性化处理:遣送回去,一路上供给粮食、衣服,甚至还有医疗服务。所以发生在浙江温州海面的这次缉私行动,最后转化成一段中越友好的佳话。

如果说上述的《海舟》为写实的话,那么朱国祯《涌幢小品》中的《海沙》和《海钱》,就有点儿海洋传奇和志怪意味了。

《海沙》的故事发生在浙江海宁。海宁位于钱塘江入海口,著名的钱江大潮就出现在这里。《海沙》描述的是沙而不是潮:"万历甲午,余至海宁。城外海沙可七八里,际城五丈为塘。东直海盐,烟墩相望。次年沙没,海水直叩塘址。以长篙测之,不得其底。众汹惧,将徙城避之。无何,大风雨,众尽溃。县令亦

----

① [明]朱国祯:《涌幢小品》,中华书局 1959 年版,第 617 页。

挟印走。既息，城无恙，令率众复归。未几，塘外沙露尺许，久之复旧。"①海洋流沙，是复杂的海洋水文现象。西沙群岛、南沙群岛的"万里海沙"，都发生在远离海岸的地方。而海宁的流沙却发生在海塘旁边，这就十分令人惊奇了。更让人难以置信的是，这道海沙犹如神灵，一忽儿出现，一忽儿消失，不久后又出现了。虽然作者突出了"大风雨"因素，似乎在暗示流沙的出现与特殊气象有关，但是仍然无法削弱这条长达七八里的沙岸时而出现时而消失的神秘性。

《海钱》的故事发生在浙江乐清。乐清风景秀丽，水产丰富，传说也多，这次是关于蛟龙的传说："乐清县海门有蛟，出水长丈余。既而塔头陡门水，吼二日，而海上浮钱甚多。有一父老识之曰：'海将钱鬻人也，风必作，亟系船于屋。'里人咸笑之。至八月十七日，海果溢，一县尽漂。其家独免。"②蛟龙本是传说中的海洋生物，它露出海面，吼叫了两天两夜，随后海面上出现异物，一位懂海洋气象的老人因此认为将有大灾发生。因为海洋灾害发生之前，的确会有许多特异现象出现。但是后文又说灾难发生后，整个乐清县城的人都随海水漂走了，唯有这位老人一家独存，则显然又有因果相报的训诫意义。借民间故事来训诫，是民间传说的典型手法，所以这则故事，是一则具有民间故事性质的海洋志怪笔记。

就浙江海洋人文构建而言，朱国祯《涌幢小品》中的《普陀》一文，可以与吴莱《甬东山水古迹记》和张岱《海志》等文相媲美。

如果说吴莱《甬东山水古迹记》的重点在于"古迹"，张岱

---

① ［明］朱国祯：《涌幢小品》，中华书局1959年版，第619页。

② ［明］朱国祯：《涌幢小品》，中华书局1959年版，第619页。

《海志》更多侧重于"海"本身的话,那么朱国祯的《普陀》①,则基本上都是围绕普陀山的佛教文化着笔的。

《普陀》开笔就直奔主题,为普陀山正名,而非吴莱、张岱二文远远地从招宝山写起:"南海普陀山,梵云补怛落伽,或曰怛落伽,或曰补涅落伽。音虽有殊,而译以汉文。则均为小白华树山。实则一海岛也。"普陀山原为舟山本岛东边一座普通的小岛,因传说曾有梅福等仙道人士莅临,故而得名"梅岑山"。普陀山与观音文化联系在一起,是从唐朝开始的。唐僧玄奘《大唐西域记》一书中有对古印度南部海边观音道场"补怛落伽"的描述。恰好当时观音信仰传入中国,其中一路已经东传到了东南地区。揆之以《大唐西域记》的地形描述,观音崇信者们认为舟山这座小岛的地形与之相符,况且观音信仰本身就有"海洋救难"的因素,因此"补怛落伽"一名就取代"梅岑山"成为普陀山的正式名字。"南海"指古印度南海,非普陀山现在的位置;"普陀"即"补怛";"落伽"即普陀山附近的"洛迦山"。朱国祯《普陀》开头一节的内容,见于佛典《华严经》:"于此地方有山,名补怛洛迦,彼有菩萨,名观自在。"可见他是十分注意"言之有据"的。

"先师有四配,南海观音大士亦有四配。伽蓝、祖师、弥勒、地藏。"这里的"先师"指孔子,"四配"指孔庙里陪在孔子身边的儒家四大家,即复圣颜渊、述圣孔伋、宗圣曾参和亚圣孟轲。"四配"凸显孔子地位的崇高,而观音的"四配"也是如此。不过朱国祯对观音"四配"中的伽蓝似乎有质疑,说"弥勒为未来佛,地位甚尊,岂伽蓝之比"。伽蓝原指僧团和僧众共住的寺院,根本不是神圣的尊佛之处,因此"伽蓝"暗指普通僧侣。所以朱国

---

① ［明］朱国祯:《涌幢小品》,中华书局 1959 年版,第 622—630 页。

祯的质疑是有道理的。不过观音提倡"大爱""惠及众生万物",所以将伽蓝这样的修道之所看作身边陪伴,是符合佛理的。

"绍兴十八年,史越王浩以余姚尉摄昌国盐监。三月望,偕鄱阳程休甫,由沈家门泛舟,风帆俄顷至补陀山。"史浩(1106—1194),字直翁,号真隐。明州鄞县(今宁波)人,南宋政治家,死后被追封会稽郡王,赐谥"文惠"。后来由于儿子史弥远成了南宋宰相,史浩又被追封越王。故本文称他为"史越王浩"。史浩和史弥远对于普陀山成为皇家禅林和观音道场,有巨大的贡献。

"诘旦诣善财岩潮音洞。洞乃观音大士化现之地。时寂无所睹,炷香烹茗,但碗面浮花而已。晡时再往,一僧指岩顶有窦,可以下瞰。公攀缘而上,忽见金色身照曜洞府,眉目了然,齿如玉雪。"史浩在普陀山潮音洞看见观音"现身",是普陀山文化史上一件大事,历代《普陀山志》中都有记载。而潮音洞这个本来是普通的海水侵蚀形成的山洞,也因此被附会为观音的"驻地"之一,香火至今很旺。

"将暮,有一长僧来访。云公将自某官历清要,至为太师。又云公是一个好结果的文潞公。他时作宰相,官家要用兵,切须力谏。二十年当与公相会于越。遂辞去。送之出门,不知所在。乾道戊子,以故相镇越。一夕,有道人称养素先生,旧与丞相接熟。典客不肯通刺,疾呼欲入谒,亟命延之。貌粹神清,谈论风起。素纸数幅大书云:'黑头潞相,重添万里之风光;碧眼胡僧,曾共一宵之清话。'掷笔,不揖而行。公大骇,遍觅不见。追忆补陀之故,始悟长身僧及此道人皆大士见身也。"

自"观音不肯去"传说开始,普陀山多有"观音显灵"故事流传。史浩这个"奇遇",显然也属于这类故事话语,以显示观音无所不知及怜悯天下苍生的胸怀。值得注意的是,故事中史浩

见到的观音化身,先后为一僧一道。僧者,同属于佛,可以理解。但是道者,属于不同的信俗范围,观音怎么会化身为一个道士呢? 这在信仰上是无法解释的。但是如果从普陀山文化的角度思考则好理解,因为普陀山文化,本身就是道、佛文化的结合体。在成为观音道场之前,普陀山属于仙道文化重地,安期生、梅福等传说早就与普陀山融合在一起,普陀山早期岛名叫梅岑山,这个名字就与梅福有关。

朱国祯《普陀》,引述史浩在普陀山的奇遇,是为了突出观音的法力无比。接着他从自身角度,抒发了对普陀山观音的崇敬之情。

朱国祯说自己六十岁前后厄运连连:先是"长孙痘殇",不久后"季弟凤岐暴卒"。在这些"哀惨"接连打击下,他自己也"日觉精神恍惚,形神泮涣,且有恶梦",性命岌岌可危。于是决意"发愿泛海礼普陀",与其死于窗下室内,还不如"死于海为快",免得"留与诸贵人作话柄也"。

可见朱国祯的普陀山之行,绝非一般意义上的拜佛或赏景,而是一种"生命体验",所以他笔下的普陀山之行,选材和角度自然也与众不同。

"时东风急,驻者三日。四月二十六晚,风小止,开舟。浪犹颠荡,行不五里,停山湾,遥见前舟已沉矣。次日转西风,挂帆半日而至。登殿作礼,宿一僧舍。通夜,寝不能寐。甚苦,甚疑之。归来忽忽,徂夏入秋,日展书,只以不语不动。遇拂意,决不恼怒为主。(只此便是养心法。)"这节文字记叙的就是朱国祯普陀山之行的经过和结果。朱国祯说他到定海(镇海)准备入海时,恰遇大风,只好住了三天。第四天冒险开船,镇海口外浪涛汹涌,前面一条船沉没了,他侥幸逃过一劫。终于上了普陀山,夜里住在一个僧人的宿舍里,根本就睡不着,所以有点怀疑以前听说的关于观音道场的神奇。回来后整日看书打坐，就算遇到不愉快的事情，也绝不发火。这大概就是普陀山带回来的养心法门吧。

就这么简单，这么笼统？既然如此，为什么他还要写《普陀》一文呢？

直到通读完全文，我们才明白这是朱国祯《普陀》一文结构之妙、行文之曲折所在。朱国祯这样概述普陀山之行，是故意"抑"一笔，后面才再次用回叙法，细细展开。而中间的牵连之线，就是其心情的变化和体会的深化。

"至八月十一日，饮药酒，忽有异香透彻五脏五官。又三日，梦若有授历者，觉而释然。偷活至于今。刚又三年矣。追忆过海景象，模糊不能辨，姑以意书其佰一。或真或幻，皆不自知也。"他说观音法力的神奇，是后来的三年中才慢慢体会到的。从普陀山回来后，朱国祯每天打坐读经修心法，有一天忽然大悟，自己的生命已经被观音拯救过了。所以他要在三年后再次叙写那次普陀山之行。文中"追忆"一词，正是这篇《普陀》的关键所在。

> 由定海棹舟，自北而东。过数小山，可三四十里，为蛟门，北直金堂山。此处山围水蓄，宛然一个好西湖也。将尽，望见舟山，曰横水洋。潮落时，舟山当其冲。其一直贯，其二分左右。左为北洋，右则象山边海诸处。入舟山口，山东西亘七八十里，南夹近海诸山。山断续，望见内洋。舟行其中，如泛光月河可爱。尽舟山为沈家门，转而北，即莲花洋。洋长可三四十里。过即普陀矣。

"追忆"里的普陀山之行,大海再没有前文初记时那样风高浪急,而是变得水平如镜,作者的心情也十分平静。他笔下关于舟山本岛及周围诸岛地理介绍,很是精准,尤其对于金塘岛"宛然一个好西湖"的评价,十分新奇贴切。

> 抵普陀之湾,步入一径。过二小山,即见殿宇。本山皆石,吐出润土。蜿蜒直下,结局宽平,可三百亩,即以右小山为右臂。一小山圆净为案,左一长冈,不甚昂。筑石台上,结石塔,为左蔽。殿三重,宏丽甚,乃内相奉旨敕建。殿之辛隅为盘陀石山。势颇高竿。巽方为潮音洞,吞吐惊人。正后迤逦菩萨岩,最高。曳而稍东,一石山,其下即海潮寺也。去前寺,不过三里,万历八年所建,今已毁。两寺之间,东滨于海,一堤如虹。海水上下,即无潮,犹汹涌骇人。东望水面横抹,诸山起伏如带,色黑,曰铁絮裟。又东望微茫二山,曰大小霍山。极目闾尾,红光荡漾,与天无际。惟登佛头岩,能尽其概。若在半腰牵引,诸山宛如深壑,空处飞帆如织。彼中人,了不知其异且险也。大约山劈为前后二支,支各峰峦十余。前结正龙,即普陀寺。转后为托,即海潮寺。二大寺外,依山为庵者,五百余所,皆窈窕可爱,环山而转。除曲径外,度不过三十里。

这一段三百多字的记叙,就是作者对于普陀山的全部"追忆"。有几点可以指出:其一,这虽是三年多前登上普陀山时的印象,却非常精准,可见作者对于普陀山地貌印象至深;其二,前文作者说观音给了他第二次生命,又说史浩种种奇遇,似乎都在营造一种观音有超凡能力的氛围,但是他自己写的全是自然地形风貌,几乎没有涉及观音崇信文化。这是令人费解之处。或许他认为普陀山神灵无处不在,方方面面都是观音法力的体现? 在笔者看来,这与朱国祯的朝廷大员身份有关。在他心目中,普陀山是一座神圣之岛,但毕竟也是大明王朝的一处国土,所以他的《普陀》,题目用的是一个区域地名,没有刻意突出其他,可见他是从一个治理者的角度对普陀这个海洋地区予以新的分析。果然,接下去他笔锋一转,转到了舟山群岛的开发和海疆安全这些重大问题上。

"舟山有城、有军、有居民。金堂最近,闻其中良田可万顷,悉禁不许佃作,何居? 大谢山直舟山之南,田亦不少,此皆可耕之地。然边海之人都以渔为生,大家则宦与游学,游手不争此区区粒食计,故地方上下无有言及者。袁元峰相公欲行之,有司以为扰民而止。(劝民力田,何扰之有?)"明代海禁,历行多年,本节文字实际上是在探讨朝廷海禁政策的得失。在朱国祯看来,舟山是一个很有发展前程的海岛城邑。金塘岛和大榭岛都有田有水,非常适宜发展农耕,而今却一直荒废,甚为可惜。"袁元峰"即袁炜,浙江慈溪人,明嘉靖年间朝廷大臣。他建议开禁金塘等舟山诸岛,却被人讥为"扰民"。朱国祯愤怒指出:劝勉百姓去农耕,本是利国利民的好事,怎么会变成扰民?

行文至此,按照一般的文章逻辑,自然应由金塘至普陀山,但是奇怪的是,朱国祯却再次回到定海(镇海),探讨海洋潮汐问题:"余住定海三日,看来潮汐分明是天地之呼吸。人非呼吸则死,天地非呼吸则枯。以月之盈亏为早莫,其曰大小,未必然也。天下惟钱塘潮、广陵涛著称,则其海口最大,与口外即大洋故。然此臆度之言,不足据,惟识者参之。近时诸公议历法,有形章奏,至相轧者。或以问余,余曰:'我驵人,安知历? 但看月

一回,圆则一月矣。亦如夷人不知岁,但草一回青,则一岁矣。'
其人不能应。今见海潮,初一、十六,必以子午刻,余以次渐迟,
迟至晦望。一日之中早在辰,晚在酉末,所差甚多,而次日子午
必不爽,此又非历法一定不易之准乎。节令亦如之,即差不过
一日,无甚关系。天本以显道示人,人不察,而纷纷作聪明者,
其谓之何? 间以语朱大复,深以为然。"这节文字,谈的是潮汐
历法。而下节文字,记叙的又是官场恩怨:"上招宝山,见一秀
士,须面甚伟。异之,秀士亦睨余,余不顾。数遣从者踪迹,若
有意者。遂进与揖,方知为刘都督草塘之子,今都督省吾之弟
也。其名国樟,为南昌诸生,是时方欲为草塘立传。喜而问之,
因得其详,且曰:'君固将种,又材器如此。一缵先绪,取玉带如
芥,何事从铅椠自苦?'答以为父虽上将,数为文臣所抑。末年
已平九丝蛮寇,曾省吾抚台,虽骄横,犹能假借。代曾者某公,
初履任,循例设席邀宴。某至大怒,谓此皆糜军饷,款我保富
贵,取赏赉,不就席而去。遂恚甚,疡发于脑而卒。故切戒某弃
武就文,而竟未有当也。(明时重文轻武如此。谁与守国?)余
闻其言,深悯之,盖势之偏重久矣。我辈于节制中,要须权衡,
毋徒恣文墨,轻天下豪杰也。"这两节文字,在《普陀》的整体结
构中,似乎为赘笔,但如果整体考察《普陀》一文,可知朱国祯的
写作目的,除了弘扬普陀山观音道场和观音文化,还有一个重
点是考察海洋人文和海疆安全,这是因他普陀山之行所见所闻
而起。所以下文即涉笔亲身遭遇的倭寇骚扰问题。

时倭警狎至,从者三人甚恐,劝毋行,余不听。出
海仅二十余里,谍报冲风棹八桨而过者可接。皆曰:
"警! 警! 急! 急!"余皆不顾。既抵山,则先一日,果
一倭舟泊于山之东崖。舟纯黑色,上若城堵,不见人,

高可五丈，长三倍焉。连数日东风，漂至我兵船，围守
发铳，弹如扬沙。着石壁，纷纷下坠。一小舟直前逼
之，倭发铅弹一，透死五人，遽退。是夕风转而西，倭
扬帆去。我舟尾之，余作礼之。又次日，舟师皆归。
有登山者，问之。曰：尽境而还。计倭舟入闽及广，风
稍南，出大洋矣。

在《涌幢小品》一书中，朱国祯有多篇文章涉及倭寇问题，
其中《平倭》一文，更是详细记叙了胡宗宪抗倭的功绩，表达了
对他被人陷害结局的同情。这次他把自己亲身遭遇倭寇、与倭
寇近距离接触的内容写入《普陀》一文，使得这次普陀山之行带
有了浓郁的时代气息。

这样，在表面上看来是赘笔闲文，实际上暗含时代政治背
景的插叙之后，《普陀》一文重新进入"普陀行"的叙述主题。但
是所记内容，却比较奇特。

"山有两寺。住持后曰大智，前曰真表。"即普陀山的前山
后山，前山以普济寺为中心，住持叫真表。后山以当时的海潮
寺为中心，住持叫大智。这在《普陀山志》上是有记载的。"大
智戒律精严，为四方僧俗所归。真表虽领丛林，性骄，鸷悍破
戒。"历代《普陀山志》，对于真表和大智的评价大致也是这样，
也符合实际，但是下面的内容，却包含传说演绎的成分了。"万
历十年间，其徒讼之郡，太守行郡丞龙得孚勘问。龙为人好道，
醇直廉俭，时复奉监司他委勘金塘山。及补陀，众鞫真表。"普
陀山前山后山两位住持竞争，惊动衙门，就派舟山的一位地方
官龙得孚去处理。这说明尽管普陀山是世外圣地，但还是处于
朝廷的严格控制之下。"夜梦群僧并来，告真表过恶，且属丞三
分道场，奉大士香火。到山处分，悉如其梦。且谓众僧曰：'此

事非吾意,佛告之也。'仍戒饬众僧查僧房,总三十六。命取《莲华经》三十六部来,毁之火,而令众僧跨其上,誓不再犯。时吴参将稍从旁止之,乃火一部,众僧悉跨焉。"这龙得孚处理普陀山两雄之争的方法匪夷所思,他说夜里做了一个梦,梦中见到许多普陀山僧众来状告真表,还要求把普陀山势力范围划分为三部分,不让真表一个人独享大权。今天我上了山,你们果然来状告真表的种种不是了,也真的要求"三分观音道场"。我觉得你们这样将普陀山分裂是不对的。这样吧,你们把山上所有的《莲华经》都拿来,我要把它们统统烧掉。在烧的时候,我还要你们蹲在火焰上面,直到你们不再说分裂普陀山道场这样的昏话为止。旁边的吴参将觉得这样处罚太不合情理,还有冒犯佛道之嫌,就轻声阻止。最终龙得孚决定改为烧一部《莲华经》,但还是命令众僧"悉跨焉",以示惩罚。

当然再也没人状告真表分裂普陀山,但是龙得孚却立马遭到佛祖惩罚:"处分毕,至后殿拜礼。甫拜下,即觉两髀病软不可动。两人掖之以拜,遍体陡发大热,急扶入禅房。疾遂委顿,胸间结一片,大于盂,坚于石,楚不可言,渐至昏愦。见沙门云拥雾集,若有所按治。有人若伽蓝者,奏曰:'此虽得罪大法,顾其人,实奉道爱民,居官清净。'内传佛旨曰:'奉道毁道,尤当重处。姑以爱民故,罚三石牛啬官。'三石牛啬官者,不省其云何。丞念此必冥官之号,如是死矣,且入恶趣,力忏悔:'某不知毁经之罪大乃尔! 自今而后,愿奉斋持戒终身。亟免官,入道自赎。'沉沉无有应者。即有人送三石牛啬官札子到,固辞不受。大智亦为之祈哀,诵经念忏,愿以身代。又久之,始得兆,许忏悔焉。大智从定中见一铁围城,城中死人累累,并裸卧。丞亦在卧中,独不裸。大智至心营解,忽见空中下白毫光一道,若有人掖出之而苏。丞见沙门万人,问悉从何来。咸曰:'我辈给孤园善知识也。汝何故毁经,犯此大戒?'丞曰:'知罪矣,愿以百偿一,而捐俸斋万僧。'众僧稍稍散去。其夕,家僮于昏黑中见两玉女,双鬟髻,手执幢盖,绕床而过。善耉然有声,幢脚拂僮面。僮惊起大呼,丞病良已。是时不粒不瞬十日矣。"被佛惩罚的经过充满故事性,现实中是不可能存在的,但是作者朱国祯却说这是真的,"屠长卿目击,为之记"。有目击证人呢。

真表、大智之争,最后在官府的干涉下平复了,而朱国祯《普陀》一文的叙述,也因此从"道场普陀山"转向"海疆国土普陀山"。

"普陀是明州龙脉最尽处,风气秀美,虽不甚险远,而望洋者却步。即彼中士民,罕有至者。若非大士见形,何以鼓动人心,成此名刹,奔走尽天下。凡西僧以朝南海为奇,朝海者又以渡石梁桥为奇。梁之南有昙花亭,下数级即为梁,横亘可十丈,脊阔亦二三尺。际北有绝壁,有小观音庙在焉。余坐上方广寺,亲见二十余僧踏脊如平地,其一行数步。微震慑,凝立,少选卒渡。众皆目之,口喃喃不可辨。问之山僧,曰:'几不得转人身也。'"从文中描述来看,作者写的似乎是普陀山梵音洞。梵音洞非常险峻,洞口外那道天然石梁,又险又窄,"几不得转人身也",那么能够转身而过的,必定是"非人"的高僧了。

"普陀一无所产。岁用米七八千石,自外洋来者,则苏、松一带。出浏河口,风顺一日夕可到。自内河来者,历钱江、曹娥、姚江、盘坝者四,由桃花渡至海口,风顺半日可到。两地皆载米以施,出自妇女者居多。自闽广来者皆杂货,恰勾岁用。"由于位于海岛,山上没有农田,普陀山千百僧众的一切物资,都需要从岛外输入。粮食方面,有的从江苏通过海运输入,有的从宁波那边输入,都是善男信女捐施的。而其他生活日杂用品,则多由福建、两广人捐赠。"本山之僧亦买田舟山,其价甚

贵。香火莫盛于四月初旬,余至则阒然矣,却气象清旷,几欲久
驻,而竟不果,则缘之浅也。"明代普陀山,由于海禁和内迁,数
次受倭寇和被郑成功从台湾逐出的荷兰人的骚扰,破坏非常严
重,百废待兴,所以不让朱国祯久住在山上,自然也在情理
之中。

以上所写为"道场普陀山",下面则是"海疆国土普陀山"。

"细讯东洋诸山,一老僧云:'有陈钱山突出极东大洋,水深
难下碇,又无岙可泊,惟小渔舟荡桨至此,即以舟拖阁滩涂,采
捕后,仍拖下水而回。"陈钱山即嵊泗嵊山,清代开始成为著名
渔场,有良港海湾,所以老僧所说不符合实情,但一个普陀山老
僧也知道陈钱山的存在,且具有很强的海洋国土意识,这是非
常了不起的。"马迹又在其西,有小潭,可以泊舟。但有龙窟,
过者寂寂,一高声,即惊动,波浪沸涌,坏舟。"马迹山也在嵊泗,
与嵊泗本岛非常近,现在已经通过大桥和本岛连成一片了。龙
潭云云,自然是民间传说。"再西为大衢,与长涂相对。其西有
礁无岙,不可泊舟,且亦有龙窟,宜避。东面有衢东岙,可容舟
数十只,但水震荡不宁,舟泊于此,久则易坏。大衢在北,长涂
在南,相离不过半潮之远。潮从东西行,两山束缚,其势甚疾。
舟遇潮来与落时,皆难横渡。俟潮平,然后可行。"大衢与长涂
的岛名,至今没有改变,老和尚的说法是对的。两岛之间,就是
著名的大黄鱼渔场岱衢洋。但是说这里潮水湍急,船不能行,
有点夸张。龙潭之说,其实是岛礁漩涡的另外一种表述。"近
昌国为韭山,形势巍峨,岛澳深远。此山之外,俱辽远大洋,船
东来者,必望此为准,直上为普陀矣。"舟山群岛中并没有"韭
山"之岛,真正的"韭山"位于舟山南部象山半岛外面。从文中
描述来看,这个"韭山"当指朱家尖岛。可是朱家尖岛是普陀山
的下院,普陀山老僧不可能把它称为"韭山",或许是朱国祯把

它记错了？

"海水本辽阔,舟行全藉天风与潮,人力能几？风顺而重,则不问潮候逆顺,皆可行。若风轻而潮逆,甚难。夏秋之间,西北风起,不日必有极大西北风,操舟者见此风候,须急收安岙。兵船在海,每日遇晚,俱要酌量,收舶安岙,以防夜半发风,至追贼亦要预计,今晚收舶何岙。若一意前追,遇夜风起,悔无及矣。"这节文字,本来在叙述海洋水文和航行风向,忽然转到了"兵船"追"贼"问题,可见作者内心,始终关注着"海疆安全"问题,所以在《普陀》一文的最后部分,作者关注的,都是海港、海疆、海防问题。

沿海之中,上等安岙可避四面飓风者,凡二十三处:曰马迹,曰两头洞,曰长涂,曰高丁(亭)港,曰沈家门,曰舟山前港,曰浔江,曰列港,曰定海港,曰黄歧港,曰梅港、湖头渡,曰石浦港,曰猪头岙、海门港,曰松门港,曰苍山岙,曰玉环山、梁岙等岙,曰楚门港,曰黄华水寨,曰江口水寨,曰大岙,曰女儿岙。中等安岙可避两面飓风者,凡一十八处:曰马木港,曰长白港,曰蒲门,曰观门,曰竹齐港,曰石牛港,曰乌沙门,曰桃花门,曰海闸门,曰九山,曰爵溪岙,曰牛栏矶,曰旦门,曰大陈,曰大床头,曰凤凰山,曰南麂山,曰霓岙。其余下等安岙,只可避一面飓风,如三孤山、衢山之类,不可胜数,必不得已,寄泊一宵,若停久,恐风反别迅,不能支矣。又潭岸山、滩山、许山之类,皆团土无岙,一面之风亦所难避,可不慎乎。由此观之,沿海万里之遥,处处有岙,处处要斟酌,此惟老渔船知之。而渔有世业,有闯传,又善占风。望云气。履如平地。多

夜行。不失尺寸也。

上述大小海港渔港，主要分布于舟山、温州、台州和宁波沿
海。有些港名，沿用至今；有些有出入；有些已经不存在了。朱
国祯只来过普陀山一趟，却对浙江沿海各港口如此熟悉，甚至
对非常偏僻至今都交通不方便的滩山、许山（即今嵊泗滩浒山，
两岛如今已经连成一片）都知其地貌，可见他一直非常关注浙
江的海疆问题。

近日有茶山王之说，传者历历若亲见，且谓聚至
数万人，贩米于苏、松等处。庚申，湖、广至禁米不许
下江，曰："恐茶山王籴去也。"米一时踊贵，斗至一百
五六十钱。时非水非旱，田禾蔽野，秋成在即，而所在
恇扰，平籴抑价。吴江县立破一百二十余家，亦自来
之异变也。考海中，诚有此山。自嘉定、宝山，出南汇
嘴，一百六十里可至，无岙无港，原非驻足之地，其它
处远而同名者或不少，却屯聚如此之多，几比琉球一
国。大海中固邈无边际，要之，自开辟以来，人力所
至，船只所通。凡岛、屿、礁、坎之类，靡不登之载籍，
而独遗此大山，窟奸人，为东南隐忧，似不可解。且海
寇飘忽，乘风万里，所以难制。若山居土著，必为众所
窥，即如米尚须籴。它一切所需，非天降，非地出，何
处得来？若曰俱贩之中国，何不散居内地，伏草泽间，
为所欲为，而以海自限，日与风涛为伍，决非事理所有
而少年喜事者。至自请于当道，往彼说谕招兵，各使
臣欲收之为用，曰折简可致。远近若狂，数年不绝，发
一笑可也。

这一节文字虽然已经与普陀山没有直接关联,但是从海洋史和海洋人文角度而言,却很有价值。文中所说的"海中茶山",非常像著名的双屿港,或者说是类似于双屿港的海上走私基地。今人以为双屿港位于舟山六横岛附近,却始终没有任何考古实物可以支持。其真实性或许如文中所说的"海中茶山",虽然没被任何史书方志记载,人们也说不清楚其确切的位置,但是它确实曾经存在过。

六、屠隆《补陀洛伽山记》等诗文里的普陀山

屠隆(1544—1605),出身于宁波江北桃渡路一商人家。少年时受儒商父兄诗书熏陶,博览群书,尤喜诗词、戏曲,才情横溢。大器晚成,三十五岁才中举人,后赐进士,任礼部主事、郎中等职,后来蒙受诬陷,被削籍罢官。回到宁波老家后的屠隆,纵情诗酒,成了一位名士。晚年寻山访道,说空谈玄。普陀山成了他经常流连的精神家园。屠隆是普陀山文化的大力倡导者和培育者之一,他为普陀山写过许多诗文,其中包括《补陀洛伽山记》这样堪称典范的记叙普陀山的力作。这些都被收录在他自己编写的《补陀洛伽山志》里面。

在屠隆有关普陀山的诗词中,最著名的作品当属普陀山"十二景"诗。明万历十七年(1589),应抗倭名将侯继高邀请,屠隆赴普陀山撰编《补陀洛伽山志》。山志编成后,又写了《补陀十二景》诗,这是从明到清普陀山"十二景"诗系列的创始之作。

第一景为《梅湾春晓》："梅尉丹炉火不温,疏枝淡月岛烟昏。只愁海叟吹龙笛,撷落罗浮万树魂。"

普陀山古称梅岑山,因传说中汉代梅福在此采药修炼而得名。普陀山成为观音道场后,佛教文化成为主流,山名也因此改为普陀山。梅福是属于道家文化中仙道一脉的,但因普陀山是一座包容的山,各种文化兼容,所以岛上仍然留有梅福庵、梅福井这样的道家文化遗迹。梅湾就在梅福庵、梅福井所在的普陀山"西天"半山腰。这是古木森森,异常幽静,春意盎然。屠隆认为"梅湾春晓"为普陀山第一景,或许是从文化渊源的角度考量的。

第二景为《茶山凤雾》："龙宫蛟室雾烟缊,几树珊瑚认未真。雪里赪霞高十丈,红绡恐是献珠人。"

茶山位于普陀山最高峰佛顶山北侧一个窝风藏气的山麓里,自古就长有很多茶树。茶花盛开的时候,颜色鲜艳惹人注意。尤其是冬天大雪弥漫,茶花的红色更为醒目,令人精神为之一振。

第三景为《古洞潮音》："海涛飞雪复春云,宝殿疏钟入夜分。潮自砰訇僧自定,悟来原不是声闻。"

潮音洞是普陀山著名的礼佛处。传说观音最早来到普陀山的时候,就在潮音洞里修炼,还经常现身布道。南宋宰相史浩史弥远父子都说自己亲眼见过观音现身。所以在普陀山主寺没有建成的时候,观音信徒们都来这里朝拜观音。有些信徒还在此舍身跳海以表示对观音信仰的虔诚,以至于朝廷在此立碑告诫,阻止信徒们做出激烈的礼佛行为。

第四景为《龟潭寒碧》："清江使者梦冥冥,五兆空嗟朽甲灵。岂是来游莲叶上,水天凉冷月痕青。"

普陀山雪浪峰下等处,有许多大小不一、深浅不一的水潭。

有些水潭很神奇,据说里面的水永远不溢不枯,清澈寒碧,似乎有神物藏匿。其中法雨寺附近的龟潭更是如此,深不可测,一年四季,水气逼人。

第五景为《天门清梵》:"野衲齐翻贝叶书,磬声遥度暮沙虚。神龙听法妖蛟舞,亲见如来金臂舒。"

普陀山有南天门和西天门两处"天门"。南天门位于普陀山最南端,与短姑道头对峙。此地巨石森立,危岩高耸,中有两石,犹如门框,上面覆盖着一块大石,形成石门。西天门位于普陀山前山西侧,是通往西天的入口,也是一道石门。从《天门清梵》所描述的情景来看,此处似乎是指西天门,因为它距离梵音响起的前寺最近。似乎又指孤悬海边的南天门,因为只有这里,才接近"神龙听法妖蛟舞"的情景。还有人说,诗里最后一句"亲见如来金臂舒",似乎指的是观音在梵音洞现身,那么这天门不是指南天门、西天门,而是指梵音洞了? 各种说法都有道理,既然如此,那就不妨模糊一点,不具体落实究竟在何处吧,两处"天门"和梵音洞都符合诗意,登山者自己去寻找和体会吧。

第六景为《磐陀晓日》:"黄烟黑雾照潺湲,忽破天昏海色殷。谁驾火轮推雪浪,赤光如矢射千山。"

普陀山东面大海,视野所及,再无岛屿,旭日从海平面上跃起,洒下一片金黄,非常壮观,所以普陀山上有许多可以欣赏海上日出的佳处,最闻名的是磐陀石。磐陀石位于普陀山西天最高峰。登高观日,视野开阔,从微微晨曦到一片彤红,再到太阳一跃而从海中升起,跃上天空,此处观日可以说是一览无遗。这首《磐陀晓日》里的"磐陀",即磐陀石。诗歌描述的就是从晨曦到日跃海面的壮观景象。

第七景为《千步金沙》:"黄如金屑软如苔,曾步空王宝袜

来。九品池中铺作地,只疑赤脚踏莲台。"

千步沙在法雨寺南部、杨枝庵的东面,它的长度和面积远远超过位于前寺的百步沙。这里的沙粒又细又净,阳光下泛着金黄色。所以屠隆赞美它"黄如金屑软如苔"。这种纯净的品质与普陀山蕴含的文化品质内在具有一致性。

第八景为《莲洋午渡》:"波上芙蕖尽著花,香船荡桨渡轻沙。珠林只在琉璃界,半壁红光见海霞。"

莲洋即莲花洋,指的是舟山本岛东端与普陀山之间的海面。去普陀山的航线,历史上有两条。早期的渡口在塘头与普陀山西岸之间,主要是佛教徒的礼拜航线。他们抵达舟山后,先在塘头的寺院休息沐浴,然后再渡海上普陀山。他们到达普陀山的位置也不在前寺一带,而是在佛顶山西面的山下。这里有一条古老的石子路,一直通到佛顶山的西端。另外一条航线位于现今的半升洞码头与普陀山短姑道头之间。无论是哪条航线,都位于莲花洋之中。"午渡"指横渡莲花洋是中午时分。这个时候,太阳正处于莲花洋的上空,碧空与大海之间构成了波光涟涟的世界。坐船进入普陀山,会让人感觉正在进入一个纯洁的世界,也就是佛语所谓"入三摩地"。

第九景为《香炉翠霭》:"博山突兀海孤悬,日对军持大士前。不用旃檀燃佛火,晓来岚气自生烟。"

第十景为《钵盂清灏》:"应器东行大众从,遍施香饭说禅宗。更看一酹沧溟竭,此物由来制毒龙。"

这两处的"景",描写的并非自然景观,而是礼佛的仪式和氛围。"博山"是前寺对面的一座小山峰,正对着普陀山主寺普济寺。"军持大士"为"十一面观音"之一,位于第二,造像为"手执军持"。"军持"为一种瓶装盛水器,所以这"军持大士",实际为"净瓶观音",也就是普陀山供奉的观音圣像。

第十一景为《洛伽灯火》:"荧荧一点照迷津,光夺须弥日月轮。万劫灵明应不灭,五灯传后与何人?"

洛伽即洛伽山,是普陀山东南方向的一个小岛。它与普陀山一起构成了"普陀洛伽"观音道场。其名字来源于观音最初的南印度海边道场。所以这洛伽山是普陀山的有机构成,两者不可分离。相比于普陀山的香火缭绕,由于交通不方便,洛伽山要冷清安静许多。远远望去,洛伽山上孤灯一点,令人无限遐想。

第十二景即最后一景为《静室茶烟》:"萧萧古寺白烟生,童子烹茶煮石铛。门外不知飘急雪,海天低与冻云平。"

"静室"此处没有具体所指,一般普陀山寺庙都有待客或者清修的静室,也可能指方丈室。普陀山有许多野生茶树,有僧侣们自己开辟的茶园。"普陀佛茶"至今仍然是名茶。

屠隆这"十二景",虽然名义上是"景",但不仅仅是自然风光,更注重文化梳理和意象提炼;是诗人精神心灵的寄寓,而非一般意义上的观音崇信,具有很大的兼容性,因此引起了许多人的共鸣。以普陀山"十二景"为题材的普陀山诗咏,还形成了一个系列化的创作模式,许多人写过同题诗歌。"十二景"因此成为普陀山最为经典的人文和自然景观。

除大量的诗作外,屠隆还撰写过一篇《补陀洛伽山记》。这篇文章名气很大,是足以与吴莱、张岱、朱国祯等写普陀山的名作相媲美的力作。

　　东海,补陀洛迦(伽)山者,释言海岸孤绝处。又言东大洋海西,紫竹栴檀林。华严言:善财第二十八参,观自在菩萨围绕说法,盖震旦中国第一道场也。由明州城,桃花津,六十里,至候涛山下,是为海门。

东航海,抵翁洲。洛迦山,周围百里。四际无岸,孤悬海中。秽土劫尘,邈焉隔绝。远近诸山,大者如拳,小者如栗,三韩、日本、诸岛,青螺一抹,杳霭烟际,乍有乍无。微风不动,天镜涵空,澄碧万里。惊飙下撞,洪涛上舂。银山雪屋,簸荡天地。五更望日出扶桑,巨若车轮,赤若丹砂,忽从海底涌起。赭光万道,散射海水,俞鲜煜雪。晃耀心目,吴渊颖谓,空水弄影,恍若铺金,僧伽黎衣,尤极形容,奇哉观也。山上宝陀禅寺,奉观音大士。上自帝后妃主,王侯宰官。下逮缁侣羽流,善信男女。远近累累,无不函经捧香,搏颡茧足,梯山航海,云合电奔,来朝大士。方之峨眉五台有加焉。江津海浦,风涛覆舟,哀空侯,酹波臣,无时无之。独洛迦慈航,乘潮稳渡。开山以来,绝不闻有颠危之险。自非圣力默持,慈心垂佑,胡能然矣?而众生之朝礼皈依者,往往示现金身瑞相,白衣缟带,云幢宝珞,香花胜鬘,时时有之。

唐宋累朝,咸知信向。至我皇代,益以尊崇。今上奉圣母皇太后命,印经范像,宣扬教典,穆哉盛矣。夫大士道臻无上,因权度化。义密教深,见闻之妙如响。观成机熟,耳目之用尽融。譬之万波散派,元无万波。千月分光,止惟一月。呜呼!虓猛犷悍,王化之所不能伏,而慈氏摄之。蔽锢昏庸,师儒而不能诲,而如来导之。十方仰赖,万国钦崇,夫岂偶然之故哉!

这篇文章(这里稍有删节),不是一般的游记,而是以议论见长。开篇即断言普陀山为"震旦中国第一道场",这是从未有过的对普陀山的高度评价。中间叙述前往普陀山的茫茫海路,暗喻只有虔诚者方可抵达。"上自帝后妃主,王侯宰官。下逮缁侣羽流,善信男女。远近累累,无不函经捧香,搏颡茧足,梯山航海,云合电奔,来朝大士",则非常准确地道出了观音崇信的全民性特质。结句"十方仰赖,万国钦崇,夫岂偶然之故哉",点出了观音崇信深入人心是一种文化必然。

七、冯梦龙《情史》里的"蓬莱宫娥"

冯梦龙(1574—1646),字犹龙,一字子犹,别署墨憨斋主人,苏州长洲(今江苏苏州)人,明代著名文学家。他最著名的作品为《喻世明言》《警世通言》和《醒世恒言》,合称"三言"。他还有一部短篇小说集《情史》。这些作品虽然很大部分都不是他的原创,而是对于前人作品和一些民间传说的改编和再创作,但"如果没有他的热心收集和整理,其中至少有一部分不见得能流传到现在。……冯梦龙收集整理晚明通俗文学的卓越贡献是不可磨灭的"[①]。

在冯梦龙最富有代表性的文学成果里,《情史》或许不在其列;但是从海洋叙事的角度来看,冯梦龙许多涉海小说的精华之作,却都集中在这一部小说集中。因此,在中国古代海洋叙事文学发展的历史长河中,《情史》具有非同一般的意义。

《情史》一名《情史类略》,又名《情天宝鉴》,系冯梦龙辑录

历代笔记小说和其他著作中有关男女之情的故事编撰而成的一部短篇小说集,全书共八百七十余篇。其中与海洋有关的共有七篇,依照《情史》编排次序,它们分别是《鬼国母》《蓬莱宫娥》《焦土妇人》《海王三》《猩猩》《虾怪》和《鱼》。它们与《喻世明言》中的《杨八老越国奇逢》等一起构成了冯梦龙的海洋叙事系列。

其中《蓬莱宫娥》与浙江海洋文化有关,可以纳入浙江海洋文学史话的范畴。

大家知道,在海洋文化营构的历史长河中,东海与"蓬莱"这个意象性空间,始终被紧紧地维系在一起。虽然也有人力图考证"蓬莱"的位置是在渤海或黄海外面,但在文学性作品中,从《海内十洲记》开始,基本上都认为是在"东海"之内。冯梦龙《情史·蓬莱宫娥》即是其中一例。

故事一开始就说"嘉兴府治东石狮巷","嘉兴府"临近的海域便是"东海",还是位于浙江海域的东海部分。"有朱姓者,年二十余,训蒙为业,丰神颇雅。隆庆春一日,道经南城下。花雨濛濛,柳风袅袅。展转之间,神情恍惚,渐至海月楼西,竟迷去路。"那位气质儒雅才二十多岁的乡间朱姓"教书先生",在春季的某一天,步行来到了海边的"海月楼"。那么这"海月楼"的位置,必定是在嘉兴附近且濒临海岸。在迷糊之中(其实是在梦境中,该文显然采用了"梦中世界"的叙事形式),他被两个女童引到了一座岛上,这座海岛可不同凡响。"但见崇山峻岭,路极崎岖,夹道桃株,鸟音嘈杂。自念生长郡内,不意有此佳境。"简直宛如世外,完全不同于海风凛冽、杂草萋萋的荒凉野岛。"更进里许,入一洞内。遥望楼殿玲珑,金玉照耀,两度石桥,乃抵其处。"这座海岛不但美丽异常,竟然还有巍峨精致的楼阁,显然就是海洋传说中的神仙岛了。"屏后出一仙娥,霞帔霓裳,降阶而迎。登殿叙礼,引入内室。坐定,女童进茶讫。未几,问娥姓字。娥哂曰:'妾乃蓬莱宫中人也,邀君欲了宿世之缘,不烦骇问。'"原来仙娥是蓬莱宫里的人,那么这海岛也就是传说中的蓬莱岛了。

海上"蓬莱"仙岛的意象,较早是在先秦典籍《列子》里出现的。在《列子》的"渤海五山"中就有了"蓬莱"岛。后来东方朔的《海内十洲记》和司马迁《史记》,也多次郑重地提到"蓬莱"。从此"蓬莱"与"瀛洲"等一起,成为海上代表性的仙岛,其被设定的具体位置,也逐渐南移,从渤海移至东海。可是在以前所有的文化典籍中,"蓬莱"只是作为文化意象上的一个抽象名词被使用,几乎没有对其具体的描述,这篇小说第一次使"蓬莱"意象有了具体而丰满的肌理,变成了一个切实可感的海岛文学形象。

岛是仙岛,人也非一般人。小说进一步描述岛上人士的超凡脱俗,其中那个"宫娥"最为突出。"顷间开宴,酒肴罗致。娥与朱促席畅饮,因制《贺新郎》一词,命女童歌以侑觞。其词曰:'花柳绕春城。运神工,重楼叠宇,顷刻间成。绿水青山多宛转,免教鹤怨猿惊。看来无异旧神京。虑只虑佳期不定。天从人愿,邂逅多情。相引处,珮声声。等闲回首远蓬瀛。呼小玉,旋开锦宴,漫荐兰羹。须信是琼浆一饮,顿令百感俱生。且休道、尘缘易尽。纵然云收雨散,琵琶峡、依旧风月交明。念此会,果非轻。'"①

宫娥的这一首长词,包含的海洋文化信息非常丰富。它使我们清晰地看到,除了传统的"仙气"内涵,这个"蓬莱宫娥"还具有横溢的诗才和典雅的诗情,从而大大丰富了"东海蓬莱"意

---

① 　[明]冯梦龙:《情史》,岳麓书社 2003 年版,第 399—400 页。

象的美学内涵。冯梦龙这种对于海上仙岛的诗化处理，相当程度上影响了后人的同类型写作。蒲松龄《聊斋志异》中的《仙人岛》等作品，大多就采用这种叙述视角和审美文化立场。

八、明代有关舟山的三篇赋文

中国海赋文学中涉及浙江沿海内容的作品不少，但多以钱塘江海潮的赋文为主，涉及别的地方的作品不多。但是在明代，集中出现了三篇铺陈书写舟山海岛地形和人文的赋文，分别是奄文《东观赋》、陶恭《形胜赋》和徐慎初《舆图赋》。它们都被收录在明朝天启年间《舟山志》卷四"艺文"里，是舟山群岛地域性很强的海洋作品。

《东观赋》的作者为"奄文"。"奄文"意为"湮没之文"，作者实名不详，估计为当时舟山地方文人。"东观"指舟山群岛，即文中所谓"翁州""昌国"，它们都是舟山古地名。《东观赋》是对舟山群岛的赞歌，突出了它的海防价值。"两浙极东南之境，翁州当夷夏之冲。昌国盛名，句章故号。南通闽粤，西接江淮。实百国之咽喉，殆一方之保障。金虏惊道隆之异，而宋室基于中兴；西宁定国珍之墟，而天朝免于东顾。"①赋文开头，从海防和海疆的历史角度，描述了舟山重要的海洋地理位置，这个视角颇具时代性，因为当时海疆不宁，急需唤醒国人的海防意识。

---

① 奄文：《东观赋》，[明]何汝宾撰：《舟山志》（明天启），邵辅忠校正，凌金祚点校，舟山市档案馆：《宋元明舟山古志》，2007年（内部印行），第258页。下文《东观赋》的引文均来自此书。

"始改州而为县,既而徙治而署军。一旅握都护之权,九夷宾服;尺土系长城之重,四海无虞。因周公而置重译,数载观兵;有吕望以奋鹰扬,万年盘石。存二所以屯田,设四司于关市。城池则阻山而带海,村落则任土而疏川。"明代,为了抗倭,朝廷依托舟山各岛,结成一道道海上防线,整个舟山就是一个军事要塞,是中国东部海域"长城之重",保护着中国"四海无虞"。舟山的海洋战略地位被高度凸显。"宝陀现观音之福地,桃花炼葛老之丹山。虎狼绝于弘农,麋鹿系于云梦。四百里之疆场,举皆网罟;七十二岙之山薮,无非斧斤。难以数计海错之名,可以周知民生之利。"可见舟山不仅仅是海洋军事重地,同时还是观音道场和中国最重要的渔场。这是真正的宝地,"沃土膏腴,菽粟周腹郡之急;编民殷富,蚕缫济邻邑之寒。茶产云巅,药生岩谷。黎民安堵,法皆守乎三章;商贾如归,价不欺乎五尺。雍雍齐鲁之风,济济衣冠之集"。岛上土地肥沃,岛民安居乐业,简直就是世外仙土。"密迩岛夷,崭然锁钥。明山秀水,纵逸士之抵迟;胜刹琳宫,惟文人之题咏。史相撰灵山之句,大士若存;王公吟压海之诗,文光尚烨。夏黄公为炎刘之遗老,而道德文学之士相绳;张状元应昌运之甲科,而忠良行义之儒接踵。或一榜而二相,或四第而同胞。敢死辨奸,忠臣之烈不朽;刳肤疗病,孝子之名不湮。"这里的人文底蕴也非常深厚,历史上人才辈出,演绎了许多惊天动地的故事,所以虽然经常遭受风暴袭击,实在是一方乐土。"人则秀钟,险诚天设。出虎蹲之危,蛟川之阨。飓风时作,附不羽之飞鹏;巨浪忽生,乘无街之奔马。宁为王阳而畏道,不从季路以乘桴。岂夺题柱之才,偶发望洋之叹。"作者提醒朝廷,这样的地方一定要好好保护,绝对不能再受外夷入侵。

陶恭《形胜赋》也是对舟山群岛的赞歌。陶恭其人,《舟山

志》并未记载,生卒年事迹皆不详,估计也与"奄文"一样,为舟山本地文人,或者是在舟山任职的地方官员。"中华胜地,东海名州。人杰地灵,川明山秀。汉曰句章,唐曰前山。宋至照宁,赐名昌国。无至我朝,名不盾矛。"①作者把舟山群岛誉为中华胜地,完全不同于视海洋地区为"僻壤夷地"的内陆中心论观念,可见作者的视野非常开阔。"世有递迁,陵谷如旧。四百周围,五山其偶。地不改辟,民不改稠。化行俗美,风气善柔。虎狼不产,径暮夜而无恐;兵燹不至,处乱世而无忧。如髻之山,双峰秀拔;如带之水,九溪交流。桥有状元之谶,泉多龙接之湫。商愿藏于其市,而人或轻利;旅愿出于其途,而行弗裹缕。"这里赞美舟山群岛山水优美,民风淳朴,商贾发达,适合人居。同时,历史人文资源也非常丰富,连南宋高宗皇帝赵构也曾避难舟山。"金人斫柱,道隆我血,而戎马莫之敢犯;大士岩居,补陀示现,而累朝为之降求。民无珥笔之风,士无狡诈之谋。田野膏腴,耕者不为旱涝之备;山林岙隐,老者不识城郭之游。蓬莱集仙琳宇也,逸士之思登览;吉祥宝陀名刹也,文人之愿移舟。酒坊十五,都税常平;书院则二,儒校兼收。"在作者笔下,舟山群岛绝对是世外桃源、神仙岛屿。难怪文人雅士纷至沓来。这样的地方,自然也受到强盗倭寇的侵扰,所以这里同时也是海防要地。"有元类编民籍,户口倍万而升邑为州;国朝增设卫所,民兵四司而与县共守。绝倭夷之朝贡,起闾巷之歌讴。未几而遭信国之改迁,去三乡而存五里;幸而荷圣谕之谆切,卫民生而命帅候。舟师整饬,为诸番瞻仰之所;城池巩固,实东南保障之陬。百余年来海道晏清,固境界之难袭,抑圣世之洪休

---

① 陶恭《形胜赋》,[明]何汝宾撰:《舟山志》(明天启),邵辅忠校正,凌金祚点校,舟山市档案馆:《宋元明舟山古志》,2007(内部印行),第263页。下文关于《形胜赋》的引文均来自此书。

也。"东南屏障，海道晏清，作者深切感叹："猗欤盛!"表达了对海岛的衷心赞美。

与《东观赋》一样，陶恭《形胜赋》也极尽对舟山群岛的赞美之辞。"山川之美，徒为外观;贤哲之生，名垂不朽。"海岛的美丽是自然之美，把它建设成世外桃源，更需要有志者的辛勤付出，作者一一列举了对舟山群岛开发做出过巨大贡献的先贤："是以黄公为四皓之一，而汉储以定，沈治进孝经十卷而校书是授。立言粲盛者，任中丞也;徒从云集者，郭奉议也。湖南盗起，而闻名即退者，非薛寘乎? 婉言谕寇而罗拜请服者，非徐愿乎? 至若应傃之令乌程也，以诗谕昆弟而息其争;黄龟年之为侍御也，劾秦桧类莽而罢其相。斥童贯之擅权者，蒋仲远也;占公闱之首选者，王文贯也。赵时恪登隽而伯仲联芳，应翔孙及第而神童是号。或一举而二相，应(礜)余天锡也;或父子而俱第，孙枝孙起予也。赵门试春闱而四子进士，陶土领乡荐而两膺解首。此则宋元人才之盛如此。"在舟山文明发展的历史进程中，起推动作用的虽有黄公这样的传说人物，但大多数都是入舟山地方志"名宦传"的真实的历史人物。他们筚路蓝缕，代代接力，终于把生存条件恶劣的海岛地区，建设成美丽宜居的海上仙岛，历史和人民是不会忘记他们的贡献的。"逮至我朝，虽曰革县去学，散庠生于群邑，终乃登和科入荐，立功名于浙右。陶铸位居闽宪而致天眼之颂，张信名列殿元而取二经之优。王如源节推南安而政尚仁厚，章鼎新休官学录而名行罕侔。他如钱程之旁通律学，刘本安之体貌伟修。王永隆之知郴宿，政声赫赫而升授少参;赵溶恭之兴学校，令德彰彰而夙著嘉猷。又如韩鼎之宰句容，德威并施而泽及后嗣;袁绍之典千兵，天性廉洁而至老不移。此则皇明人材之盛。其已然者，固缕数而莫悉。其将然者，犹鼎来其可期。"作者显然非常熟悉舟山事

务,对于明代的舟山人士了如指掌,自然也多从德、才等诸多方面来评价。

在《形胜赋》的最后,作者把笔触转向自己的内心。"区区才非董、贾,官实并之;德非颜、冉,寿实过之。自惭宦学之后,聊为薄劣之词。倘观风者有所采择,岂刍荛者之可弃遗?吁!安得秉钧衡当要路者作新是土,兴复政教于斯时耶?"说自己才德平平,才华绝对无法与西汉时期的文学家董仲舒和贾谊相比;品德方面更是比不上孔门弟子颜回、冉耕。年纪不小了,还能为海岛建设做些什么呢?唯有呼吁更杰出的人士来舟山,为这个海洋地区增添新的光彩,就心满意足了。这里作者表露了心声,作者是一个有抱负的知识分子,遗憾朝廷没有给他提供治理和发展海岛地区的平台和机会。

如果说奄文《东观赋》和陶恭《形胜赋》,都是对舟山群岛地理、历史和人文的综合性考察和描述的话,那么徐慎初《舆图赋》,则高度聚焦于与舟山有关的海洋军事活动。

"先王疆理乎天下,虽尺土之勿遗。王公设险以守国,愿遐荒之必饬。"认为舟山周边的海域也是国土,理应寸土不让,徐慎初的海洋国土认识是非常到位的。虽然他的身份和生平事迹很可能像奄文、陶恭一样不为人所知,估计属于熟悉舟山情况的底层官员或民间知识分子,但是他有很清晰的海疆意识。"瞻彼舟山,肇自开辟。三代以来,河山如一。汉曰句章,唐曰翁邑。昌国宋名,元因其迹。"①舟山自古以来都是中华国土不可分割的一部分,历代都重视建设,到了明代,也是如此。"迨我皇朝,处置愈密。信国代巡,县革卫立。"明代海禁虽使舟山

---

① 徐慎初:《舆图赋》,[明]何汝宾撰:《舟山志》(明天启),邵辅忠校正,凌金祚点校,舟山市档案馆:《宋元明舟山古志》,2007 年(内部印行),第 265 页。下文关于《舆图赋》的引文均出自此书。

百姓生活遭受诸多苦难,但是就海防而言,朝廷则从未有放弃之想。接着作者以铺陈之笔,写出了舟山海洋要塞的重要地位:"故以其形胜而言之:北据髻峰,高耸乎云汉。西接鳌镇,势起乎蛟龙。"这是舟山本岛的地形。如果放眼整个海防形势,则舟山的海洋军事地位就更显突出。"东环长江,吞吐乎潮汐。南面大海,会汇乎百洪。守御之以二所之将士,巡缉之以四司之兵戎。商贾渔盐于二十一都之内,黎元耕读于七十二岙之中。六隘旋绕乎邑治,三砦雄据乎海东。烽堠五五,狼烟息红。桥梁七七,水利周通。酒坊十五,昔总于翁山都税。涂塘二十,今隶于两浙盐运。公池台寺,观之丛密。食货物产,口之殷充。诚东南第一关,守视邻壤,尤为要冲。"明代,舟山军事布防森严,处处烽堠,遍地卫所,从本岛至嵊泗,构筑了一道又一道防线,舟山疆域广阔:"以其疆域而言之:东五潮至石马,分界于高丽。南五潮至膺屿,连封乎象山。西二潮至蛟门,接派乎定海。北五潮至大迹,溯流乎苏关。金塘、大榭巍乎其右峙,补陀、顺母森尔其左环。碓砧、剑岱挺然其后殿,窄客、盘屿拱矣其前班。大茆、小茆茶笋之取无筭,大竿、小竿海错之出实繁。门曰灌门,曰乌沙,曰沈家门,曰海闸,曰石衕,曰云屿,曰竹山,曰洋螺,曰西后,曰桃夭,四面巩重关之固。港曰烈港,曰穿鼻,曰黄崎,曰青龙,曰双屿,曰吞山,曰石牛,曰乱石,曰长白,曰马墓,八垠尽战舰之阑。"可以说,舟山群岛没有一处不是海防要地。虽然其中有些地名今已不存,但是绝大多数至今仍然保持原样,它们的军事地理价值,更是没有丝毫被降低。

面对如此重要的海疆,作者心潮澎湃,从文赋的撰述改为骚体赋的抒情。"风雨晦冥而鼓吹送声兮,讵能崇偃王之祀。醉墨酒石而桃花成纹兮,畴复炼安期之丹。访东霍而敲徐福之棋枰兮,任风枝之扫拂。登葛峰而觅稚川之丹井兮,夸旱暵之

勿乾。胸蒲兰秀兮，巅崖险巇而状异。玉峰佛屿兮，丛林苍润而痕斑。马迹、马秦跳青跃碧，五虎、五爪飞湍激澜。履达蓬而窥蓬莱兮，追哂始皇之侈。逾青梅而请梅岑兮，思投子真之闲。览千茆、千步之胜，梳三星、三姑之鬈。睹横水之汤汤兮，流千古之道脉。诇莲花之艳艳兮，显大士之神谈。送目于洛华、盘陀兮，眩金波之谲。日乘风于陈前、壁下兮，骇银浪之倾山。群峰之遍插芙蓉兮，图盖不能以殚述。众流之澎湃沧溟兮，吾亦姑在所略删。呜呼盛哉！惟山川之秀灵，故人物之隽杰。在汉唐宋兮，宰辅之迭兴。于国朝初兮，魁元之继捷。"这一大段抒情，涉及舟山的人文传说和观音信仰，使得《舆图赋》的笔触从海洋军事内容向海洋人文拓展，显示出更加厚重的底蕴。

难能可贵的是，徐慎初《舆图赋》并未一味地沉溺于歌颂，而是对严峻的海防现实发出警告："今也不然，人心已裂。斗虮智而逞蜗争，弄蚁兵而喋蝇血。恬静者转而为诪张，廉洁者化而为饕餮。岂特蠢兹处物之上者，勿知忠信为立身之基。是虽翘然盗士之名者，未识孝悌为进德之诀。"目前舟山的海防形势十分严峻，可是朝廷却熟视无睹，作者忧心如焚："世变江河兮，增痛哭于贾生。孰挽狂澜兮，回淳风于稧契。俾其悬居海外之众兮，进于礼义相先之列。庶人文载盛兮，不流于禽兽之归。武备大修兮，不虞乎夷狄之谲。"他觉得自己虽然位卑言轻，也要大声疾呼，希望美好的"海不扬波兮，匪喉舌乎蛟宁。人各安业兮，永藩篱乎两浙"的海洋和平景象早日到来。

第七章 》》——

清代的浙江海洋文学

清代的中国海洋文学发生了许多变化。清代浙江海域的诸多变故,导致浙江海洋文学的面目与前面各个时代都不同。清代的浙江海洋文学有三点必须注意:一是志怪叙事在浙江海洋文学中的存在比较显著;二是由于清初很长一段时间内,浙江沿海地区(主要是舟山海域和台州沿海)一直是抗清斗争的主要阵地,出现了以张煌言为代表的许多以坚持海中抗清为题材的诗歌;三是晚清时期的海洋政治小说构想的"未来中国"的雏形与舟山群岛有关。在这三点之中,第一点折射出清代海洋文学的普遍现象,后面两点则显现出浙江海洋文学鲜明的地域和时代特点。它们一起构成了清代浙江海洋文学的特殊风貌。

一、长白浩歌子《萤窗异草》里的"落花岛"

《萤窗异草》是清代中叶的一部文言笔记体小说集。因刻意模仿《聊斋志异》的叙事风格,多篇作品中还经常出现"《聊斋》言之详矣"之类的注解,似乎有意与《聊斋志异》的有关作品形成一种"互文关系",而且文末处也常有"外史氏曰"这样的"聊斋式结语"出现,因此被文学史界称为《聊斋》剩稿。在众

多模仿《聊斋》之作中,《萤窗异草》较得《聊斋》神韵,被认为是
《聊斋》余澜中的波峰之作。《萤窗异草》全书共三编十二卷,收
文言小说共一百三十八篇。它在艺术上有不少闪光点,书中塑
造了大量光彩夺目的女性形象,故事情节的设置上独具匠心。
思想上也有可取之处。①

　　《萤窗异草》的作者署名为浩歌子。浩歌子即长白浩歌子,
是满族人尹庆兰(1736—1788)的笔名。尹庆兰的小说创作虽
然谈不上一流,但想象力非常丰富,文本结构意识较强,叙事水
平也不差。

　　《落花岛》②是《萤窗异草》中的一篇涉海之作。《萤窗异草》
一百三十八篇作品中仅此一篇与海洋有关,所以弥足珍贵。

　　故事叙写一位名叫申无疆的人,来到扬州旅游,深深为扬
州的美景、人情所吸引,一住就是一年多,真的是流连忘返了。
有一天,他在市肆里闲逛,偶遇一位长期从事海洋贸易的海商。
两人很是谈得来,找了一个地方边吃边聊。从交谈中得知海洋
贸易获利相当丰厚,申无疆顿时动心,于是迅速筹集千金,还从
老家叫来儿子和侄子,与那位海商一起入海经商去了。

　　申无疆的儿子名叫申翊,年仅二十多岁,身材修长,皮肤白
皙,还能歌善舞,多才多艺,所以海船上的人都喜欢他。未料海
船刚出内海进入大洋,汹涌波涛扑面而来,海船摇来晃去,令人
无法坐卧。从来没有航海经历的申翊适应不了波涛的起伏震
荡,呕吐不止。这是海洋人俗语所说的"制浪"了:因海浪冲击
船体,导致人体内脏移位,引发激烈的呕吐,往往连胆汁(俗话

　　①　李杰玲、李寅生:《〈萤窗异草〉:〈聊斋〉余澜中的波峰——探析
〈萤窗异草〉的思想和艺术特色》,《蒲松龄研究》2007年第2期。
　　②　[清]长白浩歌子:《落花岛》,《萤窗异草》,齐鲁书社1985年版,
第92—95页。

说的黄胆水)也会吐尽,甚至有的人还有生命危险。申翊这位美男子从来没有入过海,如何受得了海浪冲击?他又吐又害怕,又吃不下任何东西,没过几天就卧病在床,奄奄一息。

船上没有医生,海浪也没有平息,申翊只好长时间卧床,整日整夜迷迷糊糊,身体极度虚弱。就在这种恍惚状态中,依稀听见有人在讨论一副对联。似乎有人出了一个对子的上联:"落花岛中花倒落。"未及听人答出下联,他自己也回答不出,惶急之下,猛然苏醒过来,原来真的是在做梦。

申翊将梦中所见告诉了船上人,并询问这"落花岛"位于何处?船上的人除了申无疆等新入伙的,其他人都在大海中闯荡多年,熟悉航道和沿途各岛礁情况,但也从来没人听说过"落花岛",大家都很惊奇。

既然不知其名,又是梦中所得,大家也就不再探究"落花岛",转而讨论起如何对出下联来。反正航程漫漫,有的是时间来讨论。其中一人略懂文墨,平时也喜欢对联,就笑说:"何不云'垂柳堤畔柳低垂'?申公子梦中听来上句,虽然结构已经上佳,要对上的确比较难,但也不是不可以对啊。"语气中很为自己所答感到满意,大家也纷纷称赞他的下联真是妙绝。申翊则一面称赞,一面暗暗把这个下联牢牢地记在心里。

海船继续在汪洋中航行,由于缺医少药,申翊的病情不但没有好转,反而急剧恶化,船还没有抵达目的地,他就病卒于船中。申无疆哀痛不已,只好委托侄子扶枢回去,自己和海商继续前往目的地经商,希望能赚一笔钱后回家安葬儿子。

申翊的灵柩就这样由堂兄护送,搭船进入回程。故事的核心,就是在回程中出现的。这也是这篇小说的精妙之处,原来前面的种种,都在为故事的核心做铺垫。

返程途中,本已被"草草殓讫"躺于棺材中的申翊,却"罔知

其死,顿觉身轻,都无窒碍"。这显然是模仿《聊斋》笔法,故意混淆或者说有意打通"生死两界",让人物自由地穿梭在不同的时空世界。这种现在网络文学中经常采用的所谓"穿越"手法,其"祖宗"就出现在《聊斋》和《萤窗异草》这样的"亚《聊斋》"中。在《落花岛》的叙事里,申翊之身虽然仍是尸体一具,但意识或灵魂已经苏醒。苏醒过来的申翊竟然要"思效列子,御风遨游",他真的感觉自己已经"破棺而出",整个身心在浩荡的大海上空自由自在地飞翔。"水面虽风涛汹涌,毫无沾濡,不禁大喜。"这个时候的他,所考虑和追求的,已经不再是生死问题,而是那个让他念念不忘的"梦中对联"所提及的"落花岛"了。"犹忆落花岛之名,窃计其境必不凡,顿欲往游。"

他居然要去"梦中之地"游览,故事就这样又回到了"落花岛情节"的原点。众所周知,梦境里,人是可以"随心所欲"的,也就是说,在梦中,人想干什么就可以干什么,想得到什么,就可以顷刻得到什么,真是心念甫动,欲得之物就会瞬间出现在眼前。申翊的遭遇就是如此:他刚有了想去落花岛一探的念头,这个连航海经验非常丰富的海商们都未闻其名、不知其位置的落花岛,就立即出现在申翊的眼前了。"转瞬即得一山,形如复盂,悬于波际。"他就这样毫不费力地来到了落花岛边。

"盂"即花盆,落花岛为盆地形状。既然名为"落花",那么整个岛上自然满地都是鲜花。"其色如蜀锦,五色缤纷,且香气浓郁,馥馥数百里",该岛形状,在作者想象中犹如一个大花盆。

落花岛就在眼前,申翊兴奋不已。他"奋身一登,旋已舍水就陆"。双脚落地,他感觉真真切切来到了这个梦中之岛。

落花岛或许就是一个未曾被人发现的"海上花岛"。长白浩歌子以亦真亦幻,类似后世所谓"魔幻现实主义"的艺术手法,塑造了这个"海上花岛"。虽是想象之岛,作者却写得很现实。"西行里许,见若山口者,遂入之,则坦坦康庄,无复巉岩之象。"大凡海岛,山路狭窄崎岖,多有"吞口",形成天然的"岛门"。长白浩歌子对落花岛口的描述,也是如此。这位长白浩歌子,虽是长白山的满族人,却对海岛地形并不陌生。

当然,既然取名为落花岛,那么岛上的风景,必然要围绕"落花"两个字展开。"山径皆落花,约寸许,别无隙地。"作者极力写岛上鲜花之多,地面落花之厚,但是始终没有写这些花都是什么花,一个岛上何以有这么多的花?这是可以理解的,因为《落花岛》是一篇意象性、象征性文学虚构作品,并非海岛植物学考察报告,自然可以忽略花名等细节。当然如果能写出若干花名,则更有意思了。至少读者可以通过植物花名分析推理出"落花岛"的大概位置。

小说继续沿着诗一般的意象展开情节。申翊"踏花前进,滑软如茵褥,而香益袭鼻,神气为之发越"。书写花者,无非色、香二字。落花岛的花色香俱全,当非凡花,作者没有说明此花的身份,但或许已经有所暗示。他写申翊"环瞩皆茂树合抱,花即生于其上。细玩之,诸色俱备,浓淡相间,香如庾岭之梅,而馥郁过之。尚有存于树杪者,则低枝似坠,绕干如飞,亦多含苞欲吐者,意盖四时咸有焉"。显然申翊这位"探花者"也很想知道这是什么花。他仔细观察花树,又仔细嗅闻花香,似乎觉得是梅花,可是它的香味超过梅花,分量也比梅花重,它的"如飞"的花姿,更不像梅花的形态,何况梅花年开一时,而它"四时咸有",显然不是梅花了。这些花大多长在合抱粗的大树上,那么是茶花?但茶花又不是"四时咸有",所以兜了一圈,作者始终不肯写出花名。

总之,这座海中落花岛,人不知有其名;岛上鲜花,人也不识其何芳。那么岛上所住之人呢?

　　小说开始出现"人物"，落花岛也就从自然之岛转变为人文之岛。岛上主人的出现，显然也是精心设计过的。

　　申翊闻着花香，踏着花瓣，在花径上"欣然前行"。走了几百步后，"花益繁而落者益厚，且四望并无屋宇，即山之层峦叠嶂，亦隐现花中，不以全面示人"。明明是"岛上之人"要出场了，可是作者故意不写人，而是继续写景：树上之花越来越多，地上落红也越来越密，而花树所在的峰峦，也越来越陡峭了。这就是在营造"仙境"，说明"境中之人"即将现身，可是作者还是故意放缓笔触，让心旷神怡的申翊"小憩于梅花树下，发声一讴，花益簌簌自落若细雨然"。前面明明说此花似梅，又不是梅，这里却说"小憩于梅花树下"，说明在作者心中，落花岛上的花，还是以有品有格的梅花为原型的。申翊陶醉于花香花美中，情不自禁放开喉咙歌唱起来。其歌声美妙不可言喻，连花树上的鲜花，也纷纷落下，犹如下雨一般，可见其歌唱的艺术感染力之强。这时读者方才明白，小说开头在介绍申翊其人时，为何要点出他"善讴"的艺术特长了，原来一切都是为了这个"特殊时刻"准备的。

　　申翊放喉一歌，终于把"岛上之人"引了出来。主要人物的出现，被放置于充满花香和美声叠加的仙境之中，这时人物出场，才真是美妙绝伦。

　　可是让人想不到的是，如此美妙绝伦的情境下出场的人物，一开口却是一声"娇叱"："何来妄男子，此仙人所居，岂汝行乐地耶？"

　　忘情于歌唱的申翊，陡然听到年轻女孩的声音，已是一惊；再听她说"仙人所居"，又是二惊，还听她说自己是"妄男子"，更是惊上加惊了，所以他"急视之"。一个"急"字，描述出他吃惊的程度。

接着小说从申翙的视角,写出了岛上女子的仙女形象:"则一美女子,通体贴以落花,宛如衣锦,手一小竹篮,亦贮落英,徐徐自树后出。"这是一个"花精"般的女孩,浑身披满鲜花,小篮子里也盛满落红。她不仅责怪申翙擅闯仙岛,还觉得他的歌声扰乱了岛上的宁静。所以这是一种"善意"的批评,而不是驱逐式的呵斥。申翙自是明白了她的真实态度,于是赶紧站起来施礼致歉,并解释何以至此。这下女孩的态度有了大变化,不再"娇叱",而是微哂道:"汝一齷齪商,何福至此? 虽然,不可谓无因。为予有一语,久无能对者。汝能,则留宿于此,且有佳处与若栖身。否则,宜远飏,不容再溷仙境。"意思是说,原来你只是一个"齷齪"的浑身散发着铜臭味的商人,本来没有资格上此岛,但念你另有缘由,并非硬闯擅入,就原谅你的冒昧吧。你想在岛上留住几日,可以,但有条件。什么条件呢? 就是我有一个对联,我只有上联,很久以来,一直没有人能够对出下联。如果你能对出下联,那我就让你在岛上好好玩几天,否则的话,就立即把你赶下岛去。

这真是一个别致的条件! 申翙明知自己并非对联高手,但是他既贪恋落花岛的美景,又想有更多时间留在这个美女身边,所以"顿忘其拙,毅然请命",豁出去了,一定要碰碰运气。就请女孩出对,他摩拳擦掌,准备应对了。

女孩看了他一眼,觉得他白皙皮肤,容貌俊秀,似乎是一个书生,说不定真能对出,就轻启朱唇,说出了一句上联:"落花岛中花倒落。"

申翙一听大喜,这不正是自己梦中听到过的上联吗? 于是他想也不想,立即对出了那句下联"垂柳堤畔柳低垂"。至于这句下联并非他想出的,而是船上伙伴的成果,他当然是不肯说出口的。

　　岛上姑娘怎么会知道这样的"佳对",原来竟然是"偷来"之作?她只看见申翊张口就来,几秒钟就解决了她留存多年的难题,自是对他大有好感。"女称善",对他赞美不已。过了好久,还沉浸在得到"佳对"的兴奋之中,感慨说:"此才殆由天授,吾不能悉然于子矣。"赞扬他这种才华,当是天授,你真是一个天才啊,刚才我却呵斥了你,十分抱歉。

　　女孩一边说抱歉对不起,一边上前几步,拉住了申翊的衣袖,说先生你就跟我来吧,前面不远处,就是我住的地方。这明显是把申翊看成至亲至爱的自家人了,申翊当然"悦而从之",喜滋滋地跟在后面。现在他是真正撞上"桃花运"了。

　　姑娘带着申翊来到自己住的院子。落花岛本已是仙岛,这个姑娘住的地方,更是仙境中的仙境了。"篱落四围,远望亦绮绾绣错,盖皆以花片砌成者。"简直就是一所天下至美的花房。它的大门也非常别致,"乃巨树二株,柯交于上,俨有闬闳之象"。树干树枝构成了天然的门洞,一切都是天成。进得院内,则又是一番景象。"中无数橼之屋,几榻皆以彩石,尽铺落瓣。仰而窥其上,莫见天日,亦茂干为之庇荫,花叶周遮,恍一天造地设者。"园中无刻意建造的房屋,也无人为的家具,却又处处适合人居住生活。

　　既然把申翊当成了自己的亲人,姑娘对他的照顾真是无微不至。先是说"郎馁矣,枵腹不可以晤言",一个"郎"字,显示出姑娘对于申翊的诚挚感情。她亲自动手烹饪,"尽倾筐筥,而湘之烹之。及进馔,花之外无兼品",很快整出一桌"花宴",笑着对不敢轻易下筷子的申翊说:"此仙人所饵,啖之无伤也。"这是仙人吃的东西,你小子今天真是有福了,不要多想,就放开肚子吃吧。

　　在姑娘的一再鼓励下,申翊尝试着吃了一口,顿觉"甘香肥美",从此就把自己以前所喜欢吃的"人间粱肉",视为尘土了。姑娘见他吃得香,十分高兴,又搬出了极其珍贵的"百花酿"。此酒全由鲜花酿制,"味尤芳冽,吸之如醍醐款洽,神清气爽,飘飘欲仙"。申翊就这样在姑娘房里又吃又喝,早就忘记自己其实是早已死去的鬼魂一个,还在痴想自己享用了这些佳品,或许可以长生不老呢。

　　两人的感情迅速发酵,最后发展为缠缠绵绵的有情人,作者的想象力开始"返俗",不免有点"煞风景"。岛上这位姑娘,似乎也有了凡俗女子的情欲追求,而且她还能从男女的肉体狂欢中感知到申翊这个鬼体的"有形无实"。"两情深相缱绻"之中,忽然察觉到实为"非人",诧曰:"郎何有形而无质也?幸早语我,勿使自误。"作者在这里写出了了不起的一笔:姑娘虽然察觉到她的情郎申翊"非人",但并未嫌弃,反而希望他实话相告,看能不能挽救,不要再发生什么错误。这一笔写出了姑娘不但是至美之人,而且是至善之人。

　　姑娘的善良和宽容彻底感动了申翊,他不禁"抚膺大戚",哭得昏天黑地。姑娘一再安慰,说:"慎勿悲。鬼而仙,犹愈于人而鬼也,况有术在,子何忧?"说自己是仙体,本质上与你的鬼体一样,都是一种虚无的存在,本身没有什么可值得特别悲伤的,况且我还有法术,或许可以救你一命。说罢,姑娘从屋里搬出了一个瓷罂,里面贮有清泉斗许,姑娘用清泉洒遍申翊的全身,说这些泉水乃"百花之液",是她每天一早收集起来的,可以说是"天浆甘露之属",普通凡人擦了它们会成仙,而鬼神之类用它们来沐浴,也能保持他们的"虚形"而不至于溃散。如果把它们喝下去,再补食"花之精英",则鬼仙都"不难立致",可以拥有真实可感的形体了。最后姑娘说,这是我"数百年之积蓄,一旦为郎耗矣"。可以说这个美丽善良的仙岛姑娘,为了她的情

郎，奉献出了自己所有的一切。

这个"百花之液"真的神效非凡，一液着体，申翊顿时觉得"肌骨坚凝"，不再是原来虚空无所依靠的样子了。他的形体顷刻间变成了切实可感的躯体。但是身上什么也没有穿，因为他原来的衣服，早已经不知哪里去了。姑娘就为他披上以花缝缀而成的衣衫，全身一下就变得"粲兮烂兮"，十分美丽。

这下两人真是珠联璧合，天成一对。"两人相对，不啻锦羽鹓鹓"，真的成神仙眷属了。他们成双成对，片刻都不愿意分离。"女昼与翊出，采花共餐；暮与翊归，席花同梦。"世间最美好的爱情，就这样在长白浩歌子的想象中，就在这个远离尘世的汪洋大海深处的海岛上，深情地演绎着。作者的文笔令这一对神仙佳偶臻于完美，就连他们穿的衣服，也是不染一丝俗气。"其所衣者，卧则一拂而尽，无事解脱，醒则绕树徐行，瞬息曳娄。其地无寒暑，亦无昼夜，以花开为朝，花谢为夕。衣食一出于花，寝息即在于花，方丈蓬壶，不独擅胜焉。"花是这一切的源泉，是真正的精灵中的精灵，他们的爱情和幸福，可以说无一不是来自花的赐予。

长白浩歌子把尘间不可能存在的至善至美，都在这个落花岛上充分展示了。可是申翊毕竟是凡夫俗子，他在神仙般的生活中，没有忘记世俗的情感，他开始想家、想念亲人了。他吞吞吐吐地向姑娘表达了这个意思："赖子再生，宜谐永好。但亲老弟少，欲归省视，子其许我乎？"我是依靠你才获得了新生，本应该永远留在岛上，永远陪伴你。但家里还有亲老弟少，我想回去探望，你能准许吗？他本以为姑娘会缠住他不放，最终就算放他归去，也会不给他好脸色看。不料姑娘不但未加反对，反而赞许他"此君之孝也"，不仅没有阻拦，还一定要成全他的愿望。姑娘进一步为他考虑："第以鬼出，以人归，尔墓之木拱矣，谁其信之?"并提醒他说,你本来已经死了,家里人也知道你死了,这么多年过去了,家人为你种的坟墓上面的树,都已经长得可以合抱了,现在你却以一个活生生的人回去,谁会相信这个现在的你,就是过去的你?

姑娘深明大义,思虑周详,真是处处为她的郎君着想。可是申翙归家心切,决意回去。"姑试一返,予亦不克久留。"姑娘见他如此,也就不再拦劝,转而为他准备行衣。"女径听其行,且以花叶为翙制衣,俄顷即成华服。"这样的花衣当举世无双。临别时,姑娘又拿出一个瓯瓶,里面盛放她特制的花露酒,嘱咐说:"饥则饮此,慎勿食烟火物,食则神气日薄,不可以生。酒尽宜速返,勿再留。"姑娘担心申翙形躯毕竟不同常人,需要靠此酒维持性命,不可在尘世久留,酒喝完之前,必须速速返回。

他们约定以一个月为期限后,申翙就起程回家了,"至海,仍复如踏平地,遂不假舟楫,直达越省"。小说中第一次明确了申翙的老家是在"越省",也就是现今的浙江了。这也是这个《落花岛》故事可以归入浙江海洋文学的依据之一。

申翙的父亲申无疆在扬州游玩不肯回故乡"越省",所以这次申翙就在浙江老家稍停后,也来到了扬州。"比至扬,仲锡已老,弟皆成立,翙突入,咸疑其鬼,惊避之。"这个"仲锡",当是其父亲申无疆无疑了。他已经老了,不再做海商了,见死去多年的儿子突然回来,吃惊得很,其他家人更是认为这是个鬼,纷纷逃避。只有老父亲没有逃走,他抱住儿子,流泪说:"予误儿,儿归其憾我乎?"儿子啊,是我带你入海,害你身死,你是不是在怪我啊? 所以今天回来责罚我来了? 申翙连忙否认,他详详细细地说了自己在落花岛上的神奇遭遇,"人皆愕然",所有的人都惊呆了。消息迅速传开,整个扬州都沸腾了。"郡中有杖者,少曾航海,闻岛名,恍然曰:'是诚有之。岛在东海之偏,人罕能

至。予曾经其处,闻系神仙所居,无径可入,至今犹仿佛其风景。'"这个很年轻时就从事航海业的老者,以"证人"的身份证实落花岛是真实存在的。但是又说那是神仙居住的神岛,凡人是不能上去的,他也只是听说过而已。不过他信誓旦旦地说这个神仙岛位于"东海"偏远之处,也就是靠近公海的位置。这又证实这个故事属于"东海书写"范畴。

故事并没有到此结束。在家里住了仅仅几天,申翊就开始神志恍惚,心神不定,"不饮亦不食"。亲情已经无法取代他对落花岛姑娘的想念。好不容易苦熬了十多天后,"忽失其所在"。故事虽然没有写明他去了哪里,但是任何一个读者都能猜到,他肯定是回到落花岛,回到他心爱的姑娘身边去了。

《落花岛》的人物与故事设置,与《聊斋志异》中的《仙人岛》有某种共通之处。岛上美丽的环境,也与《聊斋志异·粉蝶》中的仙岛类似。岛是美丽之岛,人是美丽之人。这种美丽是内外皆美,是《聊斋志异》智慧海岛和美丽海岛人文思想的体现,可见《萤窗异草》对于《聊斋志异》的模仿学习之深,真不愧是"《聊斋》剩稿"。

从浙江海洋文学的角度来看,《落花岛》的意义在于,这个美丽的仙境海岛,竟然位于"东海"之中。虽然"东海"与"浙江海域"并不能等同,但是浙江海域是东海的核心区域,所以"落花岛"虽然不在浙江行政范围内,但是在"东海文化圈"中,因此也可以纳入浙江海洋文学的大文学圈范畴。何况在实际生活中,浙江的海岛中,的确有能与"落花岛"相媲美的岛屿,舟山嵊泗的花鸟岛就是如此。这座小岛坐落于东海东北方向,毗邻公海,岛上花卉众多、纯洁美丽。

二、袁枚《子不语》里的温州海商奇遇

　　《子不语》是非常有名的一部清代笔记体小说集,又名《新齐谐》。据说原来的《齐谐》是远古时代一部类似《山海经》的志怪书,作者不明,《庄子》里好几次提到此书,但是已经散佚,没有人真正见过它,它的存在就成了一种文化传说。

　　《子不语》被誉为《新齐谐》,可见也是属于记载奇闻逸事的志怪作品,这与整个清代风行志怪写作的氛围是一致的。《子不语》在同类作品中属于佼佼者,据说此书尚未刊刻的时候,就已经以传抄本的形式广泛流传于知识界。也就是说,作者袁枚在世之时,此书就已经有《子不语》和《新齐谐》两个书名,并且两个书名并存。其正式刊印的版本也比较多。其中道光三元堂刻本、咸丰刻本、同治刻本、光绪十八年(1892)上海图书集成印书局石印本,均标名为《新齐谐》。进入民国时期,各种版本才统一改为《子不语》并流传至今。①

　　《子不语》的作者袁枚(1716—1797),字子才,号简斋,晚年自号仓山居士、随园主人、随园老人。钱塘(今浙江杭州)人,清乾嘉时期代表性诗人、散文家、文学评论家。袁枚倡导"性灵说",与赵翼、张问陶并称"性灵派三大家"。但是他的《子不语》和《续子不语》走的是志怪之路。他在《子不语》"序"中说:"怪、

---

　　①　李小龙:《〈子不语〉的作者命名与时代选择》,《北京社会科学》2017 年第 6 期。

力、乱、神，子所不语也。然龙血、鬼车，《系词》用之；玄鸟生商，牛羊饲稷，《雅》《颂》语之。"认为志怪本是中国文化和文学的传统之一，也是"穷天地之变"的方法和途径之一，所以他认为《子不语》，继承的也是正统的文学传统。

袁枚对于文学创作有自己的追求，立志要创造和描述一个志怪的文学世界，这自然离不开志怪传统悠久的海洋题材。《子不语》二十四卷、《续子不语》十卷，共三十四卷，收集短篇故事一千二百余则。与海洋有关的，共有十一篇。其中《子不语》有《海中毛人张口生风》《海和尚》《海异》《落漈》《乍浦海怪》和《美人鱼》六篇；《续子不语》也有《浮海》《刑天国》《水虎》《吞舟鱼》和《照海镜》五篇。

上述作品中，涉及浙江海洋文学和文化的，主要有《续子不语》中的《浮海》和《刑天国》两篇。对于一个浙江籍的作家而言，一千多篇作品中，只有十一篇作品与海洋有关，并不算多；其中只有两篇涉及浙江。但是量少不等于质差，《浮海》和《刑天国》两篇作品，都具有很高的艺术水准，绝对可以为浙江海洋文学史增添光彩。

袁枚《续子不语》中的《浮海》，是一则反映浙江人从事海上贸易活动的笔记小说。标题中的"浮海"，意为在海上闯荡冒险，这是一则真正意义上的海洋文学作品。

作品一开头就交代了故事的主角，"王谦光者，温州府诸生也。"点明这位王谦光，是温州府人士，还是一位诸生。所谓"诸生"，包括增生、附生、廪生、例生等，是经过正规考试进入朝廷开设的各级学校读书的生员。虽然还未有什么功名，但是已经具有相当的社会地位。拥有这种头衔的人，一般来说家境都比较富裕，前途十分光明，但是王谦光却不在此列。"家贫，不能自活"，不但很早就辍学了，连生存都十分困难。温州人历来有

"闯海"的传统,海洋是他们赖以生存和发展的主要空间之一。王谦光走的也是这条海路,他起初"客于通洋经纪之家",也就是在一户从事海洋贸易中介、翻译行当的人家做学徒,很快他就发现"见从洋者利不赀",原来从事海洋贸易那么有利可图啊,于是他毅然决然弃学下海经商,"亦累赀数十金同往",想方设法筹集到"数十金"资本,跟随海商一起下海经商去了。

王谦光本来在岸上跟随主人学习海洋贸易中介等业务的,现在他自己携资入海,亲自去从事海洋贸易活动,自然要比一般人更有优势。虽然第一笔资金有限,只有区区"数十金",但性质完全不一样,现在的他已经入股,是海商中的一员,不再是别人家的帮手。

"初至日本",原来这支温州海商队伍从事的海洋贸易,主要是对日贸易。在中国古代的海洋贸易史上,日本是中国一个重要的历史悠久的贸易对象。早在唐宋时期就已经开通的海上丝绸之路的"北线"和"中线",交往的主要对象就是朝鲜半岛和日本。日本也非常重视对华贸易,但在明代,日本对华海洋贸易发展成了倭寇骚扰。进入清代后,清廷虽然没有公开的大规模对日贸易的"朝廷行动",但是民间的对日贸易始终存在。《浮海》所书写的就是和此有关的故事。

王谦光第一次去日本做生意,所占股份很低,却"获利数十倍",所持资本立即从"数十金"增值为"数百金",顿时信心大增。"继又往,人众货多",以为这次肯定可以大赚一笔。但有道是祸福相依,第一次成功了,不能保证第二次肯定成功,何况这是海上航行,风暴难以预测。王谦光他们的商船,刚进入大洋不久,就遭遇了一场毫无预兆的大风暴。"飓风骤作,飘忽不知所之。"在突如其来的飓风面前,王谦光的商船毫无抵抗力,只好随风飘荡,听天由命。

　　他们的船在暴风雨中漂啊漂,也不知道漂到哪里。风暴终于停息了,眼前出现一座陌生的岛屿。《浮海》真正的故事,就从这个时候开始了。中国古代绝大部分海洋叙事,就是岛屿叙事,几乎主要的故事情节,都是在上岛后展开的。这或许是"内陆叙事"的一种延伸,因为岛屿无非就是海洋中的陆地。这与西方的海洋叙事多为"航海故事"有很大的差异。

　　饱受风暴之苦的王谦光一行,见到岛屿就在前面,心里顿时踏实了。他们不顾一切地靠了上去,纷纷准备离船上岛。"见有山处,趋往泊之。"一个"趋往",生动地写出了他们渴望登岛的迫切心情。但是荒岛没有码头,也找不到可以安全停靠的地方。本应谨慎拢岸的他们,由于登岛心切,随便看准一个岬口,船就靠了上去。结果悲剧就在这个时候发生了。"触焦石沉舟,溺死者过半,缘岸而登者三十余人。"他们的船没有在狂风暴雨中解体沉没,海商们还以为已经死里逃生了,却没料到会在岸边触礁沉船,海洋活动的艰难,由此可见一斑。

　　王谦光是幸运的,他没有落水溺死,而是顺利地上了岛。但是上岛后并不意味着已经摆脱危险。因为这是一座荒岛,无人知道在岛上会遭遇什么。"山无生产,人迹绝至,虽不葬鱼腹中,恐亦难免为山中饿鬼,众皆长恸。"就算没有遭遇意外,饿也会饿死啊,想到这里,登岛的三十几个人都大哭起来。但是哭也没有用,眼泪不能当饭吃。"昼行夜伏,拾草木之实,聊以充饥。"为了生存,他们开始做起野人。要做野人也不容易,"及风雨晦冥,山妖木魅,千奇万怪,来侮狎人,死者又十之七八"。岛上没有地方可以遮身,生病的人很多。他们病中发热,脑子开始糊涂,说自己看见什么山妖木魅或遭受了什么千奇万怪的事情。在这种情况下,又死去了一大批人,剩下的人寥寥无几。

　　王谦光就是这寥寥无几的幸存者之一。有一天,他们几个人寻找食物时进入一个山谷,就在此时奇事发生了。"一日,走入空谷中,有石窟如室,可蔽风雨。傍有草甚香,掘其根食之,饥渴顿已,神气清爽,识者曰:'此人参也。'"山谷中,不仅有可以容身的天然石洞,还有一种神奇的野草,吃了以后,他们顿时觉得浑身有劲了。原来这就是人参。有人参的地方,如朝鲜半岛,其地有高丽参;或者是辽东半岛,产辽参。那么,王谦光他们所登的岛屿,可能已经靠近北海地区了。日本的位置就在北海一带,所以从海洋地理的角度而言,这个故事并非全是志怪,而是有现实性书写的。

有人参可吃,人就不会饿死。"如是者三月余,诸人皆食此草,相视各见颜色光彩,如孩童时。"他们不但没有饿死,反而个个精神焕发,本来遭遇的不幸瞬间转变为人生的幸运。"常登山望海,忽有小艇数十,见人在山,泊舟来问,知是中国人,遂载以往,皆朝鲜微外之巡拦也。"随后,王谦光他们被朝鲜国巡海之人发现的故事处理得有点简单。既然朝鲜国的巡海之船驶得如此之近,可以看见岛上的人,那么这样的人参岛从来没有人登临过,就显得不那么真实了。

原来这里真的靠近朝鲜半岛,巡海之人发现了王谦光他们,就把他们带回了朝鲜,最后连朝鲜国王也接到了报告。"闻之国王,蒙召见。"因为那时朝鲜还是中国的藩属国,所以朝鲜国王对他们很友好,亲自召见了他们,并和他们亲切交谈。"问及履历,谦光曰:'系生员。'王笑曰:'道不行,乘桴浮于海耶?'因以浮海为题,命谦光赋之。"这位朝鲜国王汉学水平很高,不仅知道孔子的这句"浮海"名言,竟然还要求身为诸生的王谦光当场写一首题为"浮海"的诗赋。小说《浮海》就这样从温州人对日的海洋贸易行为转换为与朝鲜国的文化交流活动。

王谦光毕竟是诸生,诗赋水平不错。"谦光援笔而就曰:

'久困经生业,乘槎学使星。不因风浪险,那得到王庭。'"一首《浮海》诗挥笔而就,充分体现出"上国"知识分子的文学修养。国王自是十分钦佩。"王善之,馆待如礼,尝得召见。"这位国王十分看重王谦光,经常请他吃饭聊天,还向他请教一些问题。但是这种"国卿"待遇并没有让王谦光忘记故乡和家人。"屡启王欲归之意",他一次又一次恳求国王让他们回去。国王一面答应,一面又继续礼遇他们。这样整整过了三年。"又三年,始具舟资,送谦光并及诸人回家,王赐甚厚。谦光在彼国,见诸臣僚赋诗高会,无不招致,临行,赆钱颇多。"三年后,国王终于答应让他们回去了。国王赏赐他们大量的礼品,几乎所有的达官贵人都来送行,几乎把王谦光他们当成了"上国"的使臣代表。

小说的结尾,颇具志怪气息。"及至家,计五年余矣。先是谦光在朝鲜时,一夕梦至其家,见僧数甚众,设资冥道场,其妻哭甚哀,有子衰绖以临,谦光亦哭而寤。因思不归,家人疑死设荐固矣,但我无子,巍然衰绖者为何,诚梦境之不可解也,但为酸鼻而已。又年余抵家,几筵俨然,衰绖旁设,夫妇相持悲喜。询其妻作佛事招魂,正梦回之夕。又问衰绖为何人之服云房侄入继之服也。因言梦回时亦曾见之,更为惨然。"(《续子不语》卷一)[①]

原来王谦光之所以要急着回家,是因为他做了一个梦。梦中他回到家里,却见家里正在举办他的丧事。有僧人在吹吹打打做佛事,他的妻子在悲哀地哭泣,甚至还有一个披麻戴孝的小孩子,似乎是他的儿子。他清楚地知道自己并没有儿子,哪里来的孝子? 及他到家,问起妻子,妻子说还以为你死在海里了呢,那个孩子是你侄子,过继给你做儿子的。

① [清]袁枚:《子不语》,上海古籍出版社 2012 年版,第 347 页。

《浮海》这篇小说亦真亦幻,具有多方面价值。从海洋文学的角度来看,故事主角是浙江温州的海商,专门从事对日海洋贸易,这样的人物具有很高的文学价值。故事的后半部分转换为中国和朝鲜国之间的文化交流,歌颂了两国人民的友谊,具有较高的国际文化交流的价值。

《浮海》的故事,虽然部分是超现实的,整体上还算现实主义书写,但《刑天国》一文则显示出更多的志怪色彩。有意思的是,这个故事的主角仍是王谦光,书写的仍是他从事海洋贸易时的一个传奇经历,所以可以把《刑天国》看作是《浮海》的续篇,但相对而言,《刑天国》的故事情节要稍微简单一点。

《邢天国》是王谦光用自述的口吻写的一个海洋故事。"谦光又云:曾飘至一岛。"此句说明王谦光在航海生涯中,多次遭遇风暴,漂浮至陌生的荒岛,这种经历简直成了家常便饭。"男女千人,皆肥短无头,以两乳作眼,闪闪欲动;以脐作口,取食物至前,吸而啖之;声啾啾不可辨。"王谦光到的这个荒岛显然不是现实的海岛世界,而是一个梦境般的超现实虚构世界。"见谦光有头,群相惊诧,男女逼而视之,脐中各伸一舌,长三寸许,争舐谦光。谦光奔至山顶,与其众抛石子击之,其人始散。"此处岛上男女见不是同类便排斥之、围攻之的现象,就不是超现实的,而是对现实生活的反映。王谦光的"自述",即使不算捏造,也多有夸张。这种岛上生物,在现实中是不可能存在的,但是王谦光上岛后的遭遇,可能有他自己切身的体会。

《刑天国》由于是笔记体文本,后半部分更像是读书笔记或者是文献搜索,而非严格的叙事作品,但更具文化学价值。"识者曰:'此《山海经》所载刑天氏也,为禹所诛,其尸不坏,能持干戚而舞。'余按颜师古《等慈寺碑》作'形天氏',则今所称刑天者,恐是传写之讹。"袁枚开始文化溯源,认为这个故事的人物

原型来自《山海经》神话。至于"无头人",还可能另有来源。"又:徐应秋《谈荟》载:无头人织草履,盖战亡之卒,归而如生,妻子以饮食纳其喉管中。如欲食则书一'饥'字;不食则书一'饱'字。如此二十年才死。又将军贾雍被斩,持头而归,立营帐外问:'有头佳乎? 无头佳乎?'帐中人应曰:'有头佳。'雍曰:"不然,无头亦佳。'此亦刑天之类欤?"(《续子不语》卷一)①袁枚的这种文化溯源,虽然有点偏离叙事主体,但因颇具文化意义,充分显示出笔记体文学的多方面价值。

三、陆以湉《冷庐杂识》里的"台州鱼骨凳"

陆以湉(1801—1865),字薪安,一字定圃,号敬安。浙江桐乡人,晚清时期的医学家,很喜欢笔记文学写作,编著有《冷庐杂识》《冷庐医话》等。其中《冷庐杂识》属于笔记体作品集。《鱼骨凳》就出自此书。

《鱼骨凳》原文非常精练:"台州城中东岳庙有鱼骨凳,阔一尺,长丈余,中平,两端曲形似凳。庙祝云:'是鱼之尾骨,其脊骨更大,在海滨某庙中。'按《隋书》:漕国顺天神祠前有一鱼脊骨,其孔中通,马骑出入,盖视此更巨矣。昔人谓水族惟鱼最大,信然。"②

这篇《鱼骨凳》虽几乎不能算小说,只能说属于记录,却极

---

① 〔清〕袁枚:《子不语》,上海古籍出版社 2012 年版,第 348 页。

② 〔清〕陆以湉:《冷庐杂识》,上海古籍出版社 2012 年版,第 17 页。

具笔记文学的风貌。台州即现今的浙江台州,所以这则笔记属于浙江海洋文学范畴。记录的是一条非常奇特、用鱼骨头改做的凳子,有三米多长、一米多宽,天然折成一条长凳子形状。东岳庙的庙祝说,这是一条鱼的尾骨,它的脊椎骨更大,现在就放在海边的一个庙中。

这段记载有两点值得注意。其一从生物学角度来看,这条凳子显然是一条鲸鱼之类的大鱼的鱼骨。中国古代海洋叙事中多有关于大鱼的叙事,故事的主角一般都是鲸鱼,故事极力夸张其大和长,有的说它犹如一座海岛,还有的说从鱼头到鱼尾,船要走三天三夜。本则笔记描述的这条鱼的尾骨,有三米多长,显然也属于文学性夸张。其二从海洋民间信俗文化意义上来看,这条大鱼的尾骨和脊椎骨,保存在庙宇里,显然成了某种供奉对象。说明在浙江台州这样的沿海地区,民间对于海洋大鱼的感情,近乎崇拜,其中包含了自然神崇拜的文化意义。《鱼骨凳》中作者陆以湉的注意力似乎放在前者,所以文末引述的《隋书》中有关大鱼鱼骨的记载和接下去的引申发挥,都是围绕大鱼的生物学意义展开的。

附录一 ||》——

明清时期浙江海洋文学的『政治书写』

明清虽然是两个朝代,但是在海洋问题上,因为都推行海禁政策,有"门户关闭"的倾向,导致明清的海洋文学,不但具有浓郁的魏晋志怪文学的风格,还"催生"了许多与海洋有关的"政治书写"。

明代以前,海疆安全还不是问题。虽然早在宋代,朝廷就在舟山嵊泗的洋山岛设立了巡检司,负责海上安全,但巡检司主要负责对内治安而不是对外海防。无论是明代的倭寇还是清代外国列强"强行闯关"式的入侵,都使得海防安全问题一跃成为国防大事。浙江所在的东海区域,一直处于海防最前线,海防海疆问题说到底是政治问题,因此明清两代的浙江海洋文学,就包含许多海洋政治因素,主要体现在三个方面:一是海疆安全问题;二是明末清初张煌言"抗清"生涯中的海洋诗吟;三是清代汪寄《希夷梦》中位于"东海"的海洋国家梦以及清末革命志士陈天华《狮子吼》里的"舟山民权村"构想。

一、明清时期的海疆安全书写

海疆安全是明清两代许多有识之士共同焦虑的问题,他们

纷纷用献策、议论、海洋类辞赋等形式予以表达。与浙江(或东海)有关的：明代有戚继光的《春野》、屠隆的《溟海波恬赋》、米万钟的《招宝山阅兵观海赋》、奄文的《东观赋》、陶恭的《形胜赋》、徐慎初的《舆图赋》；清代有连瑞瀛的《拟明米万钟招宝山阅兵观海赋》和汪振基等人的四篇同题《海水不扬波赋》等作品。

海疆安全最终要落实到具体的行动上。一线抗倭将领这方面的书写显得尤为珍贵。戚继光抗倭的主战场在浙江海域。《春野》描述了他率军在浙江沿海抗倭的情形。"短竹编篱人几家，野扉傍水碧阴斜。晴莎何意翩翩燕，淑气无私处处花。浙海风和横舴艋，越山春静老烟霞。愧予不是寻芳客，夜夜严城度戍笳。"舴艋舟本来是浙江沿海渔民在海涂上捕捉弹涂鱼、挖蛏子等的特殊工具，后被戚继光用作抗倭作战工具，取得了意想不到的效果，所以戚继光在这首诗里特地提到它。

像戚继光这样能文能武的将领毕竟不多，对于海疆安全深具忧患意识、对于海晏愿景有强烈追求的，主要还是一批忧国忧民忧海的知识分子。他们纷纷通过海赋这种特殊的文学形式表达自己的心声。

明代文学家屠隆的《溟海波恬赋》，表达了对海防形势的高度关注。"当其时，岛夷跳梁，弄兵海上。鲸鲵吹腥，蛟鳄鼓浪。洪波鼎沸，飘忽震荡。掠我编户，虔刘元元。壮者俘馘，老弱见残。积骸如丘，流血成川。羽书交驰，侦骑络绎。将士枕戈，天子旰食。固尝征发荆楚之剑士，召募三河之巨猾，广收秦陇之勇悍，结纳燕赵之豪杰，莫不临陈怖栗，不战自摧。虏人屠之如芟草莱，贼用猖獗疾于风雷。浙河以东，江淮以南，贼众横行，蹂为戎马之墟。城邑萧条，人民逃遁。"屠隆家乡鄞县所在的浙东沿海地区，是倭寇横行之地，所以他有切身体会。他对以刘公为代表的抗倭将士表达了崇高的敬意。"西蜀刘公又适膺天子简命,以节钺来镇东……刘公一代伟人,坐镇方面,雄视海门。千艘雾列,万灶云屯。威令霜肃,德煦春温。大海以东,兀然重关巨镇,不啻一虎踞而龙蹲也。方今上之未御寰宇,而刘公之未秉节钺于东土也。"这位刘公即刘显,江西南昌人。在浙东倭患严重时,刘显出任浙江都司参将,几次大败倭寇,东南沿海地区始得安宁。屠隆对他高度赞扬:"今者刘公之来,军声大扬。不怒而威,不战而强。穷寇褫魄,远窜遐荒。公志弗懈,愈严边防。尔乃伐鼓撞钟,建羽扬旌,叱咤则喷薄山岳,指顾则旋转沧溟。"

屠隆心目中的海洋,本应是安宁祥和的幸福乐园。"至若海上编氓,居邻斥卤,煮海为盐,沃饶万户。经营太公,料理仲父,莱藉勾稽,大国以富。或采海错,往来随潮。水母目虾,屋瓦江珧,石华海月,螺蚌鳔鲻,金齑玉脍,人竞肥膏。……齐民之环海而居者,乐化日之普照,沐圣泽之无涯。鱼盐杂还,烟火万家。秋熟粳稻,春荣桑麻。黄稚鼓腹而嬉游,侠少蹴躅而纷拏。吴歈越唱,激楚渝巴。挝鼓吹笙,管弦呕哑。歌士游女,联袂满车;遗簪堕珥,履舄交加。矜珠玉之满盛,斗罗绮之繁华。"①

海洋蕴含着丰富的资源,只要环境和平,海岛生活虽然艰苦,却充满乐趣,这就是屠隆所希望看到的"溟海波恬"的图景。

如果说屠隆《溟海波恬赋》是在表达一种和平海洋的愿景的话,那么米万钟的《招宝山阅兵观海赋》则通过描述一次海上阅兵活动,表达了武装捍卫海疆安全的强烈意向。

———————————

① ［明］屠隆:《溟海波恬赋》,［清］陈元龙:《历代赋汇》,清文渊阁四库全书本,第392—393页。

米万钟(1570—1631),字仲诏,号友石等。祖籍陕西安化,后徙居北京。明泰昌元年(1620)十二月,他出任浙江布政使右参政。他的《招宝山阅兵观海赋》就写于这个时期。

招宝山位于镇海口,是甬江入海口,也是宁波进入海洋的要隘,历来是海防要点,有"两浙咽喉"之称。明代中叶,抗倭名将戚继光、卢镗、俞大猷构筑威远要塞,更增强了招宝山的海防力量。"皇帝膺箓之二年,岁在玄黓阉茂,月次仲辜。予谒直指傅公于句章。时公适大阅,水陆并举。继之,以夜登招宝山,临溟海。余及海道洪君从。公顾谓余赋之。"①赋序开头点出阅兵的时间、地点和人物。时间为新皇帝登基的第二年,地点为句章即宁波,人物为傅公。不知傅公具体为何人,大概为负责浙江沿海一带防务的官员。

赋文生动描述了阅兵的过程,现在看来,有些细节如同儿戏,但在当时,却是难得的海军力量展示。

"其阅也,楼橹如烟,芒樯刺天。兰锜齐榜,储胥卫马。蹑飞梯之岌业,每三休而跻巅。屹中艘以建阃,翼傍舰以开甄。"这是写水师战舰林立,气势雄浑。"拳勇剽桀,戛簨精妍。三老竞奋,五两高骞。"这是描述水兵勇武,士气高涨。"军声振而海水为之沸,风涛击而士气为之轩。鳌背掣兮云游乱,鱼眼射兮日羽鲜。张歙之势迅,奇正之机圆。洵良工之使马,傥没人之忘渊。固宜恬波来越裳之译,安澜回扬仆之船。"这是远观水师检阅乱而有绪,杂而井然。"尔乃执讯明威,颁劳饰喜。命驾崇邱,弭节高址。临招宝以挥觥,掩浮歆而决眥。"此句近距离聚焦傅公,他在招宝山上挥动令旗指挥阅兵。下面"雷厉焱举"

①　[明]米万钟:《招宝山阅兵观海赋》,[清]陈元龙:《历代赋汇》,清文渊阁四库全书本,第1032页。

"五色方引,千花绣错""率然之首尾,应鸳鸯之羽翼。合弓拟挂于若,华驾将鞭乎蛟"等句都是对水师的歌颂。

但是作者也清醒地认识到,这样的阅兵仅仅是一种操练和励志的手段,真正的海防工作还需要更加深入周到的谋划。"若夫讨而训之以敌忾,摩而励之以声实。多算胜而少败否,臧凶而律吉。师以和克,勇以方立。此固昭日星以提命,穷谷桢而不置者也。狗使君之天挺,真虎跃而龙骧。蔚文昌于紫极,森武库之清霜。理棼丝而立断,控函鼎而弗惛。拟手中之仆姑,堕天上之欃枪。审折胶以立威,资省汛以立防。"只有上下一心,海陆联防,方是上策。

在《招宝山阅兵观海赋》的最后,作者表达了自己的意愿:"悉浮而献之阙下,斯亦我武之维扬。"但愿这样的阅兵能够多多举行,切实提高海军实力,"我武之维扬"能真正落到实处。"行洗兵于鲽海,会刷马于龙荒。华膴节钺,舄奕旂常。期斯言之不忒,庶斯游之不忘。"只有这样,海疆才能永固。

奄文《东观赋》、陶恭《形胜赋》、徐慎初《舆图赋》都收录于明朝天启年间的《舟山志》。三位作者身份不明,大约都是舟山本地士人或在舟山供职的朝廷官员。

奄文《东观赋》中的"东观"指舟山群岛,即文中所谓"翁州""昌国",它们都是舟山古地名。《东观赋》是对舟山群岛的赞歌,突出了它的海疆价值。"两浙极东南之境,翁州当夷夏之冲。昌国盛名,句章故号。南通闽粤,西接江淮。实百国之咽喉,殆一方之保障。金虏惊道隆之异,而宋室基于中兴;西宁定国珍之墟,而天朝免于东顾。"从海防和海疆的历史角度,强调了舟山的海洋地理位置,极具时代特色,因为当时海疆不宁,急需唤醒国人的海防意识。

陶恭《形胜赋》也是对舟山群岛的赞歌。"中华胜地,东海

名州。人杰地灵,川明山秀。"把舟山群岛誉为中华胜地,完全不同于视海洋地区为"僻壤夷地"的内陆中心论观念,但"山川之美,徒为外观;贤哲之生,名垂不朽"。海岛的美丽是自然之美,把它建设成世外桃源,更需要有志者的辛勤付出。其中最基本和最核心的,就是海疆安全,这是陶恭《形胜赋》所要表达的隐含的主旨。

徐慎初的《舆图赋》从题目就可知它与海疆安全和海洋军事活动有关。

"先王疆理乎天下,虽尺土之勿遗。王公设险以守国,愿遐荒之必饬。"海洋地区也是国土,寸土不让,徐慎初的这个认识非常到位。虽然徐慎初像陶恭一样,生平事迹不可知,估计都属于熟悉舟山情况的底层官员或民间知识分子,但是他们都有很清晰的海疆意识。"瞻彼舟山,肇自开辟。三代以来,河山如一。"舟山自古以来都是我国领土不可分割的一部分,历代都勤加建设,到了明代,更是如此。"迨我皇朝,处置愈密。信国代巡,县革卫立。"虽然明代海禁,舟山是遭受苦难最重的地方,但就海防而言,朝廷从未放弃。接着作者以铺陈之笔,写出了舟山海洋要塞的重要地位:"故以其形胜而言之:北据髻峰,高耸乎云汉。西接鳌镇,势起乎蛟龙。"这是舟山本岛的自然地形,如果放眼整个海防形势,则舟山的海洋军事地位就更显突出了。"东环长江,吞吐乎潮汐。南面大海,会汇乎百洪。守御之以二所之将士,巡缉之以四司之兵戎。商贾渔盐于二十一都之内,黎元耕读于七十二岙之中。六隘旋绕乎邑治,三砦雄据乎海东。烽堠五五,狼烟息红……"

明代,舟山军事布防森严,处处烽堠,遍地卫所,从本岛至嵊泗,构筑了一道又一道防线。作者对之进行了详细的描述,并对严峻的海防形势发出警告:"今也不然,人心已裂。斗虮智而逞蜗争,弄蚁兵而喋蝇血。恬静者转而为诪张,廉洁者化而为饕餮。岂特蠢兹处物之上者,勿知忠信为立身之基。是虽翘然盗士之名者,未识孝悌为进德之诀。"

作者认为当时舟山的海防形势十分严峻,可是朝廷却熟视无睹,作者忧心如焚:"世变江河兮,增痛哭于贾生。孰挽狂澜兮,回淳风于稷契。俾其悬居海外之众兮,进于礼义相先之列。庶人文载盛兮,不流于禽兽之归。武备大修兮,不虞乎夷狄之谲。"他觉得自己虽然位卑言轻,但也要大声疾呼,希望美好的"海不扬波兮,匪喉舌乎蛟宁。人各安业兮,永藩篱乎两浙"的海洋和平景象早日到来。

到了清代,海防松懈,海疆安全形势更为严峻,尤其进入晚清,外国列强从海上入侵已经严重威胁到国家的生存。许多有识之士,甚至一些基层知识分子,都纷纷表达了对海防海疆问题的担忧。连瑞瀛《拟明米万钟招宝山阅兵观海赋》重提前朝米万钟《招宝山阅兵观海赋》,实际是借题呼吁切实提高海军力量。而汪振基、单懋谦、蔡殿齐和汪于泗四个彼此并不熟悉的人,也不约而同各自写了一篇《海水不扬波赋》。虽然这里的"海",没有明确指东海,但东海海防形势在当时最为严峻,是不争的事实。文中他们表达的海域安全、天下太平的愿景,可以说是中国人共同的心声。

二、明末清初张煌言"抗清"生涯中的海洋诗吟

明末清初的"义军抗清活动"主要在浙江的舟山、台州海

域。尤其是舟山,曾经一度被考虑作为活动基地,建有鲁王行宫(现在定海昌国路西头一带)。在鲁王离开舟山前往福建后,骨干张煌言虽然也扈从而去,但是经常返回舟山,并且在舟山"鹿颈头"(指六井头或六井潭,在现在定海双桥一带)等地建立练兵基地,坚持抗清十九年之久,最后在宁波象山石浦花岙岛(一说在舟山普陀悬山岛)被俘,浙东的抗清活动才宣告结束。其间,身为一个"书生"的张煌言,写下了大量与"抗清"活动有关的海洋诗歌,而这些诗歌都与浙江海域有关。

张煌言(1620—1664),字玄著,号苍水,浙江鄞县(今宁波市鄞州区)人。他在军旅生涯中,创作了许多以海洋活动为背景的诗歌,有《奇零草》和《采薇吟》等文集和诗集存世。

舟山群岛是张煌言最初"浮海"抗清的地方,也是他活动时间最长的海上根据地。他写了多首与舟山群岛有关的诗歌。

长诗《翁洲行》写于张煌言初次入海时期,他认为翁洲(舟山)特殊的海洋地理环境可以帮助成就抗清大业。"甬东百户古翁洲,居然天堑高碣石。青雀黄龙似列屏,蛟螭不敢波间鸣。……安得一剑扫天狼,重酹椒浆慰国殇。"①这里的"甬东百户"借用春秋吴越之争吴王夫差失败,差点被越王勾践放逐舟山(当时称为甬东,现在舟山本岛还有甬东村名)的典故,暗示到了舟山也有东山再起的可能,夫差不来舟山,等于彻底放弃了复国的努力,是不可取的。"居然天堑高碣石。青雀黄龙似列屏,蛟螭不敢波间鸣"等句描述了舟山与大陆隔绝的海洋地理环境,表达了希望可以凭借大海阻挡清兵。这与"安得一剑扫天狼,重酹椒浆慰国殇"所表达的"反清复明"志向是一致的。

---

① [明]张煌言:《奇零草》,《张苍水全集》,宁波出版社2002年版,第19—20页。

张煌言扈从鲁王进入舟山的时候,舟山因朝廷实行严厉的海禁致人口凋零,清兵"嘉定三屠"等血腥杀戮的各种消息,传到海上,大家惶恐不安。于是见到张煌言的"义军"到来,纷纷给予多方面的支持。张煌言的《舟次舟山》就写出了这一点:"长江如练绕南垂,古树平沙天堑奇。六代山川愁锁钥,十年父老见旌旗。阵寒虎落黄云净,帆映虹梁赤日移。夹岸壶浆相笑语,将毋徯后怨王师。"①从"长江如练"句来看,这次"壶浆笑语迎王师"可能出现在长江入海口外的嵊泗洋山岛一带。张煌言几次率军协助郑成功北伐,舰队经洋山岛进入长江,虽然北伐最终没有成功,但已经给岛上人民带来了"王师归来"的希望。

当然,长年漂泊海上,抗清前景渺茫,张煌言也有彷徨焦虑的时候,他的《重登秦港天妃宫》就流露出了这种心情:"群山依旧枕翁洲,风雨萧然杂暮愁。梅蕊经寒香更远,松枝带烧节还留。荒祠古瓦兴亡殿,绝壁回潮曲折流。身世已经漂泊甚,如何海外有浮鸥?"②这里的"秦港"当为岑港,在舟山本岛的西部,岑港天妃宫至今仍在。这个时候张煌言已经坚持抗清十多年,他的心情与当年信心满满登湄洲岛拜谒天妃宫时完全不一样。"如何海外有浮鸥",甚至一度他还有了隐居海外,去当一只不问世事的海鸥的想法。

《奇零草》中还有许多描述义师海上军事活动的诗篇,舟山、台州、宁波、象山半岛等地的海域,都是张煌言军事活动比较频繁的地方,他的诗歌和纪实性散文《北征录》中多有涉及。总的来看,张煌言的海洋诗,既是纪事诗,也是抒情诗;既是抗

---

① [明]张煌言:《奇零草》,《张苍水全集》,宁波出版社 2002 年版,第 46 页。

② [明]张煌言:《奇零草》,《张苍水全集》,宁波出版社 2002 年版,第 62 页。

清义举的史诗,也是他感时遣怀的心诗。这在他义举活动的后期,解散部队,进入悬岙避难、隐居时写的《采薇吟》中体现得尤为显著。

张煌言解散部队避难于悬岙的这个"悬岙",究竟是象山半岛石浦附近的花岙还是舟山普陀的悬山岛,没有定论,但是无论是花岙还是悬山岛,都在浙江海域,这是可以肯定的。因此他《采薇吟》中的许多诗作,当然属于浙江海洋文学的范畴。

《入山》是张煌言入岛隐匿后写的第一首诗:"大隐从兹始,悠然见古心。地非关胜览,天不碍幽寻。石发溪头长,云衣谷口深。此中有佳趣,好作采薇吟。"①这"山"即张煌言其他诗中所提到的"悬岙"。对于"悬岙"的确切地址,有"悬岙"是象山的花岙岛和舟山悬山岛等多种说法。作为一种诗歌意象,其实不一定要落实"悬岙"究竟为何地。把这个"悬岙"理解为张煌言身心休息的心灵之岛,或许更为确切。

《采薇吟》第二首《清音》,即写出了这座心灵之岛对于身心交瘁的张煌言具有的那种特殊的抚慰作用:"倚杖绿天中,清音自不穷。莺枝传古调,蝉叶散玄风。谷响丁丁发,溪声曲曲通。由来尘梦断,遮莫是心空。"这是一种"硝烟熄灭、红妆落尽"的心境。这里的"清音",既是悬岙小岛那种格外宁静的自然清音,也是自己心如平镜不再波澜起伏的归性清音,所以他说"尘梦断""是心空"。

第三首《林中漫兴》也是如此:"幽栖得名理,双屐转从容。渴涧扪龙乳,荒蹊采鹿茸。振衣空翠袭,拥树蔚蓝封。不识鸿

---

① [明]张煌言:《采薇吟》,《张苍水全集》,宁波出版社2002年版,第104页。

濛外,苍岚更几重?"①需要指出的是,《采薇吟》写的虽是海岛隐居时的所见所闻所感所想,但几乎看不到一个"海"字,看不见对于海洋风情的描述,张煌言的眼光始终只围绕岛上的风景和风物展开,他似乎再也不愿意远望大海,于是这个"岛"就成了稳固不动的"山",而不是孤悬海上的岛,这与他在这个时候渴望平安、宁静和安全的内心世界是完全一致的。

但是一旦这种平安和宁静被打破,沦为楚囚被害在即,张煌言心里又顿时如波涛滚滚。《将入武陵二首》是他被押送至杭州时写下的述怀诗,其第二首说:"国亡家破欲何之? 西子湖头有我师:日月双悬于氏墓,乾坤半壁岳家祠。惭将赤手分三席,敢为丹心借一枝。他日素车东浙路,怒涛岂必属鸱夷!"张煌言发誓就是死后也要再次入海举旗抗清。在他生命的最后一刻,海洋就这样又回到了他的眼前。

三、清代汪寄《希夷梦》和陈天华《狮子吼》里的"海洋国家想象"

汪寄,号蜉蝣,安徽黄山人,生平事迹不详。所撰《希夷梦》,又名《海国春秋》。故事叙说赵匡胤发动陈桥兵变,登上皇位,朝臣纷纷归顺,唯间丘仲卿和韩速奔走于南唐和西蜀,欲图复国。途中两人被引至黄山希夷老祖洞府,晚上得一梦。梦中来到了东海中的浮石岛。"此处乃东海之中,形最阿下,古名浮

---

① [明]张煌言:《奇零草》,《张苍水全集》,宁波出版社 2002 年版,第 104 页。

山岛,又名朝根山,周围三万六千里,地形四分百裂。各处皆土坚石脆,雨后土松,始容锄铲,石隙亦可播种,鸟语花香,四时不断。向少人居……后亦屡有遭飓飘至者。人渐繁多,连东西南北地方以及各岛屿洲沙择占居住,力雄为主。卢氏人众,居于浮石;与浮石相等者曰浮金,其次曰双龙、曰天印;其余著名大岛近百,有名无名汀屿洲沙盈千。……各滨百姓每岁虔卜,遇得大小舰舶飘落者,即为大户。当日见有船只溜下,众艇纷纷争先向前,钩取衣服,抢夺货物,却不伤害性命。"①这段叙述中海洋地理环境、人居迁移、民风习俗等,无不具备,如果作者对于海洋社会没有深入了解,仅凭想象,是断然写不出来的。

在汪寄《希夷梦》的艺术构思中,这浮石岛周围还有许多大小海岛。经过五十多年的努力,在闾丘仲卿和韩速终于完成建国大业后,才发现是一场"希夷"之梦。所谓"希夷"指的是虚寂玄妙,似乎存在,又似乎是梦幻。语出老子《道德经》"视之不见名曰夷,听之不闻名曰希"。所以"希夷"之梦,类似"白日梦",是一种纯粹的文学想象性产物和表达形式。

如果说汪寄在东海大洋中建立一个海洋国家的构想是"希夷"之梦,其叙写还有很多志怪色彩的话,那么晚清陈天华未完成的作品《狮子吼》中对于"舟山民权村"的构想,则隐隐然有了他设想的"未来中国"的雏形。

陈天华《狮子吼》属于晚清盛行的"政治小说"。当时许多有觉悟的知识分子和革命志士,纷纷设想推翻帝制后中国如何"立国"的问题,用小说形式提出了许多"建国方案"。陈天华《狮子吼》里的"舟山民权村"模式就是其中一种方案。

陈天华(1875—1905),清末资产阶级革命派中出色的宣传

---

① ［清］汪寄:《希夷梦》,辽沈书社 1992 年版,第 88 页。

家。原名显宿,字星台,又字过庭,别号思黄。湖南新化人。1903 年春,以官费生身份赴日留学,后回国策划武装起义以推翻帝制。不久,在湖南长沙参与发起秘密革命团体华兴会,并到江西策划起义。1904 年春,再到日本。1905 年 6 月,与宋教仁等创办杂志。8 月,中国同盟会成立,陈天华任秘书,被推为会章起草人之一。12 月 7 日留下《绝命书》,投海自杀。

陈天华的章回小说《狮子吼》现存八回,最初发表于 1905 年 12 月出版的《民报》第二期,署名"过庭",后分别在第三至五、七、九号上续载,成为当时影响巨大的一部政治小说。可惜后因作者蹈海赴义,竟成未完之作。

小说描写狄必攘、孙念祖等人组织革命党,联络会党,留学欧美,以欧美资本主义国家为师进行反清革命斗争,建立新的国家的故事。故事发生在浙江沿海一个名叫"舟山"的海岛上。明代遗民将该岛建成一个政治乐园。岛上有一个规模巨大的"民权村",虽然名义上是"村",实际上已经有"邦国"的性质。村里礼堂、医院、邮局、公园、图书馆、体育馆等政府性质的机构和设施样样具备,还有三家工厂、一家轮船公司和许多现代化的学校,全都管理得井井有条,为岛上约三千个家庭谋福利。小说充分显示出晚清小说的政治幻想性特征。

关于"舟山民权村"的设想和描述,主要集中在《狮子吼》的第三回《民权村始祖垂训 聚英馆老儒讲书》。第三回一开头就介绍舟山:"话说浙江沿海有一个小岛,名叫舟山,周围不满三百里。"《狮子吼》是一部虚构小说,狄必攘(意为驱逐外夷即大清)、孙念祖(意为传承中华血统)等小说人名的拟定,也显示了该小说的虚构性。可是对于小说的故事空间,陈天华却用真实的地名舟山来设定,反映出他对于"舟山民权村"的设想,是一种虚实结合的构思。"周围不满三百里"的范围显然已经超出

了舟山本岛的面积,说明陈天华心中的"舟山民权村"范围很大,囊括了整个舟山群岛,或者说暗指所有的中国海地区。他心中设想的,是一个管辖面积很大的"海洋政权"。

在用非常简洁的文字介绍完"舟山"后,作者开始为因何要在舟山建立"民权村"寻找"历史依据"。"明末忠臣张煌言奉监国鲁王驻守此地,鏖战多载,屡破清兵;后为满洲所执,百方说降,坚不肯屈,孤忠大节,和文天祥、张世杰等先后垂辉。"这是说舟山有丰厚的"攘狄"的革命传统。陈天华对张煌言评价很高,认为他的节气、坚毅和鲜明的民族立场,完全可以与抗元的文天祥、张世杰一样"天地垂辉"。陈天华说得不错,舟山的确有这样的"传统",至今普陀的悬山岛还有纪念张煌言的庙宇,嵊泗的黄龙岛甚至还流传一种由镇海移民带来的对张世杰的民间崇信,该岛南港岗墩专门建有张相公庙纪念张世杰。

"那舟山于地理上,也就很有名誉,和广东的崖山(南宋陆秀夫负少帝投海殉国于此)同为汉人亡国的一大纪念。"正因为舟山是明末清初抗清活动的主要基地之一,因此陈天华把它与南海崖山相提并论。而陈天华设想建立的"民权村"之所以选择在舟山而不是海南,大概是由于舟山位于中华东部要害,而崖山偏于南海的缘故吧。

"那舟山西南有一个大村,名叫民权村。"如果从舟山本岛的位置来看,这个西南方向,当就是现在的盐仓一带。当然,陈天华笔下的民权村,文明高度发达,肯定是陈天华心目中的理想世界,与现实中清末的舟山岛不是同一回事。"讲到那村的布置,真是世外的桃源,文明的够本,竟与祖国截然两个模样。把以前的中国和他(它)比起来,真是俗话所谓(叫花子比神仙)了。"这一段非叙事性的赞美,已经超出了小说的范围,近乎判断和议论了,作者所要表述的内容,更加清楚明了。什么样的

"村子"的文明程度,竟会如此高于"以前的中国"? 作者继续他的理想化描述:"该村烟户共有三千多家,内中的大姓就是姓孙,除了此姓以外,别姓的人不过十分中之一二。有议事厅,有医院,有警察局,有邮政局;公园,图书馆,体育会,无不具备。蒙养学堂,中学堂,女学堂,工艺学堂,共十余所。此外有两三个工厂,一个轮船公司。"这一幅美好的图景,可以说完整地写出了陈天华心目中"未来共和国"的发展方向:住在里面的都是"正宗的中国人",实行的是有"议事厅"这样机构的民主共和制度,有医院、邮政和警察局这样的现代机构,还有公园、图书馆、体育会这样的公共资源,在教学方面更是各级学校都具备。陈天华甚至还想到了妇女问题,专门提出了建立"女子学堂"的设想。由于这是一个"海洋政权",所以需要现代化的轮船等交通工具。它的工业也必须比较发达……总之,生活在动荡贫穷落后的晚清时代的陈天华,心目中已经绘制了一幅未来中国的美好蓝图。

值得注意的是,这样美好、文明又发达的"未来共和国",竟然建立在海岛上,并且与"以前的中国"形成强烈的对比。这是陈天华"海洋政权意识"的鲜明体现,在当时可是非常超前的。

"看官,你道当时中国如此黑暗,为何这一个小小村落倒能如此? 这是有个大典故的。"陈天华开始探讨"海洋政权国家"的建立途径。他的构想在"舟山民权村"的实践过程中一一得以呈现。

首先,它必须是通过斗争才取得的政权:"当满洲攻打舟山之际,此村孙家有个始祖,聚集家丁子弟、族人邻里,据垣固守,满洲攻了好几次,终不能破。"此处明写抗清斗争,实际上可以理解为抵抗一切外来势力入侵的保家卫国行动。

其次,一定要坚持武装斗争,以斗争赢得生存和发展。"那

老临死,把一村的人都喊到面前,嘱咐道:'老朽不幸,身当乱世,险些儿一村的人都要为人家所杀。今幸大难已过,然想起当日满洲的狠毒,我还恐怕、痛恨得很。我想满洲原是我国一个属国,乘着我国有乱,盗进中原,我祖国的同胞被他所杀的十有八九。即我们舟山一个孤岛,僻处海中,也不能免他的兵锋。四五年之中,迭次侵犯我这一村。多蒙天地祖宗之灵,一村保全。然你们的祖父,你们的伯叔,你们的兄弟,已死了不少;你们的姑母姐妹,嫁在别村的,为满洲掳去,至今生死不明。这个仇恨,我已不能报了,望你们能报。你们不能报,你们的子孙总要能报。万一此仇竟不能报,凡此村的人,永世不能许应满洲的考,不许做满洲的官,有违了此言的,即非此村的人,不许进我的祠堂。更有一句话:无事时当思着危难时候。这武艺一事,是不可丢了的。女子包脚很不便,我村不可染了这个恶习。'"

其三,要坚持自己独立发展的方向。舟山民权村的老祖宗虽然去世了,但是"此村的人永远守着他始祖的遗言,二百余年,没有一个应考做官的。名在满洲治下,实则与独立国无异"。民权村的"海洋政权",本来就与"满洲"这样的内陆世界不同,所以民权村人坚持自己的"海洋发展"道路,坚持自己的"独立性",不肯被同化。

其四,最要紧的,是要坚持"抗英"斗争,绝不容许被"洋人"欺凌。"原先仇视洋人,看见洋人就磨刀要杀。满洲道光年间,舟山为英国所占,英兵从民权村经过,杀了村里二人。村中即鸣锣聚众,男女四五千人,器械齐全,把英兵团团围住,英兵主将得信,立即带了大兵往救,损了数百兵丁,死了数员头目,才拔围而出。那时英兵和满洲官兵交战,没有败过一次,单单这次被民权村杀得弃甲丢枪,损兵折将。因此民权村的名,各国都知。"陈天华这段描述,有确凿的历史事实为佐证。鸦片战争中,舟山是抗英最激烈、牺牲最大的战场。现在位于西门竹山上的鸦片战争纪念馆和竹山战场遗址,都在诉说着这场战争的悲壮。

其五,要与时俱进,不能一味排外,要虚心向西方学习。"后民权村有几个名人,游历英、法、德、美各国回来,细考立国的根源,饱观文明的制度,晓得一味野蛮排外,也是不行的;必先把人家的长处学到手,等到事事够与人平等,才能与人争强比弱。单凭着一时血气,做了一次,就难做第二次,有时败下来,或不免折了兴头,不特前此的壮气全无,倒要对人恭顺起来,岂不可耻!"民权村的可贵之处在于,他们认识到随着时势的变化,抗清、抗英都成了过去,人不能一味生活在排外当中,而是要清醒认识到时代的变化,虚心学习人家的长处。所以民权村就派出优秀的子女,去西方游学,考察和学习他们的先进之处。

其六,学习西方不能仅仅停留在言语上,要切实行动起来,还要坚决与那些顽固守旧分子做斗争。"他们回到了民权村,即把人家的好处如何如何,照现在的所为,一定不行的话,切实说了。即提议把村中公费及寺观产业开办学堂。那时反对的人十有其九。这几个人也不管众人的是非,自己拿出钱财,开了一个学堂。又时时劝人到外洋求学。那些不懂事的人,说他们'如今入了洋教,变了洋鬼子,反了始祖的命令,了不得'!带刀要刺杀他们,有几次险些儿不免,这几个依然不管,只慢慢的开导。数年以后,风气便回转来了,出洋的也日多一日。把一个小小的村子,纯仿文明国的办法。所以有这般的文明,仇满排外主义,此前越发涨了好多。"学习西方先进的文化并在本地践行,并不是一件轻松容易的事情,那些反对的人肯定会搬出

"古训""祖训"加以阻挠。这个时候不能一味蛮干，而是要仔细做工作，让他们充分认识到学习西方并不是放弃自己的传统，从而改变他们的想法，使他们从反对者变成坚定的支持者。

总之，陈天华笔下的"舟山民权村"，其政权雏形是一个"中西的结合体"：既有坚定的革命信念和光荣的革命传统，又能及时吸收西方先进的理念和科技文化。《狮子吼》的故事就是在这样的基础上展开的。

"且说民权村中有一个孙员外，孺人赵氏，中年在南洋经商，因此发迹，家财千余万，好善乐施，年已五旬，膝下尚没有嗣息。一日，孺人身怀有孕，到了临盆时期，员外因孺人老年产子，未免有些担心，请了几个产婆到家伺候。只听得'呱呱'之声，孩儿已生出来了。过了三日，员外抱来细看，生得面方耳大，一望而知为不凡之器，不胜大喜！及至周岁，替他取了一个名字，叫做'念祖'。"这个"念祖"，显然是"中华儿女"的代表和象征了。他父亲老年得子，意味着背负着沉重的历史包袱的中华民族，有了传承人。这个新的传承人完全不同于以前的传承者。他聪慧异常，"年三四岁，即聪慧异常"。聪慧是由于他传承的是五千年优秀的中华文明。他爱憎分明，异常勇敢，斗争性强。"不到五六岁时，他看见一个小小虾蟆，被一条二尺多长的蛇咬了，不胜愤怒，他拿起一根小木棍想打那蛇，带他的家人连忙抱住他，哪里抱得住！他说道：'我要打死他！我看不得这些事！'这家人唤一个人来，把那蛇打死，他方才甘休。"这也是中华民族传统美德的体现。积贫积弱的晚清时期，更需要"念祖"这样有血性的孩子。随后他接受了良好的现代教育，遇到了一位好老师文明种先生。

"是岁他入了蒙养学堂，蒙学毕业，入了村立的中学堂。这学堂的学生共有二三百人，总教习姓文，名明种，原是江苏人氏,是一个太守家的先生。他讲了多年的汉学,所著的书有八九种,都是申明古制,提倡忠孝的宗旨。他视讲洋务者若仇,以为这些人离经叛道,用夷变夏,盛世所不容,圣王所必诛,凡欲为孔孟之徒的,不可不鸣鼓以攻之。他做了好几篇论说,登在《经世文编》内。又拟了几个条陈,打量请一个大员代奏朝廷,系言学堂不可兴,铁路不可修,正学必崇,邪说必辟等事。那些守旧党都推他老先生做一个头领,讲论风生,压倒一时。文明种说一句,四处都传出去了,那班想要阻挠新政的朋友,倘若盗来写在奏折内,一定成功的。"陈天华笔下的这个"文明种",是正统文化的代表,他反对一切科学和进步,始终不承认西方科技和文化的先进之处,并且顽固地反对。

但是可喜的是,陈天华并没有把文明种老先生写"死",而是写出了他戏剧性的变化。这是《狮子吼》最为精彩的篇章之一。

原来这位老先生有一位学生,是他最喜欢最得意的门生。这学生瞒着他,偷偷前往当时被国人视为"另一个西方"的日本留学去了。消息传到文明种耳中,老先生气得不得了,说等他回来,一定要将他打死。几年后,那门生真的回来了,一回来就来拜见老师。文明种一见那个门生,顿时火冒三丈,由于处罚学生的"刑杖"一时不在身边,便顺手拿起一根撞门棍(门闩),朝门生当头打去。那门生身手敏捷,一下接住门棍,笑着说:"请老师息怒,待门生把话说清,再打不迟。"文明种气愤地一边喘息一边说:"你还有道道啊? 你说! 快说!"不料那门生又笑嘻嘻地说:"一时不能说清,请老师容我说六日六夜。"这个时候文明种的火气也没有刚才那么大了,他放下门闩说:"你且说起来。"

于是门生便把近世的社会发展趋势和西方文明的先进性,

徐徐道来。但文明种一时听不进去,接受不了,又动了几次气,站起来要拿门闩打门生。那门生扯着他不放,不让他起身去拿棍子。"嘴里只管说下去。后来渐渐文明种的气平了,容那门生说。说到第三日,文明种坐也不是,行也不是,便不要那门生说了。"他说不要再听了,要好好想想。随后发生的事情,出乎所有人意料。"那知他想了好几日,忽然收拾行李,直往日本。"文明种老师竟然直接去日本听课去了,从一个顽固的守旧分子,迅速转变为对先进文化的追求者。可见这个文明种老师并不是真的顽固守旧,他之所以反对西方文化,是由于不了解西方文化,一旦认识到西方文化在相当程度上要比中国的传统文化更具有现代性,他就立即去追求这种新的文明。这位文明种老师就是那些真正希望中国文明富强的传统知识分子的优秀代表。

文明种虽然在日本留学的时间不长,只是"在某师范学堂里听了几个月的讲,又买了一些东文书看了",但是他的思想已经有了质的变化,活脱脱变成另外一个人了。"他的宗旨便陡然大变,激烈的了不得,一刻都不能安。回转国来,逢人便讲新学。"历史真是爱开玩笑,现在的文明种立即成了他昔日同道围攻的对象。"那些同志看见他改了节,群起而攻他。同县的八股先生打开圣庙门,祭告孔圣,出了逐条,把他革出名教之外。"他不但遭到了围攻,连进孔庙的资格都被革除了,他成了那些真正顽固分子眼中的离经叛道者。但是,"文明种不以为意,各处游说;虽有几个被他说开通了的,合趣的终少。江宁高等学堂聘他当汉文教习,他以为这是一个奴隶学堂,没有好多想头,不愿去。听得民权村很有自由权,因渡海过来,当了那里学堂的总教习,恰好念祖便在这一年入了学堂"。文明种终于找到了舟山民权村这样一个非常具有现代气息的地方,孙念祖也终于有了一位满脑子先进文化理念的好老师。

舟山民权村的学堂里有三个人才。"文明种见那里一班学生果然与内地不同,粗浅的普通学问无人不晓。内中尤其有两个很好的:一个名叫绳祖,一个名叫肖祖,都是念祖的族兄弟,比念祖略小一点。"这三个兄弟,显然都是中华文明的真正继承者和发扬光大者。"绳祖为人略文弱一些,而理想最长,笔下最好。肖祖性喜武事,不甚喜欢科学。文明种把他三人另眼看待,极力鼓舞。到了次年,又有一个姓狄名必攘的,来此附学。必攘住在舟山东北,离此七八十里,学问自然不及三人,却生得沉重严密,武力绝伦,十三岁时候,能举五百斤重的大石。文明种也看上了他。他虽不与三人同班,文明种却使他与三人叙交,他三人也愿交必攘。四人水乳相投,犹如亲兄弟一般。"这四个人,有爱文的,有爱武的,有肯思考的,有重实践的,代表了未来中国的各种人才和力量。文明种精心培养他们。"文明种看见这学堂的英才济济,心满意足,替学堂取了一个别号,叫作聚英馆。又做了一首爱祖国歌,每日使学生同声唱和。歌云:(歌文原稿已遗,故中缺)……那聚英馆的学生听了此歌,爱祖国的心,不知不觉生出来了。"他把舟山民权村这个学堂,变成培养未来中国栋梁之材的"聚英馆"。这些人一旦毕业,必将干出一番惊天动地的伟大事业。可惜陈天华不久后慷慨蹈海赴义,这篇新时代的"英烈传"因此没有了续篇。

《狮子吼》是一篇典型的海洋政治小说。它的出现与当时的政治和文学生态有关。戊戌变法失败后,梁启超乘日本军舰逃亡,随身携带的有一本名叫《佳人奇遇》的小说,作者为日本作家柴四郎,出现于 19 世纪 80 年代的日本,与另一本名叫《经国美谈》(作者为矢野龙溪)一样,都属于日本的政治小说,以开启民智和宣传政党政治目标为目的。梁启超阅读《佳人奇遇》

后,大受启发,认为可以用小说形式来表达、宣传他的政治观点和政治理想,随即不仅翻译和发表了小说,还亲自创作了一部名为《新中国未来记》的政治寓意强烈的政治小说。

1904 年 2 月,陈天华与黄兴、宋教仁等在长沙成立革命组织华兴会,并参与筹划武装起义。起义失败后,他避难日本,与宋教仁等创办杂志宣传鼓吹革命。1905 年 8 月中国同盟会成立,他是骨干成员之一,参与会章及文告的起草工作以及机关刊物《民报》的编辑工作,并兼任撰述员。这时候的陈天华已经完全是一个职业的民主革命家了。

《狮子吼》是陈天华的“海洋政治想象”作品。虽是未完成的“残本”,但提供了一幅清末革命家的“国家政治想象”画卷,其中包含的“海洋政治国家”元素,值得高度关注。

《狮子吼》的理想是“纯仿文明国的办法”,创建一个“文明国家”。与当时许多民主革命家一样,“政治和制度西向”成了陈天华国家政治诉求的根本向度。与一些完全西化的建国观不同,陈天华的“共和国”理想蓝图,是建立在民族主义立场上的。

《狮子吼》构建的国家“舟山民权村”处在海洋之中。这里有议事厅,有医院,有警察局,有邮政局;还有公园、图书馆、体育会,凡是现代社会应有的公共设施,它无不具备。

美好的海洋环境、文明的管理组织、坚定的民族立场,就是舟山民权村这个“海洋独立国”的三大品质,也是陈天华“国家海洋政治想象”中的三大纬度。

陈天华以《狮子吼》表明他是中国海洋政治意识的早期觉悟者之一。他认为中国若要富强,若要真正文明和进步,离不开海洋。应该说,这种观点和理念,是非常超前的。

附录二 ——《《———

历代浙江海洋文学中的『民间形态』

　　浙江的地域文化有着浓郁的悠闲诗性的特质。浙江人民聪明能干,吃苦耐劳,同时也非常注重享受生活,追求生活品质。在浙江沿海地区,这种悠闲的生活情趣,通过海错诗的形式,得以很好体现。

　　"海错"是海洋中鱼类、贝类、蟹、虾等各种海洋生物,是人们从海洋所取的主要食物。这些海错味道鲜美,形态可爱,人们一边品尝,一边吟诗赞美,形成了浙江海洋文学独特的海错诗。海错诗出现于明清,晚清前后的作品较多,以象山、三门、奉化和舟山等地最为集中。

　　位于东海渔场核心区域、拥有悠久捕鱼历史的浙江海洋民众,还创造出了许多优秀的海洋鱼类故事和海洋民间传说故事,这些民间文学形态的浙江海洋书写,极大地丰富了浙江的海洋文学史内涵,是浙江海洋文学不可或缺的有机构成。

一、明清时期独具特色的浙江海错诗

　　在茫茫的大海中,生活着数不胜数的鱼类、贝类、蟹类和虾类。人们对于它们的认识,和对海洋的认识一样,都有一个发

展过程。明代,人们对海洋生物的认识虽处于早期,但屠本畯撰述的《闽中海错疏》中列出的被人类认识和食用的海洋鱼类,已有八十多种。1949年以后,我国的海洋鱼类专家,对生活和洄游经过中国海域的海洋鱼类进行了大规模的普查,先后出版了《黄渤海鱼类调查报告》《东海鱼类志》《南海鱼类志》等成果,其中涉及的海洋鱼类,竟然达上万种之多。这还仅仅是已经发现的鱼类,中国海域中还有众多的鱼类未被发现和认识,尤其是深海中的鱼类。

以舟山渔场为核心的浙江海域,是中国最重要的鱼仓,海洋鱼类不胜枚举。根据1992年版《舟山市志》"渔业"篇记载,目前能够辨认的舟山渔场捕捞的鱼类,多达365种。其中暖水性鱼类占49.3%,暖温性鱼类占47.5%,冷温性鱼类占3.2%。

这些丰富的海洋生物,即为"海错"。"海错"是一个非常古老的名词,形容海中产物错杂繁多。《辞海》引《尚书·禹贡》"海物惟错",说明"海错"一词最早出自《尚书》,其后许多诗文典籍经常使用这个词来描述海洋生物的丰富,并与"山珍"配合使用。例如唐代诗人韦应物《长安道》诗中说:"山珍海错弃藩篱,烹犊羊羔如折葵。"南北朝时期沈约的《究竟慈悲论》有"山毛海错"一句,都将"山毛"(山珍)与海味联系在一起。

浙江海域地处东海中心,由于长江、钱塘江水每年夹带大量的营养物质入海,加之这里海岸线曲折,大陆架入海缓和,岛屿林立,非常适合水产物生息繁衍,因此以浙江海域为中心的东海鱼仓自古以来一直享誉天下。在饱尝这些味鲜色美的海产品的同时,古代尤其是晚清时期的浙江沿海地区,如宁波、宁海、奉化和舟山地区的文人雅士,会饶有兴趣地以海产品作为歌咏的对象,赋诗吟诵,形成一类以描绘歌咏海洋生物为对象的诗歌,这就是海错诗。

浙江海错诗属于海洋诗歌,但又不同于一般性的海洋诗歌。一般性的海洋诗歌,或者歌颂大海的雄壮辽阔,或者借海洋抒发诗人的某种情怀,或者将海洋视作政治、文化的象征空间,所以这些海洋诗歌里的意象,往往是海潮、波浪、海霞、孤帆、扁舟、海鸥、岛屿等,还包含海洋神话、海洋传说故事等。而浙江海错诗却是以海洋(很多是浅海地区)里的鱼、贝、虾、蟹等生物作为描写和吟咏的对象,海错诗是海洋诗歌中非常特殊的一种,是浙江海洋文学中的一朵奇葩。

浙江海错诗的空间分布主要在三门、象山、舟山等地,吟咏对象以鱼类为主,兼及贝类、蟹、虾、紫菜等其他海洋产物;表现手法主要是抓住被吟咏对象的特征进行描绘,加以某种讽喻和象征。

(一)浙江海错诗中的鱼类

因浙江海域鱼类数量多,所以海错诗中歌咏的对象,绝大部分是鱼类。这里主要以黄鱼(主要指大黄鱼)和带鱼为例,领略一下海错诗的风采。

1.黄鱼

黄鱼,又名黄花鱼。因鱼头中有两颗坚硬的鱼脑石,故又名石首鱼。黄鱼曾经是东海中最先形成规模性捕捞(南宋开始)、最具代表性的鱼类,位居东海四大经济鱼类之首,历来有"海鲜皇后"的美誉。初夏端阳节前后是大黄鱼的主要汛期,清明至谷雨则是小黄鱼的主要汛期,此时的黄鱼鲜嫩肥美,鳞色金黄,发育完成,最具食用价值。鱼腹中的白色鱼鳔可作鱼胶,是历代贡品,非常珍贵。所以海错诗里有许多歌咏黄鱼的诗歌。

流传于三门湾的黄鱼诗有两首。三门湾位于象山与台州

之间,以出产"三门青蟹"闻名,往东不远处的鱼山渔场,盛产大黄鱼,是人们最主要的捕捞对象。三门湾一度成了大黄鱼的交易地点,也出现了很多以"黄鱼"命名的海错诗。

第一首《黄鱼》诗说:"金口银牙实风光,金面金身如金装。头内暗嵌玉宝石,腹中鳔胶赛宝藏。"

这首海错诗基本写实,从黄鱼的形态特征入手,语言朴实无华,没有刻意雕饰,也没有过分夸张。它说大黄鱼鲜红的嘴唇、银色的牙齿,通身金黄色,样子雍容华贵,非常漂亮,非一般俗物可比。它头颅内的"小石子"像宝石一样结实,腹内的鱼胶更是名贵的补品。总之,这首海错诗说大黄鱼全身是宝,令人喜欢。

三门湾第二首《黄鱼》诗说:"黄盔黄甲黄将军,龙王封赐官非轻。候等来年春三月,渔郎网围来奉君。"

第二首《黄鱼》诗,一改第一首的写实风格,采用想象、比喻并用的写意手法,讲述了东海龙王敕封黄鱼为海族国黄将军的故事。全诗语言华丽灵动,想象力非常丰富,创造的意象也很有海洋人文气息。

与三门湾一湾之隔的象山半岛,晚清时出现了一位文化名士王莳蕙。他对海错诗情有独钟,竟然写了数十首海错诗,编成了《象山海错诗》这样的特殊诗集。这本诗集得到了当代象山文化人士的喜爱,前几年他们还请书法家将数十首海错诗写成书法作品,由西泠印社出版社出版。

在王莳蕙《象山海错诗》中,也有一首《黄花鱼》:"琐碎金鳞软玉膏,冰缸满载入关舠。女儿未受郎君聘,错伴春筵媚老饕。"

这首诗的后两句说自己的女儿并未许聘给郎君呀,郎君你不是错来筵间媚悦食客吗?这里的"郎君"原有所指。原来象山县爵溪镇的黄鱼鲞,历史悠久,非常有名。据新编《爵溪镇志》记载:"元、明时,镇上已加工黄鱼鲞,迄今 600 余年。"实际上据宋志及有关文献,早在宋代即有黄鱼鲞产售。宋宝庆年间的《四明志》云黄鱼"盐之可经年,谓之郎君鲞"。黄鱼鲞,雅称郎君鲞,后来"郎君"一词就成了黄鱼的代称。王蒔蕙的《黄花鱼》直接称呼大黄鱼为"郎君",这是将大黄鱼视为家人,写出了象山人对于大黄鱼亲近的特殊情感。

另外,当时的镇海诗人邵嗣贤曾来象山石浦游玩,几乎顿顿食黄鱼,吃得实在过瘾,还特赋《食黄鱼》诗一首:"四月石首鱼,出水立噴金。烹鲜盘餐美,东南第一珍。"他将黄鱼称为东南第一美味,赞誉之意溢于言表,这与后人将大黄鱼称为"海鲜皇后",是一样的道理。

2.带鱼

东海带鱼,也就是舟山带鱼,现在是国家地理标志。东海盛产带鱼,几乎所有的东海渔场都能够捕捞到大网头带鱼,自古以来它就是东海"四大经济鱼"之一,也是家家户户的"家常鱼"类。它形体修长,银光闪闪,再加小小的黑眼睛,十分招人喜欢,也就成为海错诗最主要的吟咏对象之一。

清朝,舟山的学者兼官员朱绪曾著《昌国典咏》一书,里面有二十首海错诗,其中就有《带鱼》诗:"万尾交衔载满艘,相连不断欲挥刀。问谁留得腰围肉,龙伯当年暂解袍。"

带鱼有自相咬尾吞食的习性,在带鱼资源丰富的明清时期,渔民用垂钓法捕捉带鱼时,往往钓起一条可以带上一串,"万尾交衔载满艘,相连不断欲挥刀"正写出了这种习性和有趣的现象。"问谁留得腰围肉,龙伯当年暂解袍。"这里显然借用了有关带鱼的民间传说故事。因带鱼很像古代官员所穿官袍上的腰带,所以诗里有"龙伯解袍"之说。

象山名士王莳蕙的诗集《象山海错诗》中也有一首《带鱼》诗："王准深衣归制裁,素绅三尺曳皑皑。波臣新授银台职,袍笏龙宫奏事来。"

作者根据带鱼宛如银白长带的形态特征,巧为设计,借助龙宫世界的神话传说,塑造了一个得意扬扬新赴任的"带鱼大臣"形象,这样的海鲜绝句在艺术上也是别开生面了。

带鱼是三门湾沿海产量很高的一种经济鱼类,所以三门湾也有《带鱼》一诗流传至今:"头戴银盔好名声,身穿白袍水内行。龙宫抛出青龙剑,渔网取来敬弟兄。"

这首诗描述带鱼"头戴银盔""身穿白袍",完全是翩翩公子形象;又赞扬它们"好名声"、善于"水内行",对带鱼的好感溢于言表。

3. 其他海洋动物

浙江海域的海产品极其丰富,浅海、滩涂上的海洋"小精灵",种类也非常多。这些海洋"小精灵"味道独特,形态可掬,也成了海错诗歌咏的对象。

清时象山文人陈汝谐写的两首海错诗中,第一首名为《望潮》:"骨软膏柔嘴贱微,桂花时节最鲜肥。灵蛛不结青丝网,八足轻趱斗水飞。"

望潮也称章鱼,是一种生活在海滩泥涂中的软体动物,体呈卵圆形,头生八只腕爪,陈汝谐将其形容为海中灵蛛,极为传神。望潮是海中珍品,营养丰富,味道之鲜美,没有尝过的人很难想象,市场价格一直很高。

另一首《鲎》写的是史前动物鲎:"形如覆斗极离奇,逐浪双双每伏雌。剑客手劙珠满篗,一帆风送稻花时。"

鲎虽存在了上万年,但习性几乎没有任何改变。其习性之一就是雌雄成双成对,终生不分离,浙江渔民都称它们为"两公婆"。鲎血碧蓝,尾可垂竖,功同桅舵,故也称"鲎帆"。这首诗,对鲎的形态习性描述得非常精确而生动。

宁海多海涂。海涂上生活着许多海洋生物。宁海的海错诗中,也有一些是写海涂生物的。如华骥的诗《弹涂》:"辱在泥涂自古今,再三弹处乐幽沉。想因生爱泠泠曲,流水声中学鼓琴。"

弹涂鱼又名跳跳鱼,形状和大小都有点像淡水泥鳅。无鳞遮掩的皮肤上,有斑斑点点的花纹,非常漂亮。眼睛很大,又凸出于两边额头,嘴巴奇阔,这些是与泥鳅最大的不同。弹涂鱼本领很高,涨潮时海水覆盖海涂,它们能划水游泳,退潮后在裸露的海涂上,它们能跳跃前行。弹涂鱼肉质细腻,味道非常鲜美。这首《弹涂》诗,用比喻的手法,将弹涂鱼的弹跳比喻为弹琴,又用拟人的手法,写弹涂鱼身处泥涂,却洁身自好,很有"夫子自道"的味道了。

宁海的海错诗中,还有一首署名为双如的《虾姑》诗:"嫁得虾公好适从,山人莫辨拟蜈蚣。蟹奴鱼婢应羞涩,敢借秋波妒婉容。"

虾姑即"虾姑弹",或称皮皮虾。这首《虾姑》诗采用了拟人的艺术手法,围绕一个"姑"字来构思,将人姑婚嫁与鱼姑婚嫁巧妙地结合在一起,既写鱼,又写人,趣味十足。

另一个宁海文人鲍涂的《乌贼》,也很有趣:"墨汁洒淋漓,羡汝腹何饱。正欲斟醇醪,那肯餐腐鲍。以此饫枯肠,文心拙应巧。"作者围绕乌贼的正式名字"墨鱼"进行艺术构思,将墨鱼之"墨",与读书人笔墨之"墨",巧妙地联系在一起。还开玩笑说,他建议读书人要多吃墨鱼,这样就会文心大增。如此构思和表述确实别具一格。

（二）浙江海错诗中的贝类

浙江浅海近海处海涂很多,海涂是贝类繁殖生息的家园,所以浙江沿海贝类繁多,已经鉴定可以食用的有130多种,分成7纲8目63科。贝类的味道极其鲜美,甚至超过许多鱼类,是下酒之珍品。人们在品尝之余,纷纷用赋诗的形式赞美它们。

晚清诗人朱绪曾,虽然是南京人,但在浙江海宁、台州、舟山等沿海地区都做过官,他对舟山比较熟悉,编有《昌国典咏》一书,编录的都是与舟山群岛有关的诗歌,其中歌咏贝类的就有多首。其中一首为《龟脚》:"曾闻龟脚老婆牙,博得君王一笑夸。潮满蛤毛茸豆荚,泥香蚬壳吐桃花。"

这首诗题为"龟脚",似乎只描写一种贝类,其实歌咏了四种贝类,其中还包含一个故事。四种贝类分别是龟脚、老婆牙、蚬蛤和泥螺。龟脚学名石蜐,老婆牙学名藤壶。龟脚是舟山人对石蜐的俗称,老婆牙是温岭人对藤壶的俗称,舟山人称之为"簇"。蚬蛤就是一般的蛤蜊。这四种贝类味道都非常鲜美,据说有一天皇上在吃龟脚和海瓜子的时候,觉得味道实在鲜美,就问它们的名称,侍者一时答不上来,可他是浙江人,知道它们的俗名,就回答说:"螺头、新妇臂(一种鱼的名称)、龟脚和海瓜子,四者皆海鲜也。"皇上觉得这些名称实在有趣,就莞尔一笑。

朱绪曾的《昌国典咏》中第二首描写贝类的诗是《蚝山》:"骊山高簇万蜂房,尔蛎移来峙海疆。不耐火攻峰拆倒,笑他开户学颠柱。"

蚝即是牡蛎,簇聚生长在礁石上,起初拳头大,后来渐渐长大,大的有一平方米多,巍峨如山,这就是蚝山了。牡蛎就藏身其中,每次潮水涌来,它们就张开,一遇见人立即关闭,坚硬如铁,要用斧头、铁锹之类工具才能挖取。味道非常鲜美。

晚清象山士人王莳蕙所撰的《象山海错诗》中,也有一首咏贝诗《蛤蜊》:"潮纹如线晕重重,曾受甘圆内史封。食可升天真上药,云何不隶玉房供。"蛤蜊是分布最广,也是被食用最多的一种海洋贝类,象山的海涂上盛产蛤蜊。这首《蛤蜊》诗借用一个历史典故展开。据清代董诰等纂修的《全唐文》卷八百九十九"毛胜"条记载,毛胜(字公敌,晋陵人),在任吴越忠懿王功德判官职务时,写了一篇《水族加恩簿》,给各种主要海洋水族"封官授爵"。其中说蛤蜊"重负双宅,闭藏不发,既命之为含津令,升之为悫诚君矣。粉身功大,偿之实难,宜授紫晖将军甘松左右丞监试甘圆内史"。意思是蛤蜊双壳紧闭,深藏不发,有城府,可以委以重任,先封它为含津令,复升之为悫(音 què,诚实、谨慎貌)诚君。而蛤蜊壳烧成的灰,是重要的建筑材料,对人类贡献更大,后又加封它为甘圆内史。

王莳蕙的《象山海错诗》中,另有《丁香螺》《沙蜻》《吐铁》《海瓜子》等诗。丁香螺、沙蜻、吐铁、海瓜子这些都是资源丰富、味道鲜美的浙东沿海所产海洋贝类,王莳蕙的诗都写得生动形象,饶有趣味。

三门湾海错诗中也有一首《蛤》,带有比较浓厚的民间味道:"天字加口本是吞,桌上摆起是花蛤。花蛤本是涂中出,前生贵子后生孙。"

《蛤》开头用拆字法点出"蛤"字,中间说明它的地方俗名以及来自泥涂,结尾赞美它的繁殖能力,虽然语言朴实无华,意象平平,但情感真挚,具有海洋生活情趣。

二、历代想象力奇特的浙江民间海洋鱼类故事

海洋鱼类是海洋中的精灵,也是渔人的经济来源和生活依托。在千百年与鱼为伴的海洋活动中,大家对海洋鱼类的形状、习性和彼此的关系,都有了比较深刻的认识。以此为依据,他们创作了许多鱼类故事。这些故事世代相传,传承至今,成为宝贵的海洋非物质文化遗产。

流行和存在于浙江洞头和舟山地区的海洋鱼类故事,合称"东海鱼类故事",是以海洋鱼类故事为主的浙江省非物质文化遗产保护代表性项目。两地的非遗文化工作者,从 1979 年开始采集海洋动物故事,至 1987 年,采集到的涉及海洋动物的传说、故事二百多篇,整理成文的有八十余篇。最后整理成《东海鱼类故事》①一书,由浙江人民出版社于 1981 出版。出版后社会各界反响很大,大家赞扬《东海鱼类故事》为民间故事研究提供了极为珍贵的资料。此书后来获全国首届(1972—1982)民间文学作品二等奖。

这些鱼类故事内容非常丰富,情节曲折有趣,多方面描述了以浙江海域为代表的东海鱼类的生理、形状等特征,也委婉曲折地呈现和表达了渔民社会的审美情趣和道德追求。

---

① 本节的鱼类故事,除了已经注明的,都来自邱国鹰、管文祖、金涛编《东海鱼类故事》,浙江人民出版社 1981 年版。

（一）解释性海洋鱼类故事

解释性故事是民间传说故事的主要类型。地形地貌的形成、江河湖泊高山大地的来历、地名的起源等，都需要解释性故事进行"说明"和"解答"。海洋鱼类形状不一，有的长相非常奇特，需要有一个解释，这就产生了大量的这种故事，这些故事承担起"说法"的职责。海洋鱼类故事也是如此。

如《弹涂鱼装错眼睛》这篇。生活于海涂上的弹涂鱼，两只眼睛的眼球突出在外，比青蛙的眼睛还要外凸。它们何以会如此呢？故事说，原来啊这弹涂鱼的眼睛，最早没有外凸，而是很正常地位于鱼头的位置，同时还是一双又黑又亮的大眼睛，非常漂亮。它们也不是现在这样只能在海涂上爬来爬去，至多跳跃几步，很快又摔落下来的样子，原本它们能直立行走，还非常擅长跳舞，是海洋生物世界里的跳舞王子。但是有一天，当龙王公子邀请它进龙宫跳舞的时候，弹涂鱼害怕一进龙宫就回不去了，会失去自由，就拒绝了。龙太子大怒，强拉它入宫。在反抗的时候，愤怒至极的弹涂鱼的眼睛突出体外，再也收不回去了。弹涂鱼因此失明。龙太子见它已经是废物一个，就把它抛弃在龙宫外面。为了救治弹涂鱼的眼睛，海蜈蚣挖出了自己的双眼送给弹涂鱼。可是作为眼科医生的龙虾在安装的时候，没有把整个眼球安放好，结果弹涂鱼的眼睛就成了现在这个样子。这个故事解释了弹涂鱼眼睛外凸的原因，又隐含着对暴力者的谴责，歌颂了鱼类间互助的精神。

又如《半爿箬鳎》。箬鳎鱼的形状也非常奇特，鱼身扁扁的，似乎只有一般鱼类身体的一半，嘴巴还有些歪。于是就有故事来"解释"它们为什么会变成这个丑样子。故事说很久以

前,箬鳎鱼与黄鱼、马鲛鱼一样,身子厚厚实实的,嘴巴端端正正的,可英俊啦。可是有一年,海洋发生了大变化,全东海所有的渔民都捕不到一条鱼,所有的海鱼似乎绝迹了。渔民们的生活难以为继,都上岸改行,开荒种地做农民。可是有一个叫杨吉的年轻渔民,一时无法离开海洋。因为他的母亲病重,郎中说需要海里的一尾鲜鱼作配药才能治好母亲的病。也就是说只有海鱼才能救他母亲的命。杨吉就来到海边,准备下海捕鱼。时值隆冬,海水结冰,根本没有地方可以下网。他一面痛哭,一面破冰,好不容易砸开了一处冰面,小心翼翼地布下了渔网,开始捕鱼。一网又一网,他始终捕不到鱼。大哭后他又一次撒下渔网。终于在渔网里看到了一条他不认识的鱼。他捧着这条鱼回到家,把鱼剖成两半。奇怪的是这条鱼居然没有死。他用半条鱼给母亲治病,把另外半条鱼放回了大海。他想大海已经好几年没有鱼了,就放它回去好好繁衍后代吧。

这半条鱼回到了大海,真的繁衍出了无数的鱼,大海重新变得生机勃勃。可是这条鱼却再也恢复不到整条鱼的样子,它永远是半条鱼的模样。这就是箬鳎鱼。它扁扁的身体和不端正的嘴巴就是这样来的。

东海渔民流传的鱼类故事中,有很多就属于这种解释鱼类形状、来历的故事。这些故事中,有的故事容量很大,试图解释所有"海洋鱼类"都是怎么来的,如《鱼儿为什么没有腿》。传说在很久很久以前,海洋中的鱼不但长着可以行走的腿,而且最初都生活在陆地上。很多海鱼都是两栖的,在陆地和海洋之间来去自如。那个时候,天和地之间离得很近,女娲想把它们分得远一点。她准备用动物的腿当柱子,把天顶起来。可是其他有腿的走兽们都不肯献出自己的腿,逃得远远的,只有鱼对女娲说:"你砍我的腿吧。"女娲被鱼的自我牺牲精神感动了,一面用它的腿撑起了天空,一面安慰鱼说:"你没有腿了,不能在陆地上生存,你去海里吧。"这样鱼就到了海里,从此大海里就有了数不胜数的鱼。①

(二)歌颂性海洋鱼类故事

海洋鱼类故事的叙述特点之一,就是拟人化。所以在描述和解释一些海洋鱼类形体特点时,这些故事往往寄托着人性的寓意,形成一种歌颂性的鱼类叙事。

《海蜇行路虾当眼》就是如此。现在的海蜇都是没有眼睛的,故事说,以前的海蜇不是这样的,它们眼睛亮得很。有一天,海蜇参加虾的婚礼。正当大家高兴的时候,突然乌贼闯进来抢亲。乌贼是海里的强盗,大家都很害怕,只有海蜇挺身上前,大声呵斥乌贼,保护小虾。乌贼恼羞成怒,逃走之前放出毒液,海蜇的眼睛不幸被喷中,永远失明了。小虾为了报恩,就天天为海蜇引路,充当它的眼睛。这个故事意在解释为什么海蜇与小虾之间有这种共存关系,同时被赋予了人伦道德的主题。这是海洋鱼类故事较为普遍的思维模式。

有的鱼类故事歌颂鱼类的聪明才智。《老乌鲻传艺》就是很经典的一个故事。故事说在一个海湾里,生活着乌鲻、鳓鱼、鲳鱼、鳗鱼和蟹、虾等海洋生物,大家共推一条百岁老乌鲻鱼为王,日子过得很快乐。但是有一年,渔民在海湾里布下了"蛛网",这种网无钩无袋,似乎没有什么危害,但其实鱼只要一碰到网就被粘住,无法脱身。许多鱼都被捉走了。老乌鲻鱼很着

---

① 王一奇、凉汀编:《中国水生动物故事集》,中国民间文艺出版社1984年版,第1—3页。转引自姜彬主编:《东海岛屿文化与民俗》,上海文艺出版社2005年版,第574—575页。

急,把大家召集在一起,传授避开"蛛网"的技艺。它教鲻鱼"跳过网",教虾"钻网眼",教鳗鱼"钻泥洞",教鲳鱼"遇网而退",教鰳鱼"遇网而进"的方法。这些方法,鲻鱼、鳗鱼和虾都记住学会了。但是蟹没有认真听,所以"蛛网"捉的最多的是螃蟹,其次是鲳鱼和鰳鱼。因为鲳鱼把老乌鲻教的"退"听成"进"了,碰到"蛛网"就往里钻,自然无法脱身。鰳鱼则刚好相反,由于鰳鱼的鳍很锐利,可以割破渔网,所以老乌鲻鼓励它只要往前冲就可以脱网而去。但是它一碰到网就害怕,不敢冲反而后退,结果被"蛛网"粘住了。鲳鱼和鰳鱼的结局还被编成了谚语流传:"鲳鱼好退勿退,鰳鱼好进勿进。"

鱼类中最聪明的是墨鱼(乌贼)和章鱼。《东海鱼类故事》中就有《章鱼学功》《乌贼与花鱼》和《章鱼擒乌鸦》等故事。其中《章鱼擒乌鸦》较有代表性。故事说,一条小章鱼被乌鸦吃掉了,章鱼妈妈决定复仇。它张开身躯,躺在海涂上装死。乌鸦以为它真的死了,就飞下来准备捡便宜,不料被章鱼妈妈紧紧缠住,反而丢了命。

乌贼故事中,还有一则《乌贼婆献珠》,是《东海鱼类故事》不曾收的。故事讲的是一个孝子由于母亲得了难以医治的心口疼(胃病),在海边哭泣,感动了龙宫里的保姆——一只大乌贼。乌贼得知孝子的难处后,告诉他自己也曾得过这样的毛病,是服用龙王给的宝珠治好的。乌贼要求孝子用叉子找到嵌在自己乌贼骨里的宝珠,用宝珠给母亲治病,可是由于时间久远,珠子已经完全与乌贼骨融为一体了,孝子只取得一些乌贼骨粉回家。孝子的母亲在服用乌贼骨粉后,身体痊愈,于是乌贼骨的药用价值就在民间流传开来。[①]

---

① 邱国鹰整理:《西施贝》,福建人民出版社 1985 年版,第 6—9 页。

《东海鱼类故事》中对章鱼的品德有较多褒扬。《章鱼学功》就是其中之一。章鱼通体无骨头,可以在各种海底礁石缝隙间自由进出,《章鱼学功》就是演绎这种"缩骨功"的:原来章鱼与乌贼一样,背上也有一根大骨头。有一年海龙王下令众鱼献骨,章鱼为了表示对龙王的忠诚,就毫不犹豫地把唯一的背脊骨献了上去,因此造成全身瘫痪。龙王得知后就把它留在龙宫里养伤。海和尚被章鱼的精神感动,把它送到自己修炼的海岩寺里,请师傅传授章鱼缩骨功。三年之后,章鱼不仅学会了缩骨功,八只须爪还强大无比,成了大海里的武功高手。

(三)揶揄批评性海洋鱼类故事

东海鱼类故事中,有些故事流传很广,几乎家喻户晓,如《梅鱼说亲》。故事说样子与黄鱼差不多但个头差太多的梅鱼,长大后计划讨老婆。可是他挑肥拣瘦,说水潺鱼骨头粗,嫌红虾头太尖,就这样,梅鱼的终身大事一直被耽搁下来。有一年他得知龙王三公主要出嫁,便异想天开地想成为龙门快婿,他央求箬鳎鱼做媒。箬鳎拗不过他的再三哀求,只好答应试试。箬鳎来到了龙宫,向龙王转达了梅鱼的请求。龙王一听,只有三寸长的梅鱼居然也敢来求亲,勃然大怒,一巴掌把箬鳎打成了饼,所以后来箬鳎的身子永远是扁的。躲在柱子后面偷窥的梅鱼吓得赶紧逃走,但由于慌张,一头撞在了柱子上,它的头立即红肿起来,从此就成了大头梅鱼了。

《乌贼偷墨囊袋》围绕乌贼的"贼"字展开情节。故事说,很久以前,墨鱼与章鱼一起生活在海涂里。章鱼勤劳肯吃苦,墨鱼却好吃懒做,喜欢游玩。后来由于章鱼为龙王献出了主心骨,学得了一身好本事。墨鱼很是羡慕,提出要向章鱼学功夫。章鱼答应教他。但是墨鱼仅仅学了三天,就受不了苦,不想练

了。可它得知章鱼身上有一个护身的宝贝，叫"乌烟墨囊袋"，遇到危险时可以放烟逃命，就趁章鱼睡熟时，偷了墨囊袋随后逃走了。它逃啊逃啊，一直逃到深海里，再也不敢回海涂里生活了。它也因此成为乌贼鱼，一个"贼"字再也无法洗去了。

还有一则《海虹欠鲨鱼三担肉》的故事，讽刺性也很强。故事说虹鱼又大又凶又贪婪，是海里一霸。鲨鱼也算是大鱼，但呆头呆脑的，得了个"呆鲨"的外号。海虹吃遍了海里的各式小鱼，看鲨鱼呆头呆脑，也想吃鲨鱼。它想出了一个馊主意，对鲨鱼说我们来比游泳，输的给赢的三担肉。因为海虹算准鲨鱼有三百斤重，一心想吃它。不料途中鲨鱼被五月端午龙舟鼓声敲醒了头脑，明白了海虹的险恶用心，就一口咬掉了海虹的一大块肉。海虹急忙逃走了。直到今日，海边人还常说："海虹欠鲨鱼三担肉。"这句话就是这样来的。

这种带有挪揄性的海洋鱼类故事，表面上挪揄讽刺的是海洋鱼类，实际上处处以人类为参照物。《梅鱼说亲》讽刺某些人自不量力，《乌贼偷墨囊袋》谴责某些人的背叛和无耻。《海虹欠鲨鱼三担肉》嘲讽了某些人自以为聪明，却是搬起石头砸了自己的脚。人性的劣根性在海洋鱼类故事中都被无情地予以鞭挞。

在海洋鱼类故事中，还有一些作品融褒扬、讽刺、批评为一体，既有对正义者的赞美，也有对邪恶者的讽刺嘲弄。这种对比性手法增强了故事的趣味性，《小河豚学乖》就是一例。小河豚是弱小者的代表，要吃它的狗鳗代表暴力者。狗鳗是海洋鳗类中比较凶猛的一类。狗鳗要吃掉小河豚，小河豚发挥自己的聪明才智，把狗鳗逗得团团转。它先是告诉狗鳗自己身上有毒，吃不得。狗鳗强迫小河豚提供"取代品"，小河豚就引诱狗鳗来到礁石丛里，又暗地通知生活在礁石丛里的海洋生物一定要钻进洞里,最后它利用肚子可大可小的本事,也钻进了礁石缝里。狗鳗毫无办法,只好灰溜溜地离去。这个故事无情揭露了狗鳗的凶残,嘲笑了它的愚蠢,对小河豚则进行了赞美,是一则小人物战胜大人物的寓言式故事。

(四)其他海洋动物故事

除了鱼类故事,还有花蛤等贝类故事以及海蜇、虾、蟹和鲨等海洋生物故事。

《花蛤学飞》是一则励志的故事。传说古时候花蛤和蛏子本是亲兄弟。那时,花蛤的长相是细身、薄壳,与蛏子一模一样。它们生活在海涂上面,日子过得舒适自在。但是有一年,飞来了一群水鸟,专吃花蛤和蛏子。苦难的日子来临了,花蛤和蛏子开始自我保护。首先它们学会了打洞躲藏,躲到泥洞里,感觉很安全。可是没吃没喝又见不到一丝阳光,也很难受。花蛤提出要另想法子。可是蛏子不想再动了。蛏子就这样一直生活在泥洞里,花蛤要学飞来躲避海鸟的伤害。它先练跳跃,从高处向低处跳,学了没几天,摔得全身青一块、紫一块,满是伤痕。它早也学,晚也学,学呀学的,慢慢地,花蛤的身子变短小了,两片壳厚墩墩的,浑身的肉也硬硬的,血气很足。整整学了七七四十九天,咳,到底让它学会了!只要铆足劲,飞上几尺远不成问题。几尺远虽不算远,但躲过水鸟是足够了。所以直到今天,蛏子只能打洞,钻在深深的涂泥内。它因少见日光,壳薄薄的,肉软软的,没有血色,常受水鸟的欺负。花蛤又能打洞,又能飞,它的背上长着一条条的瓦楞,那是它们的祖辈学飞时留下的疤痕,一代代传了下来。掰开花蛤的壳,里面的肉红通通的,血气很旺,人们吃了,还能补血强身哩!

海洋动物中,蟹是不可或缺的重要角色。青蟹由于个头

大,肉质鲜美,营养丰富,更是受人青睐。《青蟹夫妻换壳》是一则集歌颂和鞭挞于一体的叙事故事。鳗鱼和青蟹都在海底涂泥里过日子。鳗鱼是独居,青蟹是两口子,平时双进双出,亲热得很。鳗鱼有些嫉妒,准备把它们赶出涂泥。有一天,它等青蟹外出觅食,破坏了青蟹的洞。但是鳗鱼没想到青蟹很快又建了一个更大更漂亮的洞穴。鳗鱼又来搞破坏,被藏在一旁观察的青蟹夫妇看得清清楚楚。它俩一齐冲了出来,雄蟹咬住鳗鱼的头颈,雌蟹咬住鳗鱼的尾巴。鳗鱼痛得直蹦跳,灰溜溜地逃走了。但是鳗鱼不甘心,一直想报复。它想起每年农历八月末、九月初,青蟹都要脱壳,那时候它们非常软弱,根本不是它的对手。但鳗鱼没料到青蟹早就想到这一点了。它们用错开换壳时间,再把换下的老壳吃掉的方法,不让鳗鱼知道真正的换壳时间。它们还特意留下一个旧壳,摆在显眼的地方,静等鳗鱼前来。鳗鱼眼巴巴地挨到八月末,因没法确切地探听到青蟹换壳了没有,就到处找。这一天,它找到雌蟹换下的那只壳,高兴极了,摆开打斗的架势,冷不防雄蟹横冲过来。这一回,鳗鱼还算是有准备,它张开大口,满以为能咬破青蟹的软壳,不料用劲一咬,竟又跟上次一样,硬邦邦的,牙齿咬得又麻又酸又痛,顿时凶焰灭了一大半,连忙松开口。打这以后,鳗鱼再也不敢欺负青蟹了,鳗鱼虽然凶猛,能吞一只鳗头蟹、小鱼甚至墨鱼,却不敢再去碰青蟹。青蟹呢,为防备鳗鱼再捣乱,也保留了这个习性:雄蟹换了壳,雌蟹一定要把旧壳吃掉;雌蟹换壳的时候,雄蟹一步不离地在旁边护着,直到雌蟹的壳长硬了为止。青蟹的这个习性,一直保留到现在。每年农历八九月,如在浅海礁岩边捉到成对的青蟹,那不用看,硬壳的一定是雄的,软壳的一定是雌的。

海洋生物中,鲨的资格是最老的,《鲨的故事》属于"解释"

类叙事,它解释了"鲨"名称的来历。故事说有个财主的儿子叫阿吼,他气死了父母,败光了家产,住在一个草棚子里。他去求娘娘菩萨,菩萨让他变成了一只老鼠。这只老鼠偷了许多吃的才没被饿死,但是他不满足,想去偷金银财宝,结果被人发现。他只好躲在旗杆上才逃过一劫,不料差点被老雕吃掉。最终还是靠菩萨救助,但是他忘记了菩萨"不要开口"说话的叮嘱,开口"啊"了一声,结果掉进大海,"阿吼"从此变成了"鲨"了。

三、历代内涵丰富的浙江民间海洋传说故事

海洋生态多样,地形地貌奇特,海岛名称来源各异,海洋社会生活丰富多彩,这些都是各种生成型、解释型、寄寓型、讽刺型民间故事产生和流传的基础和因素。浙江的海域也同样如此,自古以来,流传着种种曲折、生动和感人的故事。

(一)海洋仙语类民间故事

对于海洋,古人一直是比较敬畏的。正因为害怕海洋,先民们探索海洋的步伐就迈得不够大。浩瀚无边的大海给人无穷的想象,加上先秦时期开始的神仙思想在社会上蔓延,海上神仙思想就成了一种思潮。这种仙语文化的影响也体现在海洋民间故事中,浙江省级非物质文化保护代表性项目成果《徐福东渡传说》就是这样的海洋民间故事集成。《徐福东渡传说》是说当年秦朝方士徐福奉秦始皇之命,率三千童男童女和百工,携带五谷种子,乘船东渡,寻找海上"蓬莱、方丈、瀛洲"三神

山,采长生不死药。因岱山自唐开元年始一千多年来,一直被列朝命名为"蓬莱乡",素有"蓬莱仙岛"的美誉,相传当年徐福大军于宁波慈溪达蓬山启航,抵达岱山寻找长生不死药,后又东渡日本隐居。故在民间有徐福到过岱山之说,并留下了与徐福有关的种种传说。

相传徐福东渡的出发地点——达蓬山,位于慈溪龙山、三北一带,山上有摩崖石刻、秦渡庵等历史遗迹。徐福传说,流传甚广,仅在慈溪相关的传说就达四十来个。在日本、韩国关于徐福的传说也有很多。在日本,据说徐福东渡上岸的地方有三十二个,故事有五十六个。徐福东渡开中日文化交流之先河,具有十分重要的意义。徐福把秦代文明传入日本,促进了日本社会由绳纹(原始)文化向弥生(用铁器耕作)文化的飞跃,徐福在日本被称为"农耕神""蚕桑神"和"医药神"。徐福传说对移民文化研究也有重大的历史价值。日本前首相羽田孜(自称徐福后代)曾带队来慈溪三北一带寻根,日方友好人士与中方合资建有徐福纪念馆,为中日两国的传统友谊续写了佳话。

其实"徐福东渡传说"在东海各地都有流传,在《岱山镇志》《康熙定海县志》《定海厅志》等志书均有相关文献记载。在岱山民间,流传着"徐福三下蓬莱岛""蓬莱岛上的徐福种子""海天一览亭与徐福的传说""紫霞洞的传说"等民间故事,还有好多文化遗迹,据说都与徐福东渡有关系,如清光绪年间建于东沙山嘴头的"海天一览亭",亭子上有"停桡欲访徐方士,隔水相招梅子真"的对联。岱山最高峰磨心山上建有徐福公祠、广场及徐福石雕像。在东沙小岭墩建有徐福祠和大型青石浮雕的徐福碑等。岱山的"徐福东渡传说"已经是省级非物质文化遗产保护项目,有关部门正积极挖掘、整理材料,为申报国家级非物质文化遗产保护项目做准备。

(二)海洋传奇英雄类民间故事

海洋的空间广阔,严酷的生存环境使得海洋人具有普遍的崇尚英雄的情结,因此在海洋民间故事中,有许多英雄类故事广为传播,成为珍贵的海洋非物质文化遗产的有机组成。

其中,有关戚继光抗倭的故事,就很有代表性。东海尤其是浙江、福建沿海,因是倭寇侵害的重灾区,抗倭故事在这些地区传播就特别广,有的还成为非物质文化遗产保护项目。

流传于浙江临海的《戚继光抗倭传说》,就是这样一个浙江省非物质文化遗产保护项目。

故事说,明代嘉靖年间,民族英雄戚继光任台州、金华、严州参将,驻守抗倭前线台州七年有余,与名臣谭纶携手御敌,带领戚家军获得九战九捷的辉煌战绩,肃清了浙江境内的倭寇,彪炳史册,流芳千古。临海作为台州抗倭的主战场,曾发生过花街、桃渚、上峰岭(白水洋)等大捷,不仅留下了许多历史遗迹,还流传下来许多戚家军抗倭的故事。

戚继光抗倭传说以戚继光和戚家军的征战历程为"原料",融入民间对他们的崇敬之情,成为人们日常传诵的奇闻故事,形成关于戚继光的治军传说、智能破敌传说、军事创新传说、民间习俗、事象传说以及神话等多层面的传说系列。目前,仅椒江、临海、温岭等地搜集到的戚继光抗倭传说就有四十余篇。

浙江沿海地区的民俗也和戚继光抗倭有关。如温岭新河人过"九月九"习俗。每年农历的九月初九夜,当地百姓都在戚武毅公祠前张灯结彩,举行迎神仪式,而后进行各种群众性的娱乐活动。据说,戚继光当年于九月初九夜进驻新河,并取得了"新河大捷"。为了纪念这一事件,新河百姓每到这一天都要举行上述庆祝活动。此俗沿袭至今。

　　还有"黄岩十四夜间间亮"习俗也与戚继光有关。正月十四夜,古代黄岩有家家户户点"间间亮"的习俗,每个房间都点上灯,有的人家在道地(天井)的石板缝里都插上蜡烛,有的人家甚至在自家的橘林里也点上蜡烛,这一习俗大大增加了节日的喜庆气氛。也有学者指出这一习俗是为了辟邪、去晦气。

　　关于这一习俗,当地流传着这样一个传说,有一年正月十四夜,戚继光在海门(椒江)大败倭寇,残寇流窜到黄岩,黄岩民众得知后,每家都点上灯,甚至橘园里也都点上灯,城里城外灯火通明,倭寇无处藏身。民众帮助戚家军消灭了贼寇,随后这个风俗也传了下来,每到正月十四夜,家家点,间间亮。

参考文献

[1] 牛僧孺. 玄怪录[M]. 明书林松溪陈应翔刻本.

[2] 徐兢. 宣和奉使高丽图经[M]. 北京:中华书局,1985.

[3] 柳永. 乐章集[M]. 清劳权抄本.

[4] 祝穆. 方舆胜览[M]. 清文渊阁四库全书本.

[5] 元好问. 续夷坚志[M]. 清刻本.

[6] 张岱. 陶庵梦忆[M]. 清乾隆五十九年(1794)王文治刻本.

[7] 张岱. 琅嬛文集[M]. 长沙:岳麓书社,2016.

[8] 陆容. 菽园杂记[M]. 北京:中华书局,1985.

[9] 黄瑜. 双槐岁钞[M]. 北京:中华书局,1999.

[10] 陆粲. 庚巳编[M]. 北京:中华书局,1985.

[11] 朱国祯. 涌幢小品[M]. 北京:中华书局,1959.

[12] 冯梦龙. 情史[M]. 长沙:岳麓书社,2003.

[13] 张煌言. 张苍水全集[M]. 宁波:宁波出版社,2002.

[14] 董诰. 全唐文[M]. 清嘉庆内库刻本.

[15] 陈元龙. 历代赋汇[M]. 清文渊阁四库全书本.

[16] 沈祖燕. 赋海大观[M]. 上海:鸿宝斋书局,清光绪二十年(1894)石印本.

[17] 袁枚. 子不语[M]. 上海:上海古籍出版社,2012.

[18] 陆以湉. 冷庐杂识[M]. 上海:上海古籍出版社,2012.

[19] 长白浩歌子. 萤窗异草[M]. 济南:齐鲁书社,1985.

[20] 汪寄. 希夷梦[M]. 沈阳:辽沈书社,1992.

[21] 杨国桢.中华海洋文明的时代划分[J].海洋史研究,2013
（1）.

[22] 钱锺书.宋诗选注[M].北京:人民文学出版社,1958.

[23] 邱国鹰,管文祖,金涛.东海鱼类故事[M].杭州:浙江人民
出版社,1981.

[24] 鲁迅.中国小说史略[M]//鲁迅全集:第九卷.北京:人民
文学出版社,1998.

[25] 上海古籍出版社.汉魏六朝笔记小说大观[M].上海:上海
古籍出版社,1999.

[26] 上海古籍出版社.宋元笔记小说大观[M].上海:上海古籍
出版社,2000.

[27] 徐朔方,孙秋克.明代文学史[M].杭州:浙江大学出版
社,2006.

[28] 袁珂.山海经校注[M].北京:北京联合出版公司,2014.

[29] 世英.柳永的《煮海歌》[J].浙江学刊,1982(3).

[30] 吴道良.陆容和他的《菽园杂记》[J].明清小说研究,2001
（2）.

[31] 孟文镛.于越是我国最早面向海洋走向世界的民族[J].绍
兴文理学院学报(哲学社会科学版),2002(6).

[32] 王赛时.唐朝人的海洋意识与海洋活动[J].唐史论
丛,2006.

[33] 李小龙.《子不语》的作者命名与时代选择[J].北京社会科
学,2017(6).

[34] 余志三.古会稽山与越国早期都邑考略[J].绍兴文理学院
学报(人文社会科学版),2019(4).

后 记

我所工作和生活的舟山群岛，考古发现证实，其文明的源头当从新石器时期开始，也有人说舟山群岛的文明是河姆渡文明的组成部分。有史籍记载舟山群岛纳入朝廷管理的历史，可追溯到唐代。舟山群岛的文明发展史虽然没有内陆地区那么厚重和富有连贯性，但是文明的"一脉相承"性是毋庸置疑的。

从舟山群岛到整个浙江海域，从浙北的平湖再到浙南的温州，以及钱塘江入海口、甬江入海口、瓯江入海口，无数个大大小小的海湾和海岛，都有无数的故事在典籍中、在作家个人的创作中、在广大的沿海地区的民间传播着、延续着。有心的人把它们挖掘整理出来，就是一件功德无量的文化建设的大事。

《浙江海洋文学史话》梳理的浙江海洋文学，仅仅是冰山之一角。现当代的浙江海洋抒情和书写没有被收录；古代的浙江海洋抒情和书写肯定也有遗漏；大量的钱塘江诗咏和普陀山诗文，收录也有限。我最初的构想是既然是"史话"，就要有"史"态，应以古代文学作品为主；既然是"话"语，就要以"故事"为主，而"故事"往往就藏在叙事性作品中。所以本书把时间框定在古代，主要内容以叙事性作品为主，辅之以诗歌散文。

与整个中国古代海洋叙事一样，浙江的海洋叙事，不但数量不多、篇幅较短，而且大多数都呈笔记体的碎片化形态，很少有情节丰富、故事完整的"小说"体书写。这或许就是中国古代海洋叙事的特色吧！

　　浙江海洋书写比较丰富和生动的是民间形态的海洋故事、海错诗等。这是由东海海洋文化主要是海洋人居文化的特点决定的。

　　本书的撰述,得到了浙江海洋大学师范学院领导和同事的大力支持和帮助,在此表示衷心的感谢。

倪浓水

2021 年 11 月于浙江海洋大学长峙岛校区